O CASTIÇAL FLORENTINO

PAULO HENRIQUES BRITTO

O castiçal florentino
Contos

Copyright © 2021 by Paulo Henriques Britto

Grafia atualizada segundo o Acordo Ortográfico da Língua Portuguesa de 1990, que entrou em vigor no Brasil em 2009.

Capa
Alceu Chiesorin Nunes

Foto de capa
Geraldo de Barros/ Acervo Instituto Moreira Salles

Preparação
Ana Cecília Agua de Melo

Revisão
Renata Lopes Del Nero
Jane Pessoa

O conto "O castiçal florentino" foi publicado na edição 73 da *piauí*, de outubro de 2012; "Policarpo Azêdo, 35" saiu na edição 99, em dezembro de 2014. Os dois contos também foram publicados na edição 4 da revista *Hoblicua*, em 2017.

Os personagens e as situações desta obra são reais apenas no universo da ficção; não se referem a pessoas e fatos concretos, e não emitem opinião sobre eles.

Dados Internacionais de Catalogação na Publicação (CIP)
(Câmara Brasileira do Livro, SP, Brasil)

Britto, Paulo Henriques
   O castiçal florentino : Contos / Paulo Henriques Britto. — 1ª ed. — São Paulo : Companhia das Letras, 2021.

   ISBN 978-65-5921-032-9

   1. Contos brasileiros I. Título.

21-56238   CDD-B869.3

Índice para catálogo sistemático:
1. Contos : Literatura brasileira B869.3

Maria Alice Ferreira – Bibliotecária – CRB–8/7964

[2021]
Todos os direitos desta edição reservados à
EDITORA SCHWARCZ S.A.
Rua Bandeira Paulista, 702, cj. 32
04532-002 — São Paulo — SP
Telefone: (11) 3707-3500
www.companhiadasletras.com.br
www.blogdacompanhia.com.br
facebook.com/companhiadasletras
instagram.com/companhiadasletras
twitter.com/cialetras

Sumário

O castiçal florentino, 7
Tema e variações, 34
Cartas, 58
Policarpo Azêdo, 35, 68
História sem nome, 88
Um santo, 100
Notívagos, 118
Uma vida, 141
Relato, 160

O castiçal florentino

Foi no verão, num período da minha vida que hoje, quando olho pra trás, me parece uma espécie de despedida da juventude, o último verão da minha juventude. Não que na época eu encarasse a coisa assim, na época eu me considerava adulto, vinte e tantos anos, morando sozinho no Rio, já formado e trabalhando no meu primeiro emprego, se bem que um emprego que estava longe de ser o ideal, que eu sabia que não seria meu emprego por muito tempo. Numa das minhas idas a São Paulo pra visitar a família eu tinha sido entrevistado por uma firma de lá, aquilo sim seria um emprego. Mas eu não tinha tanta certeza quanto a meu desempenho na entrevista, e no fundo também não sabia muito bem se queria mesmo ser aprovado, aliás nem se queria mesmo ser engenheiro, depois de largar pelo meio o curso de filosofia e embarcar num curso de engenharia, movido por um desses impulsos inexplicáveis que a gente tem na juventude, e me formar, contra as expectativas de todos, inclusive, e principalmente, as minhas. Nos anos da faculdade havia me habituado a morar no Rio, ir à praia nos fins de semana, tinha feito muitos amigos na cidade. Por outro lado, com a formatura minha turma havia se dispersado um pouco, alguns ex-colegas tinham ido trabalhar em outras cidades, e mesmo com os que moravam no Rio eu já não tinha tanto contato; naquele verão em particular vários dos meus amigos mais próximos tinham viajado, e eu estava mais ou menos sozinho no meu apartamento, sem namorada, sem muito trabalho na firma, naquele intervalo comprido e meio parado entre o Natal e o Carnaval, e por isso eu saía mais do que de costume à noite, e bebia mais do que costumava beber. Uma sensação me dominava, uma sensação de espera, ainda que eu não soubesse exatamente o que estava esperando, ainda que eu não pudesse saber que estava esperando pelo verdadeiro começo da minha vida adulta, o fim da minha juventude.

Numa noite de sábado muito quente, fazia tanto calor que estava na cara que a chuva não podia demorar, o calor era tanto dentro do meu apartamento que resolvi sair, e quando vi estava indo ao cinema, um cinema de arte que havia perto de onde eu morava, era a estreia de um filme, um filme francês ou italiano que, segundo se dizia, a censura muito provavelmente ia proibir mais cedo ou mais tarde, proibir ou pelo menos cortar algumas cenas. Já não lembro se o filme foi ou não proibido, lembro só que a ameaça de censura acabou funcionando como a melhor forma de publicidade, de modo que quando cheguei no cinema a fila já se estendia até a esquina. Por um momento pensei em entrar nela assim mesmo, mas logo vi que a fila se desmanchava à medida que ia passando um funcionário do cinema dizendo: Infelizmente a lotação está esgotada, contamos com a sua compreensão. As pessoas se dispersavam desapontadas, em pares e grupos de três ou quatro, a maioria jovens, a discutir alternativas. E as alternativas eram poucas, já eram quase dez horas e não havia outro cinema perto dali, não havia mais nada a fazer senão voltar pra casa e começar a ler o romance húngaro ou búlgaro que eu tinha comprado num sebo há alguns dias e ainda não tinha aberto. Subindo a Barata Ribeiro, vi numa transversal um cartaz: O CASTIÇAL FLORENTINO. Não me lembrava de que havia ali um cinema ou teatro; me aproximei e li, em letras menores, no alto do cartaz: TEATRO MICROCEFÁLICO. Achei graça no nome e olhei pra entrada, uma porta estreita, espremida entre uma bilheteria e um daqueles barzinhos suspeitos que servem chope morno e aguado a mestres de obras suíços ou metalúrgicos suecos acompanhados de mulatas com minissaias minúsculas. Por um momento cheguei a pensar que o teatro fosse um inferninho, uma casa de striptease como tantas outras da região, mas bastou examinar a placa com mais atenção pra me convencer de que, por mais improvável que parecesse, era mesmo um lugar consagrado à arte de vanguarda, tão perdido naquele recanto de Copacabana quanto um templo pagão em plena cristandade. Pois em letras ainda menores estava escrito: CRIAÇÃO COLETIVA DO GRUPO EXPERIMENTAL ARTAUD VIVE. Olhei pra bilheteria, o espetáculo começava às vinte e duas horas; consultei o relógio, eram cinco pras dez. Quando dei por mim estava tirando a carteira do bolso e entregando uma nota a uma velha cuja cara amarrada ocupava quase toda a janela da bilheteria.

Entrei numa antessala minúscula e fortemente iluminada, que recendia a mofo. Um banco estreito contra uma das paredes, um bebedouro, uma porta com a palavra LAVATÓRIO e uma cortina. Não havia mais ninguém. Por um instante hesitei, não sabia se eu era mesmo o único espectador, caso em que sem dúvida o espetáculo seria cancelado, ou se as outras pessoas já tinham entrado. O cheiro de mofo era quase insuportável, cheguei a pensar em sair, mesmo tendo acabado de pagar o ingresso, mas suspirei fundo, dei quatro passos em direção à cortina e entrei na sala.

O palco vazio era iluminado por uma luz muito fraca, tão fraca que não dava pra ver se havia outras pessoas na plateia. Tateando, encontrei a última fileira e já ia me sentando quando reparei que o lugar estava ocupado. Perdão, cochichei, e passei pra fileira imediatamente à frente; apalpei o assento do banco, vi que estava mesmo desocupado e me sentei. Passaram-se um ou dois minutos, aos poucos minha vista se acostumou com a escuridão e percebi que a plateia estava tão vazia quanto o palco, ao que parecia só havia dois espectadores, eu e a pessoa que por um triz eu não havia sentado em cima. O silêncio era quase completo, quase, porque quem estava atrás de mim parecia estar fungando. Me concentrei naquele som, e alguns segundos depois não tinha mais dúvida de que era mesmo alguém chorando. Como nada acontecia no palco, depois de mais um ou dois minutos de espera não consegui me conter e olhei pra trás. Era uma garota, e estava chorando, não muito alto, como se não quisesse atrair a atenção, mas chorando muito, chorando pra valer. Talvez fosse só minha impressão, mas achei que o choro havia aumentado depois que me virei; constrangido, na mesma hora desvirei a cabeça e fixei o olhar no palco vazio. Enquanto isso, o choro da moça aumentava, e minha cabeça foi girando devagar, quase de modo involuntário, embora eu sentisse que não devia olhar, não tinha nenhum direito de me meter no choro alheio, até que vi a moça claramente, uma garota de vinte anos ou pouco mais que isso, bonita, mas de aparência frágil, com uma roupa um tanto inusitada, um vestido muito decotado, que deixava os seios miúdos quase de fora, e uma espécie de chapéu ou touca; e no mesmo instante me dei conta de que ela estava usando um traje de época, que ela era certamente uma atriz, que aquela crise de choro era muito provavelmente o início do espetáculo, que estavam só esperando que eu dissesse alguma coisa à garota pra que a peça por fim começasse. Por isso perguntei a ela: Você está bem?

Pelo visto, essa era mesmo a deixa esperada pra que a ação tivesse início, porque foi só eu falar que a garota se levantou e saiu pra sala de espera, soluçando de modo incontrolável. Por um minuto fiquei imobilizado, sem saber o que fazer; no palco vazio a luz mortiça não aumentava nem diminuía; então, entre curioso e irritado, me levantei também e saí da sala. A antessala agora estava também quase às escuras, e por pouco não esbarrei num vulto que vinha em sentido contrário: era a velha da bilheteria. Perguntei: Desculpa, mas não vai ter espetáculo não? A velha bufou de irritação: Espetáculo? Pra uma pessoa só? Faça-me o favor! Reagi: Neste caso, quero meu dinheiro de volta. Mas a indignação da velha aumentava, enquanto ela tentava ao mesmo tempo jogar um xale em volta do pescoço e pendurar a bolsa no ombro, e um gesto atrapalhava o outro: E eu, que não vejo a cor do meu salário há dois meses? Quem é que vai me pagar, hein? O Ramón é que não vai ser. Respondi: Não sei quem é o Ramón, nem quero saber, demonstrando uma irritação que na verdade não era tão intensa quanto parecia; era como se eu próprio estivesse representando um papel que se esperava de mim, pensei. E insisti: Quero meu dinheiro de volta, por favor. Mas a velha, que finalmente tinha conseguido ajeitar xale e bolsa, abriu a porta e disse: Se o senhor quiser ficar aqui dentro, pode ficar. Eu estou indo pro Estácio, a essa hora! E olhou pra mim furiosa, segurando a porta entreaberta, como se eu tivesse culpa de ela morar no Estácio. Pensei em responder alguma coisa, mas desisti; a velha, pensei, era perfeitamente capaz de sair e me deixar trancado ali dentro por puro despeito.

Nisso ouvi uma voz atrás de mim, uma voz firme, com um nítido sotaque hispânico: Não liga pra dona Arminda não, que ela é assim mesmo. Virei, era um sujeito um pouco mais velho que eu, louro e grandalhão, acompanhado de outros jovens, entre eles a garota que chorava, todos usando roupas de época.

O rapaz louro me estendeu a mão: Muito prazer, eu sou o Ramón. Nesse instante a velha saiu, batendo a porta com força, mas ninguém deu atenção a ela. Apertei a mão de Ramón; ele segurou minha mão com força, agradecendo por eu prestigiar o trabalho deles, dizendo: Lamento a gente ter que cancelar o espetáculo. Compreendo perfeitamente, respondi, olhando pra ele, mas com toda a atenção voltada pra garota, que continuava chorando baixinho e estava sendo consolada por um rapaz que estava abraçado a ela, sussurrando no ouvido dela, fazendo carinho nela. O rapaz, cabeludo e muito magro, aparentemente ainda mais moço que a garota, agia como se fosse o pai — ou melhor, até, a mãe — dela. As lágrimas da garota desmanchavam a maquiagem pesada e escorriam pelas bochechas negras de tinta. Ramón prosseguia, enquanto me levava a uma saída lateral do teatro: Além de devolver o dinheiro do ingresso eu queria convidar você pra tomar um chope conosco. Claro, com o maior prazer, respondi. E saímos do teatro, os atores ainda com os trajes cênicos, levando suas roupas normais em mochilas, todos falando ao mesmo tempo e se apresentando a mim, Muito prazer, disse um garoto mulato fortão, eu sou o Orlando. Oi, eu sou a Mara, obrigada por nos prestigiar, e Mara, uma morena baixinha e espevitada, foi logo tacando um beijo estalado no meu rosto, quase encostando a boca nos meus lábios, e nisso entramos num bar a um quarteirão do teatro, que ao que parecia era frequentado pelos atores, porque eles chamaram pelo nome o garçom que veio juntar mesas e arrastar cadeiras assim que nos viu. Enquanto nos instalávamos, prosseguia a conversa cochichada entre a moça que já não chorava e o magricelo, que agora ajeitava com ternura os cabelos dela, castanhos e compridos, uma conversa unilateral, pois praticamente só ele falava enquanto ela escutava, fungando de vez em quando, mas agora já arriscando um ou outro sorriso tímido, exibindo os dentes pequenos e delicados. Nesse ínterim, o Ramón fazia os pedidos ao garçom: Chope pra todos e um guaraná pra menina, e pela primeira vez ouvi a voz da garota do choro, uma vozinha suave e musical: Eu também quero chope, e em seguida a Mara e o Orlando, como se tivessem ensaiado, disseram em coro: Mas tomarás guaraná, e em seguida todos riram, menos a garota e o Ramón, que ainda falava com o garçom: E uma pizza de muçarela, gigante, à francesa, dirigindo um olhar ao grupo, como se consultasse os outros, mas era um gesto puramente protocolar, ninguém fez nenhuma objeção, os pedidos foram feitos, o garçom se afastou e todos continuaram a falar ao mesmo tempo.

Era essa uma das coisas, vejo agora, que caracterizavam a minha juventude, esse período de minha vida que estava se encerrando, sem que eu soubesse disso, naquele verão: a disponibilidade total, que me fazia sair pra ir ao cinema só porque estava fazendo muito calor em casa, e em vez de ir ao cinema comprar um ingresso pra uma obscura apresentação teatral e terminar a noite tomando chope com um grupo de pessoas totalmente desconhecidas. Não só desconhecidas, como também pertencentes a um mundo muito diferente do meu, pessoas que tagarelavam sem parar sobre coisas que me eram estranhas, rindo de comentários de todo opacos pra mim, trocando farpas bem-humoradas com um sentido que me escapava por completo. Só o Ramón fazia questão de me incluir, dando explicações, me informando a respeito do grupo, da possibilidade de utilizar uma sala numa igreja em Botafogo, perto de onde ele morava, agora que o Microcefálico havia se tornado inviável, e também falando dos atores — entre outras coisas, me disse que a moça chorona se chamava Antônia, por algum motivo o nome me pareceu absurdo no momento em que o Ramón o mencionou, e, coisa ainda mais inexplicável, logo em seguida me pareceu perfeito, o único nome adequado a uma garota com aquele exato gesto de jogar pra trás os cabelos, aqueles precisos dentes miúdos que apareciam entre os lábios quando ela sorria ou falava. E as pessoas do grupo não apenas eram desconhecidas e pertencentes a um mundo desconhecido como também pareciam não ter nenhuma curiosidade sobre mim, sobre o que tinha me levado a ser o único interessado em assistir àquele espetáculo naquela noite de sábado. Aliás, foi só por volta do terceiro chope que a Mara, não o Ramón e sim a Mara, perguntou meu nome, embora logo em seguida meu nome tenha sido eclipsado em caráter definitivo pelo apelido — o primeiro e único apelido que tive na minha vida, ainda que por pouco tempo — de D. P., surgido quando a Mara me apresentou ao garçom como o distinto público que o espetáculo do Artaud Vive tinha tido naquela noite memorável. E no entanto, embora eu tivesse perfeita consciência de tudo isso, a situação me parecia natural, eu aceitava tudo plenamente, aguardando até com uma certa paciência o momento — que, pensava eu, haveria de chegar mais cedo ou mais tarde — em que eu teria oportunidade de falar com a Antônia.

Mas isso acabou não acontecendo naquela noite; vários chopes depois, a Antônia, no seu segundo ou terceiro guaraná, começou a cochilar na cadeira, quando então o rapaz magro interveio na conversação geral: Gente, está ficando tarde, eu vou ter que puxar. Na mesma hora a Mara protestou: Ah, Binho, o que é isso, a noite é uma criança, mas aí o Orlando reforçou: Não, está todo mundo cansado, olha só pra Antônia, ela já está quase escorregando pra baixo da mesa, e a Mara: Isso é que dá, se encher de guaraná em vez de beber bebida de gente grande, e a Antônia endireitando-se na cadeira: Eu não estou com sono não, estava só descansando um pouco, comentário que provocou gargalhadas gerais, deixando a Antônia um pouco irritada, e o Binho na mesma hora foi se levantando e dizendo, Bom, eu vou pedir a conta pra ver quanto é a minha parte, se vocês quiserem continuar, tudo bem, mas aí o Ramón pronunciou-se: É, está ficando tarde mesmo, eu também estou cansado, e já está começando a chover, vamos embora antes que piore, e na mesma hora fez sinal pro garçom trazer uma última rodada de chopes e a conta, embora a Mara protestasse: Mas amanhã é domingo, o que provocou uma réplica do Orlando: Por isso mesmo, amanhã todo mundo tem que estar cedo lá na missa senão o padre não cede a sala pra gente, o que provocou mais risos. A Mara insistiu: Até parece que alguém aqui acorda cedo algum dia, quanto mais no domingo, e virando-se pra mim acrescentou: Aposto que nem mesmo o D. P., que é engenheiro. Isso porque no meio da conversa daquela noite eu havia comentado que era engenheiro, o que despertou o interesse do Ramón por um motivo bem prático — eles estavam precisando de alguém que soubesse operar um gravador de rolo e editar uma fita com músicas e efeitos sonoros pra servir de trilha sonora do espetáculo, porque a nova versão da peça teria uma trilha sonora complexa. Eu tinha respondido que era perfeitamente capaz de fazer o que eles queriam, explicando que tinha até gravador de rolo em casa, me oferecendo pra ajudar o grupo no que fosse necessário, uma oferta recebida por todos com muitas manifestações calorosas de gratidão e comemorada com mais uma rodada de chope. Agora o comentário da Mara fez o Ramón virar-se pra mim: E a tua oferta, continua de pé? Claro, respondi, vocês podem me procurar na semana que vem. E assim, enquanto nos despedíamos, com abraços — e beijos, no caso da Mara, mas não da Antônia, que manteve a cabeça a alguns centímetros do meu rosto enquanto beijava o ar — trocamos endereços e telefones anotados em guardanapos de papel, pois é claro que nenhum de nós tinha cartão de visitas.

 Foi então que teve início de verdade isso que estou chamando de despedida da minha juventude, a última vez que mergulhei de corpo e alma num projeto que não era meu projeto, que me dediquei com afinco a uma atividade que, como eu sabia muito bem, nada tinha a ver comigo. Afinal, o que eu entendia de teatro? O que eu tinha a ver com ensaios, adereços, bilheterias? Nada, é claro; e no entanto meu apartamento de Copacabana virou, ainda que por pouco tempo, um pequeno centro de atividade teatral, ou, mais exatamente, um estúdio de sonoplastia improvisado; quase toda noite iam no mínimo três pessoas lá, o Ramón sempre, quase sempre o Orlando, que era o único que sabia alguma coisa a respeito de gravadores e microfones, de vez em quando outras pessoas que me eram apresentadas, com as quais eu conversava efusivamente, que depois se despediam de mim trocando telefones e endereços, e em seguida desapareciam pra todo o sempre, e o tempo todo eu tinha esperança de que viesse também a Antônia, embora jamais perguntasse por ela, jamais pronunciasse o nome dela, nem mesmo quando vinha o Binho, aquele rapaz franzino e estranho que pra mim representava acima de tudo a proximidade da Antônia, a possibilidade de estar com a Antônia.

E de vez em quando de fato acontecia a coisa que eu esperava, tocava o interfone, eu ia atender e era ela, a Antônia, perguntando, O pessoal está aí?, e eu, Está sim, o Ramón e o Orlando chegaram agorinha mesmo, e a Antônia subia, eu ia abrir a porta, e lá estava a Antônia, com seu traje infalível, vestidos longos de um tecido etéreo, quase tão fora de moda quanto o traje do personagem que ela representava na peça, vestidos comprados em brechós e outros lugares pouco convencionais, e um chapéu de aba larga na cabeça, com aquele ar de fragilidade e irrealidade que era um traço em comum entre ela e o Binho, que me fazia pensar nela sempre que eu via o Binho. E, de fato, parecia haver entre eles dois uma cumplicidade curiosa, não como se namorassem — eu não conseguia imaginar o Binho na cama com a Antônia, não por uma questão de ciúmes, veja bem, mas porque havia algo na relação entre eles que parecia não passar pelo plano do sexo, como se os dois fossem ex-colegas do jardim de infância, ou irmãos — mas não, também não era bem isso, nunca consegui entender exatamente o que era. O fato é que quando a Antônia aparecia lá em casa eu me esforçava mais do que nunca pra não demonstrar a atração que sentia por ela, pra não deixar transparecer que era ela o motivo principal do meu apartamento ter se transformado numa espécie de quartel-general do Artaud Vive. E na verdade não era difícil disfarçar meus sentimentos, porque eu era requisitado o tempo todo pra lidar com o equipamento, pra comentar sobre a qualidade do som e a duração de um determinado efeito sonoro, pra cortar e emendar uma fita, quando não estava me ocupando de comprar mais cerveja no bar da esquina, porque essas sessões de trabalho de sonoplastia eram sempre regadas a cerveja, ou às vezes um baseado trazido pelo Orlando, de vez em quando uma garrafa de vinho branco trazida pela Mara, que gostava mais de vinho branco que de cerveja e que tinha discussões intermináveis com o Orlando, pois ela tinha opinião sobre tudo e sua opinião era quase sempre oposta à do Orlando ou a de quem quer que fosse. Eles às vezes aproveitavam aqueles encontros no meu apartamento pra discutir sobre o texto, que estava sempre sendo modificado, sofrendo cortes e acréscimos, eram cacos que surgiam num ensaio e eram incorporados à fala de um personagem, depois de longas discussões sobre o risco de que esse ou aquele acréscimo implicasse problemas com a censura. Mas no mais das vezes os atores se limitavam a tomar cerveja e conversar e ouvir música, ficavam mexendo nos meus discos, ouvindo uma faixa de um, outra de outro, até que a Antônia começava a dançar, quase sempre sozinha, o que era sinal inconfundível de que estava ficando bêbada — o que acontecia com facilidade, pois a Antônia ficava bêbada com dois copos de cerveja — e então o resto da trupe se divertia escondendo seu copo, e, quando ela protestava e pedia o copo de volta, repetindo em uníssono: Mas tomarás guaraná, o que sempre provocava hilaridade geral.

Numa dessas ocasiões, em que a Antônia havia bebido um pouco mais do que o normal, e a brincadeira do mas-tomarás--guaraná começava a ameaçar desdobramentos mais sérios, que talvez incluíssem uma crise de choro da Antônia semelhante àquela que eu já havia presenciado, real ou fingida, ofereci-me pra ir até o bar comprar o guaraná de que tanto falavam, juntamente com mais umas cervejas, e pra meu espanto e felicidade a Antônia não só aprovou a ideia como também resolveu que ia comigo, pra me ajudar a carregar as bebidas. Na mesma hora o Binho fez menção de ir também, mas houve uma rápida troca de olhares entre ela e o Binho — e talvez o Ramón também, não sei por quê, mas tive a impressão de que ela olhou rapidamente pro Ramón, e o Ramón pro Binho — o fato é que depois dessa troca de olhares, uma coisa muito rápida, sem dúvida, mas que me pareceu real, o fato é que depois disso o Binho, que havia chegado a se levantar, ou a fazer menção de se levantar, voltou a sentar-se, talvez um pouco contrariado — era difícil saber, porque o Binho parecia quase o tempo todo estar um pouco contrariado por algum motivo — e saímos só nós dois, eu e a Antônia, a Antônia e eu.

Era a primeira vez que eu me via a sós com a Antônia, eu pensava, enquanto esperava o elevador com ela, olhando pra ela bem de perto. Foi então que me dei conta da extrema brancura da Antônia, uma palidez que parecia impossível de encontrar numa garota em pleno verão carioca, uma palidez de quem jamais ia à praia, de quem nunca saía de casa sem chapéu, como se o sol de verão fosse uma ameaça constante à pele delicada dela. E percebi também uma outra coisa a respeito da Antônia, uma coisa talvez irrelevante, mas que na hora não me pareceu irrelevante, que era uma ligeira assimetria no rosto dela, um dos olhos era um pouco mais aberto que o outro, uma coisa que naquele momento me pareceu importante, talvez até crucial, embora eu não soubesse dizer por quê se alguém tivesse me perguntado, e é claro que ninguém me perguntou nada. Entramos no elevador, e assim que começamos a descer vi que a Antônia estava tão constrangida quanto eu, certamente ela havia percebido que exercia um certo fascínio sobre mim, não era possível que nunca tivesse percebido uma coisa tão óbvia, se bem que, pensando bem, talvez não fosse tão óbvia assim, pois eu me esforçava pra não demonstrar meus sentimentos, evitava perguntar pela Antônia quando ela não estava presente, evitava olhar diretamente pra ela quando estava com ela. Mas a Antônia devia mesmo estar constrangida, porque assim que a porta do elevador fechou me perguntou: Que horas são? Uma pergunta que não tinha nenhuma razão de ser, ela não tinha nenhum motivo pra querer saber as horas; e eu, mesmo percebendo que a pergunta era completamente sem sentido, olhei pro pulso, mesmo sabendo que o relógio estava na gaveta da minha mesa de cabeceira, porque eu nunca usava relógio quando estava em casa, e respondi: Não sei, acho que deve ser umas oito, oito e quinze, por aí. Ah, disse a Antônia, e fez menção de dizer alguma coisa, mas nesse momento o elevador chegou no térreo, fui abrir a porta mas a porta se abriu antes disso, era a viúva do quinto andar com os dois poodles dela, então saí e fiquei segurando a porta do elevador enquanto a Antônia saía e a viúva e os dois poodles entravam, e quando finalmente soltei a porta a Antônia estava parada no hall olhando pra um ponto fixo na parede como se houvesse um relógio ali, e eu disse: Vamos lá?, e ela ainda levou alguns segundos parada naquela posição, mas de repente virou-se pra mim e disse: Eu sempre quis tanto ter um cachorro, mas nunca tive. E olhou pra mim com tamanha tristeza que, sério, cheguei a me sentir um pouco culpado por a Antônia nunca ter tido um cachorro, embora quisesse tanto. Mas era o tipo de comentário que me deixava sem ter o que dizer; a única coisa que me ocorreu foi: Eu também nunca tive cachorro, nunca tive nenhum bicho de estimação, e olhei pra Antônia tentando estabelecer algum tipo de solidariedade com ela, afinal éramos duas pessoas que nunca tínhamos tido um cachorro, que diabo. Como ela não dissesse mais nada, parecendo mergulhar numa tristeza infinita, o jeito foi repetir: Vamos lá?, apontando pro bar. Ela fez que sim com a cabeça e seguiu na direção em que eu apontava, e eu fui atrás, tentando desesperadamente pensar em alguma coisa pra dizer, pra mim era importante, importantíssimo, dizer alguma coisa, qualquer coisa, só pra quebrar aquele silêncio, e assim apressei o passo e alcancei a Antônia, dizendo: E aí, como é que estão indo os ensaios na igreja? O espaço de lá é legal? Ela não respondeu de imediato, talvez por eu ter feito duas perguntas ao mesmo tempo, talvez por outro motivo qualquer, mas quando chegamos no bar e pedi as bebidas ela resolveu tomar o guaraná ali mesmo, e entre um gole e outro começou a falar, não exatamente respondendo as minhas perguntas, mas também não se esquivando delas, discorrendo de modo meio desconexo sobre o que representavam pra ela o Artaud Vive, a remontagem do *Castiçal*, o Ramón, a ideia de fazer teatro, seus projetos pro futuro, que não incluíam necessariamente, ela dava a entender, os outros membros da trupe. Acabei pedindo outro guaraná pra mim e fiquei ouvindo a Antônia falar, balançando a cabeça de vez em quando, sem ter o que dizer, sem ousar aproveitar aquele momento pra tentar alguma aproximação maior com ela, agora que me parecia mais claro que não havia nada entre ela e o Binho, entre ela e ninguém do grupo, agora que eu tinha uma oportunidade de conversar com ela a sós, uma oportunidade que eu vinha esperando há algum tempo, e que sabia-se lá quando ia voltar a surgir. E em vez de dizer alguma coisa, em vez de interromper aquela enxurrada de palavras com um comentário meu, a única coisa que eu conseguia fazer era olhar pros olhos da Antônia, confirmando que um era mesmo pouquinho menor que o outro, ligeiramente menor que o outro. Até que, num momento em que ela fez uma pausa pra beber o último gole do guaraná, em desespero de causa olhei de repente pra parede do bar e vi que havia ali um relógio, e então disse à Antônia, apontando pro relógio: Ó, são oito e vinte e cinco. A Antônia largou a garrafa no balcão e olhou mecanicamente pro relógio, mas tenho certeza que não registrou a hora, que não estava nem um pouco interessada em saber que horas eram, nem em qualquer outra coisa que eu dissesse; o olhar dela, vago e assimétrico, indicava que ela estava mergulhada em pensamentos que nada tinham a ver com as horas, nem com o bar em que ela estava, nem comigo. Nossos guaranás já estavam terminados, as cervejas estavam dentro da sacola e só me restava pagar, recusar a oferta da Antônia de me ajudar a carregar as cervejas e voltar pro apartamento, o tempo todo pensando nas coisas que eu poderia ter dito mas que não tinha dito, e que agora não teria mais tempo de dizer, e ao mesmo tempo pensando que nada que eu pudesse ter dito poderia ter o efeito de fazer com que a Antônia se interessasse minimamente por mim.

Na verdade, a pessoa do grupo com quem eu conversava mais era o Ramón, principalmente nas vezes em que só ele vinha trabalhar comigo na montagem da fita, quando fazíamos uma pausa no trabalho pra abrir mais uma cerveja. Nessas ocasiões o Ramón às vezes ficava pensativo, e sendo uma dessas pessoas completamente extrovertidas pra quem ficar pensativo significava falar sem parar, ele começava a dizer, Sabes, D. P., e daí dava de discorrer sobre o grupo, os problemas com cada um dos atores, a nova montagem do *Castiçal*, suas relações com o padre da igreja em Botafogo. Ao que parecia, o padre dava total apoio às atividades do grupo, mas começava a enfrentar pressões de seus superiores hierárquicos, porque pra eles não era apropriado montar numa igreja uma peça experimental como aquela, uma peça que só não havia enfrentado problemas com a censura porque até então tinha sido apresentada apenas num teatro completamente não comercial, sem nenhuma divulgação na imprensa, porque se houvesse mais divulgação, que era precisamente o que o Ramón estava tentando conseguir, aí as coisas poderiam se complicar pro lado do padre. E foi no decorrer de uma dessas conversas, ou melhor, de um desses monólogos do Ramón, os quais eu me limitava a pontuar de vez em quando com um Sei ou É, que ele me convidou a ir à igreja pra assistir a um ensaio geral: Afinal, D. P., a peça já está ficando pronta, é importante que conheças a sala, até pra testar o que já gravamos da trilha sonora, ver se a acústica é boa, se os nossos alto-falantes servem ou se vamos ter que arranjar outros. E eu: Claro, vamos sim, é só vocês marcarem o dia.

 E assim foi que passei a acompanhar regularmente os ensaios do Artaud Vive, a tal ponto que, pelo menos na igreja, comecei a ser visto como um membro da companhia, ainda que os verdadeiros membros sem dúvida tivessem consciência de que eu não era, nem jamais seria, um deles. Fosse como fosse, eu agora estava presente a quase todos os ensaios, até decorei boa parte das falas, tanto assim que uma vez em que o Ramón telefonou pra igreja dizendo que ia chegar atrasado fui escalado pra substituí-lo, ele era o diretor do espetáculo e também representava um papel secundário, o do Inquisidor, um papel não totalmente sem importância, quer dizer, até importante, de certo modo, mas com poucas falas, e foi só quando ele me pediu que quebrasse um galho e o substituísse enquanto ele não chegava, pra não atrasar o ensaio, que me dei conta de que já sabia de cor e salteado todas as falas do seu personagem, que não eram muitas nem muito longas, com exceção de uma, perto do final da peça, mas de qualquer modo eu havia decorado todo o texto, sem ter feito nenhum esforço consciente de decorar nada, sem nem sequer me dar conta de que havia decorado. Me saí tão bem como ator improvisado que quando o Ramón chegou, no meio daquela minha única fala mais longa, ele fez sinal pra que a gente continuasse, e eu interpretei o personagem até o final do ensaio, quando então fui aplaudido por todos, inclusive pela Antônia. Além disso, comecei a dar palpites, a fazer pequenas sugestões sobre o texto ou a montagem, sugestões que de vez em quando eram discutidas pelo Ramón e pelos atores, e em duas ou três ocasiões foram adotadas. Numa delas, a ideia que propus foi recebida com tanto entusiasmo que o Ramón chegou a me dizer, não de todo a sério, mas talvez também não apenas de brincadeira, que eu devia pensar na possibilidade de entrar pro grupo, um comentário que provocou risadas gerais, risadas das quais eu também participei; mas o fato é que fiquei mexido, na hora e por algum tempo depois. Afinal, eu não sabia o que fazer com a minha vida, quem sabe eu não podia me especializar nessas coisas técnicas de teatro, sonoplastia, iluminação? Mas naqueles dias intensos eu evitava levar esses pensamentos até as consequências lógicas, evitava fazer planos pro futuro, evitava pensar em qualquer coisa que não fosse o dia a dia, pois a qualquer momento poderia chegar o resultado da entrevista, eu podia ser convocado a assumir um emprego de verdade em São Paulo, o que significaria, entre outras coisas, me afastar da Antônia, e no momento era esse o pensamento que eu queria evitar, mais do que qualquer outro. Agora as reuniões na minha casa eram menos frequentes, tudo acontecia na sala anexa à igreja em Botafogo, eu ia quase todas as noites à igreja, e quase sempre saía com o Ramón, ou com o Ramón e o Orlando, às vezes com o Artaud Vive em peso, e a coisa acabava virando uma espécie de festa, em que todos — menos o Ramón — bebiam demais, a Mara falava alto a ponto de se tornar inconveniente e lá pelas tantas começava a discutir com o Binho e o Orlando, enquanto eu procurava uma oportunidade de me aproximar da Antônia, uma oportunidade que quase nunca ocorria, e que quando ocorria nunca levava a nada também. Um dia recebi um telefonema de um ex-colega da faculdade, me chamando pra uma festa de aniversário de uma ex-colega nossa, a festa era naquela noite, e meu primeiro impulso foi dizer que não, o convite estava sendo feito em cima do laço, eu podia muito bem dizer não, mas na mesma hora pensei bem e resolvi aceitar; afinal, o César tinha sido meu melhor amigo no tempo da faculdade, a festa era uma ocasião de rever o César e as outras pessoas daquele tempo. Fui. Era num apartamento enorme em Ipanema, na quadra da praia, o salão estava à meia-luz, música ao fundo, garçons de uniforme servindo canapés e uísque, e logo que entrei encontrei o César, que me recebeu com um forte abraço, Seu paulista filho da puta, esqueceu dos amigos, hein? E o Luís Carlos, com a careca cada vez mais pronunciada, e o outro Luiz Carlos, o Luiz com Z, e a Tânia, e a Sandrinha, que fez o maior espalhafato quando me viu, ela que nunca quis nada comigo quando eu estava apaixonadíssimo por ela, a Sandrinha com um namorado que eu não conhecia, um sujeito bem mais velho que ela, que me cumprimentou secamente assim que ela disse quem eu era, e mais a Ana Paula, com quem eu tinha tido um rápido namoro no terceiro ano, acompanhada do William, que agora era o namorado oficial dela, namorado não, noivo, o William, quem diria, aquele sujeito estranho que nunca namorava ninguém, teve uma época que neguinho chegou até a dizer que o negócio dele era homem, e apesar disso lá estava ele, noivíssimo da Ana Paula, a garota mais gostosa da engenharia, que coisa. A festa estava animada, na mesma hora engatei uma conversa com o Luís Careca e o Luiz com Z, uma conversa sobre trabalho, o Luiz com Z estava trabalhando na firma do pai, a firma estava indo de vento em popa, eles tinham acabado de assinar um contrato fantástico, coisa de muita grana, mesmo, iam ter que contratar mais gente: E aí, rapaz, tu não se interessa? Olha que eu ainda não chamei ninguém, você é o primeiro, pensei logo em você, está vendo? É, pode ser, Luiz, deixa eu pensar um pouco, depois eu te ligo, sim, respondi, mas sem muita convicção, e já ia falar sobre a possibilidade de trabalhar em São Paulo, sobre a entrevista, quando entrou na conversa o César: Pois eu estou trabalhando numa firmeca aí, pra começar até não está mau, mas acho que não vou ficar lá muito tempo não. Então comecei a achar que o César estava mais ou menos como eu, com um emprego nada satisfatório, pensando na possibilidade de arranjar um trabalho melhor, e ao mesmo tempo sem ter certeza absoluta, a certeza que tinha o Luiz, de que aquilo era mesmo o que ele queria fazer na vida, e enquanto o César falava pensei em dizer que eu estava na mesma que ele, cheio de dúvidas, que andava até cogitando fazer teatro, sei lá, me profissionalizar como especialista em sonoplastia e iluminação cênica, mas o César quando começava a falar não parava mais, principalmente quando bebia, e quando me dei conta já não havia mais oportunidade pra eu me abrir com ele, porque o assunto já tinha ido pra outro lado, e nisso a Tânia, a aniversariante, me chamou pra dançar, e enquanto dançava com a Tânia eu pensava o quanto aquele mundo, aquela festa regada a uísque escocês, num belo apartamento em Ipanema, era distante do mundo do Artaud Vive, em que as pessoas moravam em conjugados em Botafogo ou cabeças de porco em Santa Teresa e bebiam cerveja e guaraná, e no entanto o que eu mais sentia naquele momento era a falta da Antônia, era eu não estar dançando com a Antônia, que sempre dançava sozinha, e sim com a Tânia, uma garota tão legal, mas que não significava nada pra mim, e daí a pouco dei por mim chamando o César pra um canto e dizendo: Seguinte, estou saindo à francesa porque estou precisando pôr o sono em dia. O César tentou me convencer a ficar: Mas logo agora que a festa está começando a animar, rapaz, o Leco está vindo aí, ele me falou que vinha um pouco mais tarde mas vinha com certeza, há quanto tempo você não vê o Leco? Mas eu fiz pé firme: Não, cara, não dá não, eu estou mesmo pregado, mas uma noite dessas a gente sai juntos, eu, você, o Leco também, aliás diz que eu deixei um abraço pra ele, uma noite dessas a gente sai pra tomar um chope e pôr a conversa em dia, não é? Saí da festa de fininho e resolvi voltar pra casa a pé, era uma caminhada razoável mas eu não estava cansado, ainda não era nem meia-noite, eu queria caminhar e pensar, pensar na vida, na Ana Paula, no César e no Luiz com Z, até na proposta de trabalho do Luiz, e quando dei por mim estava indo não pra casa e sim pro botequim perto do Microcefálico, o lugar onde eu havia pela primeira vez tomado um chope com o pessoal do Artaud Vive, e chegando lá não havia ninguém do grupo, e por algum motivo isso me deixou arrasado, comecei a imaginar que estariam todos juntos em algum lugar, certamente se divertindo muito mais do que naquela festa besta em Ipanema, e enquanto caminhava pra casa, no meio de uma garoa fina que começou a cair de repente, eu me sentia plenamente decidido a fazer teatro, a me profissionalizar como engenheiro de som e de luz, e a decisão me pareceu irrevogável, como parecem irrevogáveis todas as decisões que a gente toma depois de três uísques e antes dos trinta anos de idade.

 Foi logo depois desse dia, me lembro que chovia muito, desde o dia da festa em Ipanema não parava de chover, eu estava em casa, ainda de manhã bem cedo, quando tocou o interfone, era o Binho; mandei subir sem entender direito o que o Binho vinha fazer na minha casa àquela hora, ele que era quem menos aparecia lá, e que não era de acordar cedo, como todo o pessoal do Artaud Vive, aliás. Ele tocou a campainha, fui abrir a porta e me assustei assim que olhei pra ele, o Binho estava molhado, molhado de chuva e de suor, os olhos vermelhos, claramente não tinha dormido aquela noite, e ele foi logo dizendo: A coisa está feia, D. P., o Ramón sumiu. E eu: Mas sumiu como? E ele: Saber ninguém sabe, mas a gente acha que ele deve ter fugido do país. E aí o Binho começou a me dizer um monte de coisas que me causaram o maior espanto, porque eu não sabia de nada daquilo, e ele ficou ainda mais espantado que eu de ver que eu estava espantado por não saber de nada, e enquanto ele falava e eu interrompia fazendo perguntas que ele achava óbvias demais pra serem respondidas fui aos poucos montando um quebra-cabeça gigantesco na minha cabeça, que o Ramón era um refugiado político, que estava no Brasil fugindo da polícia ou do Exército da Argentina, e agora a polícia ou o Exército daqui estava atrás dele também, ele devia ter escapulido pra algum país que não fosse a Argentina, e através do padre da igreja de Botafogo o pessoal do Artaud Vive tinha ficado sabendo que os telefones de todo mundo do grupo estavam grampeados, talvez até o meu, apesar de eu nem ser do grupo, era por isso que o Binho tinha vindo correndo falar comigo pessoalmente, era importante que eu não tivesse nenhuma conversa suspeita com ninguém pelo telefone. Eu queria dizer que não havia como eu ter uma conversa suspeita com ninguém, eu não estava sabendo de nada, eu não entendia nada de política, no tempo da faculdade eu era da turma dos alienados, nunca fiz política estudantil, nunca frequentei o diretório acadêmico, mas o Binho não me dava tempo, eu nunca tinha ouvido ele falar tanto, ele que não era de falar quase nada, antes que eu pudesse abrir a boca o Binho foi logo dizendo que o

Ramón tinha dito a ele pra me pedir que eu substituísse ele, quer dizer, ele Ramón, não ele Binho, a peça estava com a reestreia marcada pra próxima semana, eu era a única pessoa que podia substituir o Ramón, quer dizer, substituir o Ramón como ator, como diretor o Orlando ia ficar no lugar dele, o Orlando na verdade já vinha atuando como assistente de direção há algum tempo, mas como ator era importantíssimo, era fundamental que eu ajudasse o grupo, pelo menos enquanto não conseguissem achar um ator disposto a pegar aquele papel, que afinal não era um papel tão grande, não tinha tantas falas assim, mas era importante, tinha uma fala importante, e numa peça como aquela todo papel era importante, se eu não topasse o espetáculo ia ficar desfalcado, eu tinha que fazer aquilo pelo grupo.

Tudo isso foi dito de uma vez só, e minha primeira reação foi dizer: Não, você não vê que isso é uma loucura, rapaz, e eu lá sou ator? E ele: Você já quebrou nosso galho uma vez, lembra? Você se saiu muito bem, muito bem, todo mundo gostou, o Ramón até aplaudiu depois, você lembra? Porque se você não topar, se você não topar vai ser o fim, quer dizer, não é só *O castiçal*, não, é o fim do Artaud Vive, entendeu? Porque se a peça não sair, o grupo vai acabar, sem o Ramón pra segurar as pontas e a gente desistindo do espetáculo uma semana antes da reestreia vai ser o fim, um tremendo balde d'água fria, cada um vai pro seu lado, cara, você não pode deixar isso acontecer, você tem que ajudar a gente. Faz isso pelo Ramón, por mim, pela Antônia. E me olhou bem nos olhos, como se pra sublinhar o nome da Antônia, como se ele soubesse do meu interesse, da minha obsessão pela Antônia. Mas como que ele podia saber? Como, se eu nunca tinha me aberto com ninguém do grupo, muito menos com ele, que seria a última pessoa que eu ia falar sobre a Antônia? Ou era justamente por isso que ele tinha percebido, porque ele era o mais ligado à Antônia? Ou será que estava tão na cara a minha fixação na Antônia que todo mundo já tinha percebido? Mas o fato é que a estratégia dele deu certo, se era mesmo uma estratégia, foi só ele falar na Antônia e eu imaginar a reação dela quando soubesse que eu me recusava a ajudar o grupo pra eu amolecer na minha decisão de dizer não, e quando dei por mim eu estava dizendo: Me dá um tempo, deixa eu pensar um pouco, acabei de acordar, e ele: Pois eu não dormi nada essa noite, ninguém do grupo conseguiu dormir, o Ramón passou correndo lá em Santa Teresa no meio da noite, pegou umas coisas, avisou que estava pulando fora e deixou um bilhete com instruções, e uma das instruções era essa: convocar o D. P. pra fazer o papel do Inquisidor. Convocar, a palavra era essa, convocar. Tentei empurrar a coisa com a barriga: Binho, você está exausto, vai dormir um pouco, aqui mesmo na minha casa, dorme um pouco que depois a gente conversa sobre essa história, e ele: Não, você tem que me dizer agora que topa, daqui eu vou correndo pra Santa Teresa avisar o pessoal, e eu: Então volta pra casa, descansa um pouco e depois me telefona, e ele: Telefonar, nem pensar, não dá pra dizer mais nada pelo telefone, me diz agora que você topa, D. P., e a conversa se arrastou mais um pouco desse jeito, eu protelando mais por protelar, mas já sabendo que ia acabar dizendo sim, desde a hora em que ele falou na Antônia eu tinha certeza de que ia acabar topando, e por fim eu disse: Está bem, Binho, se é pro bem do povo e a felicidade geral da nação, diga ao povo que eu topo.

Os dias que se seguiram estão meio atrapalhados na minha cabeça, tudo aconteceu tão rápido que já não me lembro quantos ensaios gerais foram, se dois ou três, talvez até mais, mas não muito mais porque a reestreia estava próxima, e não daria tempo pra muito mais que três. Lembro que chovia muito, chovia que parecia que o mundo ia acabar, todo mundo chegava nos ensaios encharcado. Lembro em particular da última reunião com o padre, um italiano de seus quarenta anos, argentino ou italiano, não sei dizer direito, não tinha o menor jeito de padre, se vestia mais ou menos como nós, jeans e camiseta, só que usava sapatos pretos em vez de tênis, um italiano ou argentino de fala lenta, com um sotaque que lembrava o do Ramón, dizendo que estava de fato sendo pressionado pela hierarquia, perigava de ele ser transferido de Botafogo pra alguma paróquia no subúrbio, tinha tido uma conversa muito desagradável com um membro da hierarquia, ele nunca dizia quem era, se era o bispo ou o quê, dizia só isso, um membro da hierarquia, tinha sido um verdadeiro interrogatório, uma inquisição — mas que ideia era aquela, disseram a ele, deixar a sala da igreja ser usada por um bando de maconheiros pra montar um espetáculo obsceno e subversivo, certamente uma peça que nada tinha a ver com a Igreja, que de certo modo até atacava a Igreja, afinal o personagem do Inquisidor era o vilão da peça, enfim, um grupo de subversivos que se fazia passar por trupe teatral, e um grupo liderado por um elemento estrangeiro, comunista, e ainda por cima judeu — e ao dizer isso o padre soltou um risinho irônico, mas que ao mesmo tempo, isso eu percebi, era também um riso tenso, uma espécie de tique nervoso, e foi nesse momento que caiu a ficha, eu percebi que o padre também estava com medo, até ele, todo mundo estava com medo, a situação era séria. Mas, o padre insistiu, minha palavra está dada e vocês podem contar comigo, não vou arredar pé, enquanto eu estiver aqui na paróquia esta sala é de vocês. Nisso a Mara perguntou: Mas e o Ramón, onde que ele está, o senhor está sabendo de alguma coisa? E o padre riu aquele riso nervoso outra vez, e disse: Fiquem tranquilos que o Ramón está bem, mas não me perguntem mais nada porque não posso dizer mais nada.

    Me lembro acima de tudo do último ensaio geral, o mais tenso de todos, porque a qualquer momento o padre podia ser transferido e aí a gente ficaria sem sala, era o que todo mundo dizia na nossa última reunião antes do ensaio final, uma reunião no meu apartamento, que agora era de novo o lugar preferido pras reuniões, desde que o Orlando percebeu pela terceira vez um mesmo sujeito lendo o jornal ao lado da entrada de uma pensão que ficava bem em frente ao prédio de Santa Teresa, um sujeito estranho, com um bigode fino e óculos escuros, Só pode ser cana, insistia o Orlando, e daí em diante não houve mais reuniões no apartamento de Santa Teresa, e na igreja nem pensar, lá só mesmo os ensaios, qualquer conversa mais séria tinha que ser no meu apartamento. Na última reunião, na véspera do último ensaio, a reestreia seria no sábado, a Antônia parece que me abraçou com mais força do que antes, ou então fui eu que imaginei isso, não sei. No dia seguinte foi o ensaio final, eu estava muito nervoso no início, gaguejando, mas fui ganhando firmeza quando me dei conta de que as falas estavam todas gravadas na minha memória, sem o menor esforço as palavras apareciam na minha boca, e na minha única cena mais importante, na minha fala mais longa, em que eu contracenava com a Antônia, ela ajoelhada à minha frente, dirigindo uma súplica ao Inquisidor, e eu me negando a atender seu pedido, com uma veemência sádica que surpreendeu até mesmo a mim, quando terminei minha fala todos interromperam a ação pra me aplaudir, até mesmo a Antônia, principalmente ela, e nesse momento em vez de sentir orgulho ou triunfo o que me veio foi uma sensação estranha, que me lembrou aquele primeiro dia, parecia que tinha sido tanto tempo antes, e nem era tanto tempo assim, aquela vez em que entrei meio que por acaso no Teatro Microcefálico e por um triz não sentei no colo da Antônia, quando virei pra trás e perguntei se ela estava bem e por um instante tive a nítida sensação de que aquilo era a deixa que estavam esperando pra que tivesse início o espetáculo — pois nesse momento tive de novo aquela sensação, todos me aplaudindo, a Antônia me abraçando, até mesmo roçando os lábios no meu rosto, ela que, ao contrário da beijoqueira da Mara, evitava todo contato físico com os colegas da trupe, nesse momento, em vez da sensação de triunfo por estar sendo aplaudido e praticamente beijado pela Antônia, o que eu sentia, por mais absurdo que parecesse, o que eu experimentava era de novo uma sensação muito forte de que tudo aquilo já estava planejado, tinha sido combinado de antemão. É difícil explicar agora o que senti naquele momento: era uma coisa forte, que não passava pela lógica, porém me percorria todo o corpo, dos pés à cabeça, a convicção de que eu estava só desempenhando um papel que havia sido escrito pra mim, desde o dia em que conheci o pessoal do Artaud Vive, tudo aquilo tinha sido um grande ensaio geral, todos os gestos e olhares e palavras que tinham sido dirigidos a mim, e os que os membros do Artaud Vive tinham trocado uns com os outros na minha presença, tudo havia sido cuidadosamente planejado, tudo estava voltado pra um determinado objetivo, e agora tinha chegado a hora, o momento que era a razão de ser de todos aqueles encontros, todas aquelas conversas: eu era o Inquisidor.

Naquela noite não dormi quase nada. De início fiquei relembrando cada um dos momentos das últimas semanas, revirando pelo avesso cada palavra dita, cada troca de olhares, tentando encontrar uma confirmação da minha sensação absurda de ter vivido, na vida real, uma peça previamente escrita; aquilo era sem dúvida fruto do clima frenético dos últimos dias, com o desaparecimento do Ramón, o nervosismo do padre, além da tensão natural antes de uma estreia, algo que provavelmente todos os atores costumavam sentir; no frigir dos ovos era só uma montagem semiamadora, a publicidade era quase clandestina, uns poucos folhetos distribuídos em filas de cinemas de arte e em barzinhos da moda, a censura provavelmente estava cagando e andando pro Artaud Vive, eu ia só quebrar um galho pro Ramón, ajudar o pessoal do grupo, quem sabe conseguir comer a Antônia, ou até mais do que isso, namorar a Antônia, uma coisa que às vezes me parecia impossível, mas afinal impossível por quê, a Antônia era uma garota, talvez um pouco mais complicada do que a média, mas uma garota assim mesmo, e por quê que ela não podia gostar de mim? Eu não era feio, ganhava meu dinheirinho, tinha até algum talento de ator, era perfeitamente possível que ela gostasse ou viesse a gostar de mim, e por aí afora; e assim foi que, em algum momento daquela madrugada, deitado na minha cama e olhando pro teto, tomei a firme decisão de dizer à Antônia que gostava dela, que amava ela e queria viver com ela, uma garota como ela a gente não pedia em casamento, isso não, seria uma caretice intolerável, era só juntar os trapinhos e pronto, era isso, a Antônia viria morar comigo, ali no meu apartamento em Copacabana, e eu ia produzir a carreira da Antônia, a carreira artística da Antônia, e em algum momento da madrugada, em algum momento dessa fantasia complicada, completamente exausto, adormeci.

    Acordei cedo, já era dia claro, o sol tinha voltado finalmente, com o telefone tocando. Era um telefonema de São Paulo: meu pai, me avisando que eu tinha sido selecionado pra trabalhar na firma, a tal firma que havia me entrevistado; eu devia me apresentar pro trabalho o mais depressa possível. Me levantei às pressas, fiz a mala correndo, tomei um táxi pro Santos Dumont, peguei a ponte aérea e naquele dia mesmo, depois do almoço, me apresentei na firma, e comecei a trabalhar no dia seguinte. Menos de um mês depois conheci a Graciela numa festa; seis meses depois estávamos casados; um ano depois nascia a nossa primeira filha, a Fernanda, seguida de mais duas, a Natália e a Júlia; todas se casaram antes dos vinte e cinco anos; e amanhã nosso primeiro neto, o Bruninho, completa um ano de idade.

33

Tema e variações

Boa noite, senhoras e senhores, é um enorme prazer estar aqui... um prazer e uma honra. Antes de mais nada, gostaria de agradecer esta oportunidade de me dirigir a um público tão seleto, formado exclusivamente por pessoas para quem a música não é apenas uma ocupação e sim, por assim dizer, uma vocação no sentido mais forte, até religioso, da palavra, sim, a própria razão de viver. O prêmio que me é oferecido hoje, não posso vê-lo senão como, mais do que tudo, aaaah... a expressão da imensa generosidade das senhoras e dos senhores aqui presentes... (*Aplausos.*) Não, por favor, não me aplaudam, não se trata de falsa modéstia, absolutamente... Não... Falo sério, tenho perfeita consciência das minhas limitações, sei o quanto são parcas as minhas realizações se comparadas com as minhas ambições dos já longínquos vinte anos, e mais ainda em comparação com as realizações de muitos dos que ora me aplaudem... (*Mais aplausos.*) Obrigado... Obrigado. (*Pigarreia.*) Nesse momento, em que vocês me oferecem este prêmio e me aplaudem de modo tão caloroso, sou levado a pensar numa pessoa ausente, o grande ausente desta noite, por assim dizer, o artista mais talentoso que conheci em toda a minha vida, e que foi também, e disso muito me orgulho, o melhor amigo que já tive... Sempre que volto o pensamento para os tempos da juventude, minhas realizações e meu talento me parecem coisas de pouca monta em comparação com o que fez e principalmente o que poderia ter feito o meu saudoso colega de conservatório, Inácio Cruz... Sei que para alguns de vocês o nome não é familiar, talvez até seja de todo desconhecido, mas é que hoje, precisamente hoje, ele estaria completando sessenta anos se vivo estivesse, de modo que é natural que meus pensamentos se voltem para ele, depois de tanto tempo, justamente na data de hoje... (*Pausa longa. Bebe um copo d'água.*)

Para os que não tiveram o privilégio de conhecê-lo em pessoa, como eu o conheci, o nome de Inácio Cruz talvez não passe de uma nota de rodapé na história da música de nosso país, não que eu tenha nada contra as notas de rodapé (*risos*), nem contra as pessoas que, por um motivo ou outro, não conseguem deixar seu nome escrito em mármore, granito ou qualquer outra substância mais dura do que a massa cinzenta dos que as conheceram em carne e osso, e que, tal como elas, também hão de morrer... Claro que o papel também perdura, tanto quanto qualquer pedra, mas muita diferença há entre o papel dos jornais e revistas lidos pelas multidões e o das páginas finais, onde ficam as notas em fonte reduzida, dos grossos volumes que permanecem anos a fio nas estantes das bibliotecas sem ser tocados por ninguém além das traças... (*Pausa.*) Mas temo que os que me ouvem, e que não conhecem Inácio Cruz, e infelizmente é quase certo que no meio dessa distinta plateia, formada por músicos e musicólogos de tão grande valor, não haja mais de um ou dois ou três que de fato conheçam a obra pequena, porém intensa, de Cruz — temo que os que me ouvem, dizia eu, ou pelo menos os mais perceptivos entre eles, julguem que estou me entregando a paradoxos divertidos. Se afirmo que meus talentos me parecem limitados em comparação com os de Cruz, como pode ser que este mesmo Cruz esteja agora esquecido? A pergunta me parece eminentemente razoável, e muito embora ninguém a tenha dirigido a mim, proponho-me a respondê-la, ainda que isso me leve a alongar meu discurso um pouco mais do que o esperado, porque afinal as senhoras e os senhores presentes fizeram por merecer o coquetel que será servido em breve, o qual, devo confessar, também eu aguardo com certa ansiedade... (*Risos na plateia.*) Mas vamos à minha história. (*Pausa longa. Pigarreia. Bebe um gole d'água.*)

    Digo minha história, mas na verdade me refiro à história de Inácio Cruz. Quer dizer, não deixa de ser minha história também, porque na vida dele, ou na parte da vida dele que foi dedicada à música, minha participação foi importante, embora nela eu não tenha sido o protagonista, é claro, pois cada um é o protagonista apenas da sua própria vida, e sim um... um coadjuvante crucial. Mas vamos ao paradoxo aparente: Inácio Cruz, um músico extraordinário, dos maiores do nosso tempo... e no entanto eis que foi reduzido a uma nota de rodapé; Cruz, o autor das *Variações Kreutzer*, uma obra que mesmo na Europa chegou a ser tocada, ainda que os pianistas mais jovens de hoje talvez não a reconheçam se ouvirem... Já imagino o que passa pela cabeça de alguns dos mais jovens presentes que conhecem as *Variações*, se é que eles existem; devem estar pensando que eu me enganei, pois as *Variações* não são para quarteto de cordas, e de minha autoria? Mas não. Na verdade é uma obra de Inácio, a peça mais conhecida dentre o punhado de obras compostas por Inácio Cruz, e a única que chegou a ser gravada, se bem que... mas falaremos nisso depois. (*Pausa.*) Mas sim. Conheci Inácio Cruz no conservatório, logo no primeiro ano, assim que entrei.

Tínhamos a mesma idade — éramos meninos, quer dizer, estávamos naquela idade em que se continua a ser menino mas já se perdeu a consciência de que se é menino, se vocês me entendem, aquela idade em que, por conta de algumas coisas que já se começou a entender, chega-se à conclusão de que já se entende tudo — enfim, ainda éramos garotos, tínhamos praticamente a mesma idade, embora eu parecesse mais velho que ele, não que eu aparentasse ser mais velho do que era na verdade, era Inácio que todos tomavam por bem mais moço; sempre foi mirrado, ossos miúdos, ninguém imaginava que ele tivesse aquela força incrível que tinha nos braços, e até os vinte anos, ou quase isso, era completamente imberbe, o que causava sensação quando ele subia no palco, pois quando começava a tocar com aquela precisão absoluta, aquele vigor extraordinário, incomparável, tinha-se a impressão de que era um menino-prodígio, e de fato Inácio tinha sido um menino-prodígio, mas quando o conheci, apesar da pouca idade, ele já era um músico maduro... Mas, dizia eu, meu primeiro contato com o Inácio foi o pior possível. Foi assim: entrei na sala de aula e me sentei no lugar dele, sem saber que o Inácio já havia escolhido aquela carteira, ele tinha se levantado para falar com alguém e quando voltou eu estava no lugar dele. Foi logo me mandando sair dali, de um jeito meio brusco; não gostei daquele tom de voz, mas mesmo assim expliquei que não sabia que ele já estava sentado ali, não havia nada marcando o lugar, enfim... Talvez eu tenha sido um tanto categórico, talvez até agressivo, e como eu era bem maior que ele, Inácio hesitou e acabou mudando de lugar, não sem antes me dirigir um olhar nada amistoso. Coisas de adolescente. Nos primeiros dias nos evitamos, mas uma ou duas ou três semanas depois entrei numa sala que imaginei que estivesse vazia e encontrei Inácio sentado ao piano e se preparando para começar a tocar. Ele não me viu, estava de costas para a porta, lembro que começou um prelúdio do *Cravo bem temperado*, o prelúdio em ré maior do segundo livro, e logo no primeiro acorde, que ele tocou *fortissimo*, fiquei absolutamente deslumbrado, permaneci imóvel uns três metros atrás dele — os primeiros compassos foram estupendos, cheios de cores vivas que saltavam do teclado, por assim dizer, e quando alcançou aquela modulação meio inesperada logo antes da escala descendente triunfal do compasso quarenta cheguei a ficar arrepiado, e quando terminou o prelúdio eu estava a ponto de aplaudir, mas ele não fez nenhuma pausa e emendou direto na fuga, e se o prelúdio tinha sido um espetáculo de energia, de vivacidade e alegria, a fuga foi ainda melhor, se é que isso é possível — ele tocava a fuga bem devagar, mais ainda que na gravação da Landowska, com uma melancolia controlada, doída, mas que não tinha nada de sentimentalismo, algo que até eu, na minha imaturidade, percebi que era uma coisa muito rara de se encontrar num artista — a cada nova entrada do tema, perfeitamente articulada, eu me extasiava mais, e a execução era de uma delicadeza, de uma perfeição tal que, quando terminou, me aproximei dele para fazer um baita elogio e, em vez de falar, comecei a chorar copiosamente, imaginem só, eu, um garoto naquela idade em que os garotos querem afirmar a masculinidade, comecei a chorar feito um bebê... (*Pausa.*) Ele ficou pasmo, mas entendeu que eu estava emocionado, que meu choro era uma reação à maravilha daquele espetáculo, e se aproximou de mim e pôs a mão no meu ombro — teve que levantar o braço um bocado, ele era mesmo bem mais baixo que eu — pôs a mão no meu ombro, e a partir daquele momento nos tornamos amigos inseparáveis... Só de me lembrar disso me emociono agora... (*Pausa longa. Enxuga uma lágrima.*) Anos depois ele me confidenciou que o segredo dele era tocar Bach como se fosse Chopin, tocar Chopin como se fosse Haydn, tocar Haydn como se fosse Schoenberg, tocar Schoenberg como se fosse Rachmaninov, tocar Rachmaninov como se fosse Bach... (*Risos.*) O Inácio era assim, cheio de brincadeiras... mas não era só brincadeira, não, havia uma certa lógica naquilo. (*Bebe um gole d'água.*) Mas sim, naquele momento tomei a decisão de me tornar compositor e maestro, porque ao ouvir Inácio interpretando Bach entendi que eu jamais poderia tocar daquela maneira, jamais poderia fazer carreira de solista, eu havia entrado no conservatório querendo me tornar um virtuose, e ainda no primeiro mês tenho esse choque de ouvir Inácio Cruz tocando como creio que nem Glenn Gould tocava naquela idade — pois ali mesmo mudei de planos, decidi que minha carreira futura na música seria em composição e não interpretação... Mas enfim, nos tornamos amigos inseparáveis, eu e o Inácio, estudávamos juntos, trocávamos sugestões musicais, se um tinha uma ideia imediatamente mostrava para o outro, um fazia questão de se deixar influenciar pelo outro, como se ser influenciado pelo outro fosse uma prova de amizade, algo assim. Por exemplo, na audição de final de período, no nosso primeiro semestre, escolhi tocar o prelúdio e fuga em ré maior do livro dois do *Cravo bem temperado*, aquela mesma peça que tinha sido, por assim dizer, a abertura da nossa amizade — ele já tinha me falado que ia tocar Beethoven, por isso escolhi Bach, toquei o prelúdio e fuga em ré maior com os mesmos andamentos e as mesmas dinâmicas que ele tinha usado naquele dia, foi uma maneira de homenagear o Inácio, a nossa amizade. Depois vieram elogiar minha leitura de Bach, mas fiz questão de explicar que estava apenas repetindo a lição que Inácio me tinha dado logo nas primeiras semanas do semestre. (*Pausa. Bebe um gole d'água.*) Mas Beethoven. Lembro muito bem o dia em que estávamos na casa dele, ouvindo uma gravação da *Sonata Kreutzer*, e quando terminou o terceiro movimento comecei a brincar com o nome do Inácio, dizendo que de repente o Cruz dele vinha de Kreutzer, que ele era descendente do tal Kreutzer a quem Beethoven dedicou a sonata, um bestalhão que nunca havia compreendido a música dedicada a ele, e aí o Inácio entrou na brincadeira, disse que ia limpar o nome da família, apagar a mancha daquele antepassado ignóbil com uma grande série de variações para piano sobre o tema do terceiro movimento da *Kreutzer*. O tempo passou, eu pensei que ele tinha se esquecido disso, acho que até eu havia me esquecido, e não é que um belo dia ele me mostra as *Variações*, a partitura pronta, foi a primeira grande realização dele como compositor, quer dizer, de certo modo, a primeira e última. Mas isso foi bem depois, não vamos nos antecipar. Logo nos primeiros tempos do conservatório, muito antes das *Variações*, nós éramos unha e carne, morávamos no mesmo bairro, vivíamos um enfiado na casa do outro. Os pais dele eram dois autênticos matutos, gente simples, do campo; um dos muitos mistérios da vida de Inácio é justamente este: como que aquele menino do interior veio a manifestar o gosto pela música tão cedo, sem ter nenhum acesso à música clássica senão um programa de rádio aos domingos? Talvez uma tia, algum parente, que tivesse uma coleção de discos, um piano? Nunca perguntei isso a Inácio, nunca falávamos sobre o passado, o passado não nos interessava nem um pouco; a gente só falava sobre o presente, e sobre o futuro, é claro, nossas carreiras musicais, e também sobre garotas — foi no tempo do conservatório que as garotas entraram a sério na nossa vida — mas novamente estou me antecipando. Eu estava dizendo que os pais de Inácio eram dois caipiras, pessoas adoráveis, sem dúvida, mas totalmente desprovidas de senso estético, de cultura. Estavam longe de ser ricos, embora tivessem algumas terras no interior; vieram para a cidade só por conta do filho, da carreira do filho único, e parece que tiveram que vender uma parte da fazenda para custear a mudança. O pai era um sujeito grandalhão, um pai até muito carinhoso, mas a pessoa mais limitada que já conheci na vida, que Deus o tenha, burro, burríssimo, mesmo... para vocês não acharem que estou exagerando, uma vez ele... Mas não, nada de digressões. Inácio tinha puxado não ao pai, e sim à mãe, uma mulherzinha miúda, na época eu não prestava atenção nesses detalhes, mas hoje penso que tudo dele veio da mãe, e não só o físico. A mãe era quase tão inculta quanto o pai, mas era uma pessoa inteligente, dava para perceber que ela compreendia que o filho era um ser extraordinário, dotado de um talento raro; foi ela quem insistiu na importância de fazer sacrifícios financeiros para que a família pudesse se mudar para a cidade, onde o Inácio poderia estudar num bom conservatório, comprar discos, ir a concertos; o pai não entendia nada, só assinava os cheques; talvez fosse um casamento típico, com divisão de papéis bem definida, um toma as decisões e o outro assina os cheques... Mas voltemos à história. (*Pausa longa. Bebe um copo d'água.*)

A uma certa altura do curso as garotas começaram a entrar na nossa vida, dizia eu. Porque até então a nossa amizade nos absorvia por completo, não havia espaço para mais ninguém. O Inácio era muito possessivo, ciumento mesmo, de modo que ele não gostava que eu tivesse outros amigos, chegava a implicar com uns primos de quem eu era próximo... Sim, até que as garotas começaram a aparecer. Não que nós fôssemos muito namoradores, absolutamente; o que mais fazíamos era estudar, estudar, vida de músico, de estudante de música, é isso, estudar e tocar para plateias, primeiro no ambiente do conservatório, e aos poucos no mundo exterior. Eu agora me dedicava mais a composição e regência, e Inácio rapidamente se tornava conhecido nos meios musicais como um futuro grande pianista; assim, não havia competição, não havia rivalidade entre nós. Quer dizer, Inácio também compunha, mas ele quase nunca mostrava as composições a ninguém, só a mim, e assim mesmo de vez em quando, coisas muito boas, que eu queria que ele mostrasse imediatamente para todo mundo, só que ele nunca estava satisfeito, sempre achava que era preciso trabalhar mais, elaborar melhor o desenvolvimento de uma sonata, dar uns retoques no *stretto* de uma fuga... (*Pausa breve. Olha para o copo d'água, mas não bebe.*)

Mas as garotas. Houve mais de uma, mas na verdade só uma contou, mesmo. Me lembro bem da primeira vez que vimos a Elza, no nosso terceiro semestre. A Elza tinha mais ou menos a mesma idade que nós, estudava violino, uma moça morena, bonita, bonita de chamar a atenção, mesmo, e alta, um pouco mais alta que eu, até. Lembro muito bem dessa primeira vez. Estávamos eu e o Inácio fumando no pátio, discutindo sobre alguma coisa, nós discutíamos sobre tudo, eram discussões veementes sobre tudo e sobre nada, que começavam sem mais nem menos e também acabavam sem mais nem menos, quando alguma coisa intervinha, e nesse dia o que interveio foi a Elza, que estava vindo ao conservatório pela primeira vez — nós olhamos para ela, ela olhou para nós, e a discussão parou ali mesmo. A Elza, que era uma moça muito despachada, extrovertida, foi logo se chegando a nós para perguntar quem era a dona Edith, tinham dito a ela para falar com a dona Edith e ela não sabia quem era, e o Inácio na mesma hora se pôs a fazer uma imitação impagável da dona Edith, a professora de harmonia, uma senhora um pouco torta, que tinha uns tiques engraçados, um jeito de entortar a cabeça quando falava, um modo de falar inconfundível. O Inácio era um excelente imitador, comecei a rir, a Elza riu também, e ali mesmo se enturmou conosco. E o Inácio, que até então era muito tímido com as meninas, ao contrário de mim, na mesma hora tratou a Elza com a maior naturalidade. E pronto, assim de estalo: se antes éramos uma dupla, agora formávamos um trio inseparável, estudávamos juntos, íamos juntos a tudo que era lugar, à praia, ao cinema, aos concertos. E em pouco tempo a Elza começou a tocar com o Inácio, ela estudava violino, eles formaram um duo fantástico; compus então uma sonata para violino e piano, dedicada aos dois... isso mesmo, a minha primeira sonata, em mi maior, a minha primeira peça que teve alguma repercussão fora dos muros do conservatório, não que houvesse naquele tempo muros em volta do conservatório... (*Risos; bebe um copo d'água.*)

Creio que foi no final desse ano, o ano em que a Elza entrou para o conservatório, que a Elza e o Inácio apresentaram a minha sonata. Foi o último número da apresentação geral dos alunos no fim do período; eu estava um pouco tenso, havia músicos conhecidos na plateia, e até o crítico de música de um jornal importante; eu estava sentado na primeira fileira, cercado de colegas e professores, e assim que a Elza e o Inácio entraram no palco e começaram a tocar fui percebendo várias coisas, uma depois da outra. A primeira era que eles não estavam nem um pouco nervosos, estavam absolutamente tranquilos, tinham a música na ponta dos dedos. A segunda coisa era que havia um entrosamento perfeito entre eles, não dava para acreditar que só estavam tocando juntos há uns poucos meses. (*Bebe mais água; pausa longa.*) Quando terminou a sonata, todo mundo começou a aplaudir freneticamente, estava todo mundo na plateia, meus pais, meu irmão mais moço, os pais do Inácio, a mãe da Elza (porque o pai dela já tinha morrido, morreu quando ela ainda era pequena), os professores, o crítico também estava aplaudindo, de repente uma pessoa me abraçou e por um momento eu não entendi por quê, eu havia esquecido que era o autor da música, de tão absorto que estava na performance do Inácio e da Elza, no entrosamento entre eles... Mas o público começava a gritar bis, bis, e aos poucos as palmas foram morrendo, os dois jovens músicos assumiram suas posições e começaram a tocar uma música que ninguém conhecia, só o Inácio e eu, uma pequena fantasia para violino e piano do Inácio, que ele já havia me mostrado uma vez, dizendo que algum dia ia puxar uma sonata inteira daquela peça. E nesse momento percebi a terceira coisa, uma obviedade: que eu não era mais a única pessoa a quem o Inácio mostrava as composições dele; e fiz mais uma descoberta, a quarta: eles haviam ensaiado aquela fantasia sem me dizer nada, eles dois estavam aquele tempo todo escondendo uma coisa de mim, de mim, o maior amigo, o mais antigo, do Inácio! (*Bebe mais água; pausa longa.*)

Sei o que vocês estão pensando. A velha história de sempre: uma sólida amizade entre dois rapazes que se desfaz quando entra em cena uma moça; então tome rivalidade, ciúmes... Mas não, não foi isso o que aconteceu. Quer dizer, não foi bem isso, não. Claro que eu me dei conta de que entre a Elza e o Inácio as coisas já deviam ter avançado bastante àquela altura, e se era assim, bem, eu não podia fazer nada, mesmo se eu sentisse uma queda pela Elza, uma ideia que nunca tinha me ocorrido antes, mas que podia ter me ocorrido, sim; afinal, uma morenaça como aquela, bonita e talentosa, mas mesmo que tivesse, é claro que eu ia respeitar aquela relação que estava florescendo ao meu lado, se era isso mesmo que estava acontecendo, e eu não tinha mais nenhuma dúvida de que estava. Subi ao palco e abracei os dois, emocionado, e o tempo todo eu estava pensando: mas é claro, faz todo sentido, o Inácio e a Elza, a formação do duo deu a eles muitas oportunidades de ficarem juntos, só eles, a dois, é claro que aconteceu. E então percebi mais uma coisa, a quarta, não é? Não, a quinta — a quinta. Percebi, com uma nitidez incrível, que a escolha daquele bis ensaiado em segredo era a maneira deles dois... me revelarem, com muita delicadeza, o que havia acontecido. Era como se o Inácio me dissesse: veja, aquela fantasia que eu só havia mostrado a você e a mais ninguém, mostrei à Elza sem dizer nada a você, nós estudamos a peça juntos sem dizer nada a você, tudo isso para que você entendesse... Sim, claro que eu tinha entendido. Perfeitamente. (*Pausa longa. Bebe um gole d'água.*)

Tanto assim que quando, no dia seguinte, o Inácio me procurou dizendo que precisava me contar uma coisa, eu já sabia o que ele ia me dizer; cheguei mesmo a pensar em me antecipar, mas pensei melhor e resolvi deixar ele mesmo falar. E então ele me contou. (*Pausa.*) Estávamos só nós dois numa sala, me lembro muito bem, era um dia quente, o conservatório já estava em clima de férias, gente falando alto no corredor, nós estávamos numa sala vazia e ele me contou tudo com a maior empolgação. E eu, eu fingi que aquilo era uma novidade para mim, fingi que não tinha percebido nada, dei os parabéns a ele; mas no fundo, é claro, eu estava meio enciumado, talvez com um pouco de ciúme da Elza, por quem talvez eu tivesse uma queda, mas principalmente ciúme do Inácio, que até então era, por assim dizer, propriedade exclusiva minha. Não sei se consegui disfarçar meus sentimentos por completo, porque no instante seguinte a expressão no rosto do Inácio mudou um pouco, surgiu uma ruga entre os olhos por uma fração de segundo, e ele disse: Olha, mas isso não muda nada a nossa amizade, você continua sendo meu melhor amigo, o Trítono Terrível segue em frente! O Trítono Terrível... (*Sorri.*) Isso porque a dona Edith, numa aula de harmonia, um dia em que nós três não parávamos de conversar, interrompeu a aula para dizer: Mas esses três hoje estão terríveis, hein! É o trítono terrível, o diabo na música! E aí o nome pegou, nós éramos o Trítono Terrível, e o Inácio fez questão de dizer: o Trítono Terrível continua, não muda nada, nada. (*Pausa.*) Mas é claro que mudou. Claro que o namoro passou para o primeiro plano. Por mais que a amizade continuasse, não era mais a mesma coisa. (*Pausa. Bebe um gole d'água.*)

E foi pouco depois disso que o Inácio começou a trabalhar nas *Variações Kreutzer*, ao mesmo tempo que estudava Schoenberg. Curioso, já conheci várias pessoas que dizem não suportar música dodecafônica e quando ouvem as *Variações* ficam maravilhadas, sem perceber que o que o Inácio faz com o tema do Beethoven, ou melhor, com aquele fragmento modificado do tema do terceiro movimento da *Kreutzer*, é tratar aquilo como uma série, claro que sem seguir à risca o modelo de Schoenberg, mas ele pega o tema, suprime as... Não, não vou entrar em detalhes técnicos; meu objetivo aqui é homenagear Inácio Cruz e não analisar a estrutura das *Variações*, coisa que já foi feita por um grande musicólogo, que aliás está presente aqui na plateia... Bom. Aaaah... Onde mesmo... Ah, sim, a época em que o Inácio mergulhou no estudo de Schoenberg e começou a trabalhar a sério nas *Variações*. Não quero dar a impressão de que Inácio Cruz era um cê-dê-efe, como se dizia naquele tempo; ele estudava e compunha mas também se distraía, ia a festas, namorava. Sim, porque nessa época o namoro com a Elza ia às mil maravilhas, os dois estavam sempre juntos. Era um casal engraçado, a Elza bem alta, ele baixinho, batia no ombro dela... A amizade comigo continuava forte, apesar do namoro, embora não fosse como antes, é claro; mas muitas vezes eles me convidavam para sair com eles, e eu, para não ficar segurando vela — mais uma expressão da nossa juventude, segurar vela — eu chamava uma outra menina, não minha namorada, que nessa época eu não tinha namorada firme, uma amiga, ou uma menina que era mais que uma amiga sem chegar a ser exatamente uma namorada, mas que permitia, por assim dizer, que eu avançasse um pouco o sinal... (*Risos na plateia.*) Pois bem, saíamos os quatro e pintávamos o sete. Foi nessa época, já nas férias de verão, pouco antes do Carnaval, que um dia estávamos na casa dele, eu, o Inácio e a Elza, o Trítono Terrível reunido, conversando sobre assuntos de adolescentes, nós teríamos o quê nessa época, dezoito, dezenove anos, no meio da conversa o Inácio sem mais nem menos olhou para mim, olhou para a Elza, muito sério, e disse: Terminei as *Variações*. (*Pausa. Bebe um gole d'água.*) Percebi que a Elza também estava recebendo a notícia naquele momento. Depois de um instante de silêncio, nós dois pedimos para ver a partitura, e ele abriu uma gaveta e a pegou, a música estava escrita a lápis, ele ainda não tinha nem feito uma cópia a tinta, eu e a Elza começamos a ler com o maior entusiasmo, e daí a pouco o Inácio estava sentado ao piano tocando umas seções, só para mostrar como era, a apresentação do tema e umas duas ou três variações, algumas eram de execução difícil e ele achava que ainda não sabia tocar direito, como a variação 11, aquela das oitavas em *staccato*, e a 15, uma coisa assustadora, *prestissimo*, com aquelas inversões do tema, um contraponto cerrado, a quatro vozes, mas ele já estava tocando muito bem, puro perfeccionismo dele achar que não... Pelo visto o Inácio estava estudando cada variação à medida que compunha, de modo que quando terminou de compor a coisa já estava quase em ponto de bala. Implorei para que ele me deixasse tirar uma cópia xerox, antes mesmo de passar a limpo, porque eu queria começar a estudar a obra o mais depressa possível. Ele se recusava a se separar do manuscrito mesmo por um segundo; foi comigo até o xerox levando aquele calhamaço numa pasta, tiramos a cópia, ficou ruim de ler, por ser a lápis, mas eu *precisava* estudar aquela maravilha o quanto antes. (*Pausa longa. Enche um copo d'água, bebe um gole.*)

    Fiquei absolutamente deslumbrado com as *Variações*, mas não demorei para concluir que tão cedo eu não ia conseguir tocar aquilo no piano. O nível de dificuldade era tremendo, e eu já estava estudando umas peças contemporâneas muito difíceis, e ainda por cima agora eu estava me dedicando mais era à composição, à orquestração... Continuei a estudar a obra do Inácio, mas tive uma ideia. Sem contar nada a ele nem a ninguém, resolvi fazer uma transcrição para quarteto de cordas. Acho que a ideia do quarteto surgiu em parte porque na época eu estava descobrindo os quartetos de Bartók, mas em parte também por causa da variação número 15, que era a quatro vozes; mergulhei no trabalho, quando me perguntavam eu dizia que estava compondo um quarteto, o que não era de todo mentira, mas eu estava era fazendo a transcrição das *Variações*. O trabalho me ocupou por vários meses. Era minha primeira composição para quarteto de cordas, quer dizer, meu primeiro arranjo para quarteto de cordas, e para mim era também, e principalmente, uma grande homenagem ao meu melhor amigo.

Pois bem, no semestre seguinte estávamos começando a nos preparar para o encerramento do ano letivo, nós todos íamos nos apresentar para um público externo maior, e o Inácio insistia que não ia tocar as *Variações*, que ainda queria mexer numas coisas, que ele ainda precisava estudar mais, aquele perfeccionismo dele, decidiu apresentar uma sonata de Prokófiev que ele andava estudando há algum tempo, a sétima, aquela que termina com o *precipitato*, que ele tocava a uma velocidade estonteante... Bem, como ele não ia apresentar as *Variações*, mostrei a ele a versão em quarteto de cordas que eu havia aprontado, ele gostou; a Elza falou com uns colegas que estavam formando um quarteto com ela, todos leram a partitura e se empolgaram. Não ia dar tempo para aprontar tudo, mas eles resolveram que iam tocar umas duas ou três variações. Assim, quando chegou a apresentação de final de semestre aquele ano, o *grand finale* foi o *allegro molto*, o *adagio* e o *presto* do meu quarteto, quer dizer, do meu arranjo das *Variações* do Inácio para quarteto de cordas. Depois do espetáculo um homem que estava sentado na primeira fileira veio falar com a gente, disse que tinha ficado impressionado com aqueles quatro músicos, principalmente com a Elza e o Afrânio, o violoncelista, o tal homem era de uma gravadora... Bom, para encurtar a história, acabou que aquelas três *Variações* foram gravadas na minha versão, com o título de *Três variações para quarteto de cordas*. Mas aí houve um problema. Um problema. (*Pausa.*) Uma entrevista que eu dei para a estação de rádio, me chamaram para me entrevistar a respeito do quarteto e eu disse que não, que entrevistassem o verdadeiro compositor ou os músicos, e não a mim, mas o Inácio, que era muito tímido, muito zeloso da privacidade dele, disse que não queria dar entrevista nenhuma, que ele não queria saber dessas coisas, e é claro que eu devia ter feito pé firme, me recusado a dar entrevista também. Mas vocês sabem como são as coisas, o homem da rádio insistiu, e acabou que eu também participei da entrevista, junto com o pessoal do quarteto. Aí houve uma sessão de fotos, de modo que a foto que saiu na contracapa do disco foi a minha. E na capa a composição foi atribuída a nós dois. Quer dizer, isso até acontece, *Quadros de uma exposição* de Mussórgski e Ravel, todo mundo sabe que a música é do Ravel e a orquestração — quer dizer, que a música é do *Mussórgski* e a orquestração do Ravel, e no disco sai assim, com o nome, o nome dos dois como compositores. Mas o Inácio ficou magoado, foi a primeira briga que houve entre nós desde aquela primeira, quando eu sentei na cadeira dele. A Elza e o Afrânio foram falar com ele, explicaram as circunstâncias, me eximiram de qualquer culpa... Pedi desculpas ao Inácio, chorei, ele também chorou, uma choradeira geral, fizemos as pazes e coisa e tal. Mas a nossa amizade ficou arranhada, uma coisa muito triste. E o Inácio, que nos últimos tempos estava se tornando um sujeito menos brincalhão, mais calado, se isolou mais um pouco de nós. O namoro com a Elza continuou, mas ela se queixava com os amigos mais próximos de que o Inácio estava um pouco diferente até mesmo com ela.

Daí em diante ele nunca mais mostrou nenhuma composição a mim, nem à Elza, nem ao Afrânio, a ninguém; eu nem sabia se ele continuava a compor ou não. Nunca mais. (*Pausa. Bebe um copo d'água.*) Bem, nas férias antes do último semestre nós estávamos todos muito ocupados, eu via pouco o Inácio e a Elza, nem mesmo o Afrânio, de quem eu tinha me aproximado bastante durante os ensaios do quarteto, nem mesmo ele eu via muito. Eu estava compondo um bocado, principalmente música de câmara, a amizade com o Afrânio me levou a estudar um pouco de violoncelo, e comecei a compor uma serenata para violoncelo e violino, além de uma segunda sonata para violino e piano, e ainda por cima eu estava rascunhando os primeiros esboços para um quarteto de cordas, meu primeiro quarteto, quer dizer, meu de verdade, tudo ao mesmo tempo, sem deixar de lado o piano, e além disso aos sábados eu fazia um curso de composição com um professor alemão que estava passando uns tempos aqui, o nome dele me escapa no momento, era um curso de micropolifonia, ele havia sido aluno de Ligeti, espere aí que eu já me lembro do nome dele... Como que eu conseguia fazer tanta coisa ao mesmo tempo! O que é ter vinte anos, não é? Enfim, eu estava compondo três peças simultaneamente, e a sonata para violino e piano era novamente dedicada a Inácio e Elza. Assim que recomeçaram as aulas procurei o Inácio para dar a ele uma cópia da partitura, e ele ficou muito feliz ao ver a dedicatória, deu uma olhada na música e na mesma hora começou a cantarolar o primeiro tema, depois disse: Muito obrigado. Senti que ele estava mesmo contente, mas ao mesmo tempo, não sei, estava tão... não exatamente frio, mas contido, tão formal, que não consegui dizer nada, saí da sala numa tristeza enorme, o Inácio, meu melhor amigo... (*Pausa.*) E eu sabia que ele não ia tocar aquilo tão cedo, ele estava estudando a sério as *Variações*

Kreutzer, ia tocar a obra-prima dele completa pela primeira vez em público, não ensaiava nada com a Elza há algum tempo. Dediquei a serenata para violino e violoncelo ao Afrânio, e ele gostou tanto que decidiu estrear na apresentação do final do ano; mostrou à Elza e ela ficou tão entusiasmada que os dois começaram a ensaiar logo. Era uma peça dificílima, em que eu utilizava pela primeira vez umas coisas que havia aprendido com o professor Schein — pronto, lembrei o nome dele, Johannes Schein, o ex-aluno de Ligeti — eu mostrei a eles dois, Elza e Afrânio, uns discos de Ligeti que eu tinha importado da Europa, quase ninguém conhecia Ligeti no país naquela época. (*Pausa longa. Bebe um gole d'água.*)

Hoje, quando penso no que aconteceu naquele ano, o nosso último ano de conservatório, e eu penso nisso muitas vezes, eu me pergunto: será que eu fui de algum modo culpado do que aconteceu? Quer dizer, num certo sentido, é claro que fui; mas culpa, mesmo, não sei, porque não houve intenção, foi mais uma fatalidade, uma... (*Pausa. Suspira.*) O Afrânio havia se tornado meu amigo também, e eu nunca tinha reparado nada nas relações entre nós e ele — quer dizer, entre nós, o Trítono Terrível, e ele, Afrânio — nada mais do que uma amizade entre colegas... Talvez eu não estivesse enxergando algo que seria óbvio para uma pessoa mais perceptiva que eu — não sei, alguma rivalidade, eu sei que não sou uma pessoa das mais perceptivas, às vezes me dou conta de que sou o último a descobrir uma coisa que todo mundo já está sabendo há muito tempo... O fato é que agora a Elza e o Afrânio estavam trabalhando juntos na minha serenata, eu participava de vários ensaios, eles sugeriam ideias que eu incorporava à partitura, os dois eram excelentes músicos, e o Afrânio também tinha interesse por composição, mas é claro que nem sempre eu podia estar presente nos ensaios, o Inácio menos ainda, estudando como um doido aquelas variações diabolicamente difíceis, que ele ia apresentar no final do ano... (*Pausa.*) E eu não percebi que o Inácio estava começando a ser tomado pelo ciúme, um ciúme absurdo, porque não havia nada entre a Elza e o Afrânio, isso eu posso garantir, posso garantir melhor do que ninguém (*pausa breve*); mas o Inácio estava cismado, e aos poucos aquela cisma foi virando uma raiva surda. Um dia ele apareceu no ensaio da minha serenata, eu estava lá na hora, e perguntou à Elza sem mais nem menos o que estava havendo entre eles dois, quer dizer, a Elza e o Afrânio. Na verdade, embora ele e a Elza ainda fossem oficialmente namorados, praticamente noivos, eles estavam se vendo cada vez menos, culpa do Inácio, não só por ele estar mergulhado nos estudos mas também porque vivia cada vez mais isolado de todo mundo, e a Elza ficou tão pasma que não disse nada, e o Afrânio já estava se preparando para se defender de alguma acusação quando então, para espanto meu, o Inácio se virou para *mim*, dizendo que eu era um traidor, que eu tinha feito aquela serenata para... Imaginem, se eu ia compor uma peça para fazer a namorada do meu melhor amigo cair nos braços do Afrânio! Ora, se eu até... (*Pigarro.*) Bom, tentei argumentar que aquela acusação era um absurdo, mas ele estava transtornado, eu nunca tinha visto o Inácio daquele jeito. Pois a Elza defendeu-se partindo para o ataque, acusou o Inácio de frieza, que ele nunca mais queria saber dela, que tinha se tornado um namorado burocrático... Nesse momento o Inácio fez menção de, quer dizer, pelo menos deu a impressão de que ia agredir a Elza fisicamente, e o Afrânio lhe deu um empurrão. O Inácio, então, partiu para cima do Afrânio, e eu, querendo evitar que acontecesse alguma coisa séria, mais até para proteger o Inácio, porque o Afrânio era bem maior e mais forte que ele, eu, então, tentando impedir uma possível catástrofe, com um movimento brusco agarrei o braço direito do Inácio; ele tentou safar-se, e houve um estalo e um grito. O braço dele foi destroncado. O grito do Inácio foi um grito de dor, é claro, mas também de horror, porque ele sabia que a apresentação de final de ano estava próxima, e com o braço destroncado... Na mesma hora tentei levar o Inácio para a enfermaria; de início ele resistiu, me xingando, mas depois acabou se deixando levar. (*Bebe mais água. Pausa longa.*)

Durante todo o período de recuperação, o que eu mais fiz foi cuidar do Inácio. Claro que os pais também se desdobraram em atenções, ele era filho único, afinal, mas a minha dedicação foi total, e aos poucos ele foi parando de me fazer acusações, aceitando a minha ajuda sem reclamar. Era eu quem levava o Inácio de carro às consultas médicas, às sessões de fisioterapia, acabei virando uma espécie de fisioterapeuta auxiliar... Quase fui reprovado por falta aquele semestre, eu praticamente sumi do conservatório nas últimas semanas de aula. (*Pausa.*) Quer dizer, houve uma certa reaproximação entre nós, por efeito do problema do braço dele... mas mesmo depois que parou de me recriminar, de me acusar, o Inácio... enfim, não era mais como antes. Ele comigo. O Inácio havia esfriado comigo. Por mais que eu me dedicasse a ele, dava para sentir que, no fundo, mesmo ele não dizendo nada, mesmo sabendo que eu não havia feito nada de propósito, o Inácio não havia me perdoado. Por completo. (*Pausa.*) Quer dizer, não que fosse mesmo caso de perdoar, porque afinal... (*Bebe um copo d'água.*) Mas enfim. À medida que ele melhorava, e até mesmo voltava a estudar um pouco de piano, a frieza ia ficando mais explícita. Com a Elza, então, o rompimento foi total, um nunca mais procurou o outro, a Elza nunca mais quis saber do Inácio, mesmo depois que fui falar com ela, tentando promover uma reaproximação... Foi uma iniciativa cem por cento minha, do Inácio não partiu nada, ele nunca mais tocou no nome da Elza, claro que aquela tentativa de reconciliação não podia mesmo dar em nada. (*Pausa longa. Enxuga uma lágrima.*)

Assim, minhas idas à casa do Inácio foram rareando, porque ele já não precisava tanto de mim, já estava quase recuperado do problema no braço, e porque estava cada vez mais claro que a minha presença estava se tornando até importuna... quer dizer, inoportuna, embora eu continuasse pensando no Inácio como o meu melhor amigo, de certo modo até hoje eu penso nele assim. Mas eu estava guardando uma surpresa para o Inácio. Porque nas parcas horas que me sobravam, à noite, nos fins de semana, desde o dia em que ele me deu a cópia da partitura, eu não havia parado de estudar as *Variações*. E agora que as visitas ao Inácio rareavam, passei a ter mais tempo ainda para me dedicar à obra, eu que ainda estava decidido a me tornar maestro e compositor sem investir a sério na carreira de pianista de concerto, lá estava eu, varando a madrugada às vezes, levando surra da variação 15, sofrendo com as semifusas da última variação... Era a minha maneira de tentar me reaproximar do Inácio. No final do semestre, no recital de final de período, eu ia fazer uma surpresa para o meu amigo. (*Pausa. Enche o copo, bebe um gole d'água.*)

Sei que minha fala está se tornando longa demais, mas já estamos perto do fim. No dia da minha apresentação, no encerramento do curso, eu e os pais dele conseguimos convencer o Inácio a ir assistir. Isso porque desde que ele viu que aquele semestre estava perdido ele nunca mais tinha posto os pés no conservatório, não ia mais a nenhum concerto; embora já pudesse voltar a estudar aos poucos, a fazer escalas, estava estudando cada vez menos, segundo a mãe dele; parecia estar perdendo o interesse pela música, nem mesmo os discos ele ouvia mais, ficava horas olhando para a janela, ou sentado estupidamente em frente à televisão... Mas eu insisti com ele: se não queria ver a Elza e o Afrânio tocando a minha serenata, que chegasse só depois do intervalo, para me ouvir, e ele acabou topando. Ainda me lembro do Inácio entrando no auditório do conservatório no intervalo, todo mundo abraçando, beijando o Inácio, os colegas, os professores, todo mundo fazendo uma tremenda festa, e ele com um meio-sorriso no rosto, um meio-sorriso aparvalhado, como se não entendesse o que estava fazendo ali, ou como se não reconhecesse mais aquele lugar como o lugar onde ele estudava — o Inácio parecia um fantasma voltando ao lugar onde tinha vivido, e as pessoas fingiam que não tinham medo daquela assombração. Era só fingimento: por onde ele passava todo mundo sorria, e quando ele seguia em frente os sorrisos desapareciam do rosto das pessoas, elas também não reconheciam Inácio Cruz naquele fantasma, ele parecia ter envelhecido uns bons cinco anos, tinha se transformado num homem sério, talvez até ressentido... (*Pausa. Olha para o copo, mas não bebe.*) Começou a segunda parte do programa, já nem lembro quem tocou o quê, só lembro que eu era o último a subir ao palco, o *grand finale*, e eu estava... Era minha última cartada, minha tentativa final de provar minha amizade, meu amor, por assim dizer, pelo Inácio, provar *ao* Inácio, quebrar o gelo que havia se formado entre nós. Eu tinha dito a ele que ia tocar a última sonata de Beethoven, a opus 111, a "sonata *boogie-woogie*", a favorita do Inácio, que nos bons tempos ele tocava sacudindo todo o corpo, fazendo umas caretas impagáveis, como se fosse um pianista de bordel, quando chegava naquele trecho sincopado da terceira variação, ah, há quanto tempo ele não fazia mais aquelas palhaçadas... De fato, eu tinha estudado a opus 111 um pouco, mas não, aquilo era só para despistar, não ia ser Beethoven, não. Quando chegou a minha hora, me sentei ao piano e comecei a tocar o tema das *Variações Kreutzer*, era a primeira execução pública integral das *Variações Kreutzer* na versão original, para piano... Quando comecei a tocar houve um frisson na plateia, porque as pessoas que conheciam meu quarteto — quer dizer, o quarteto do Inácio com arranjo meu — as pessoas sabiam que a partitura original era para piano, mas nunca tinham ouvido ninguém tocar, não havia gravação nenhuma, e agora lá estava eu, interpretando as *Variações* de uma maneira extraordinária, sem falsa modéstia, minha execução foi mesmo brilhante, foi nesse dia que meu futuro foi decidido, eu me tornaria pianista, sim, depois daquele recital meus professores não admitiam que eu largasse o piano... Toquei a variação 15 tão bem que nem mesmo o Inácio, se fosse ele tocando, nem mesmo ele... (*Pausa.*) E quando cessou aquela cascata de semifusas da variação 16, a última, foi uma tremenda ovação, e quando eu ia levantar o braço para pedir a palavra e fazer minha homenagem, minha declaração pública de amizade e admiração pelo Inácio, dizer o nome da peça que eu havia tocado e pedir palmas para o compositor, nesse exato momento olhei para ele — mas o Inácio já tinha me dado as costas e estava saindo da sala, antes que eu pudesse dizer uma palavra. Ainda pensei em ir atrás dele no corredor, mas... sabe como é, as pessoas vinham me abraçar, me parabenizar, e quando finalmente consegui me livrar delas o Inácio já havia ido embora. Foi a última vez que nos vimos. Ele largou a música, rompeu com todos os amigos do conservatório, mudou-se para a fazenda do pai, virou fazendeiro, não casou, nunca mais voltou à cidade, morreu há dois anos de câncer, os jornais não publicaram nada, ninguém se lembrava mais dele, só fiquei sabendo por acaso, seis meses depois... (*Pausa.*) Mas enfim, depois da minha apresentação, pessoas maliciosas, invejosas, como se eu já não estivesse sofrendo o bastante, começaram a dizer que eu tinha feito aquilo — aquilo de tocar as *Variações* — para humilhar o Inácio, para mostrar a ele o que ele havia perdido, para tripudiar... (*Com indignação*) Pois se era uma tentativa de reparar o mal-entendido do quarteto que as pessoas achavam que fosse meu, a primeira execução pública da versão original da obra, e uma homenagem a meu amigo, a maior homenagem que eu... (*Pausa longa. Suspira. Bebe vários goles d'água.*)

Mas chega. Me alonguei demais, mil perdões... Não era essa a minha intenção, absolutamente. Vou encerrar minha fala agradecendo, mais uma vez, a este conservatório, aos meus professores, aos meus velhos colegas, os que ainda estão vivos tanto quanto os que não estão mais entre nós... e a vocês, que me aguentaram falando pelos cotovelos... (*Risos na plateia; um princípio de aplauso.*) Vou encerrar, mesmo, porque a minha mulher está apontando para o relógio há algum tempo. (*Mais risos, mais aplausos.*) Muito obrigado, muito obrigado. (*Os aplausos continuam enquanto ele desce do palco, e aumentam quando ele é recebido e abraçado por uma mulher sessentona, ainda bonita, bonita de chamar a atenção, mesmo, morena, alta, mais alta que ele, até. Os dois se beijam e os aplausos se intensificam. Alguns dos espectadores já começam a assumir posições estratégicas em relação ao bufê.*)

Cartas

Houve um tempo em que as pessoas mandavam cartas, cartas escritas à mão ou à máquina em folhas de papel — um papel que vinha num "bloco aéreo", em cuja capa uma moça batia continência para um avião em pleno voo, uma moça com uma farda vagamente militar, mas que provavelmente seria apenas o uniforme de "aeromoça", termo que, naqueles tempos tão inocentes, ou não tão inocentes assim, não parecia a ninguém um atentado contra a condição das mulheres em geral, ou contra a das que já deixaram para trás a mocidade em particular; um papel bem fino, para que pesasse o mínimo possível, o que acarretaria o barateamento do custo da postagem — cartas que, uma vez escritas e assinadas, eram colocadas em envelopes, os quais, devidamente selados, eram postos no correio. Tendo sido realizadas todas essas operações, passavam-se dias, até mais de uma semana, quando se tratava de uma carta enviada de um continente a outro, para que então, se tudo corresse bem, o destinatário recebesse e lesse a carta, e — se fosse um bom correspondente, um correspondente assíduo — a respondesse. Em seguida, todo o complicado processo se repetia, em sentido inverso, até que um belo dia o remetente recebia a resposta à sua carta original. Se por um lado tinham a virtude inquestionável de serem coisas concretas, palpáveis, que se deixavam guardar em gavetas, em caixas largadas num fundo de armário, para serem algum dia descobertas e lidas por olhos talvez ainda sequer nascidos no tempo em que foram escritas, uma virtude que lhes conferia uma clara vantagem em relação a essas entidades efêmeras de agora, que se materializam apenas por alguns instantes numa tela luminosa e que, mesmo se armazenadas em algum dispositivo eletrônico imperecível (coisa que até hoje permanece como uma espécie de graal tecnológico inalcançável), não muitos anos depois, por terem caducado os programas que lhes conferiam vida, se tornarão tão ilegíveis quanto o Linear A dos minoicos, por outro lado as cartas moviam-se a um compasso muito mais lento que os das existências humanas, tanto assim que, ao serem recebidas por seus destinatários, seu conteúdo muitas vezes estava de todo defasado do novo estado de coisas que se configurara durante seu lento trânsito pelas entranhas do sistema postal, como essas estrelas que, quando sua luz finalmente atinge olhos humanos, há muito já se extinguiram nos rincões mais remotos da nossa galáxia.

Veja-se um exemplo:

Fulano escreve uma carta a Beltrana. Há alguns anos Fulano mora no estrangeiro, e desde que mudou de país ele e Beltrana trocaram duas, talvez três cartas, logo nos primeiros tempos; depois, aos poucos, a correspondência foi morrendo. Certamente terá sido Beltrana quem deixou de responder uma carta de Fulano e não o contrário, pois Fulano é um correspondente assíduo, coisa que Beltrana jamais foi nem pretendeu ser; além disso, desde que os dois se conheceram, embora entre eles houvesse simpatia mútua, da parte de Fulano sempre houve um interesse um pouco mais intenso, talvez algo mais forte que simpatia; os mais cínicos dirão que nesses casos quase sempre o homem tem um interesse ulterior, e que, mesmo não estando envolvido seu coração, uma outra parte de sua anatomia há de estar; mas não entraremos em tais detalhes, não sabemos qual o grau exato, nem a natureza precisa, do interesse de Fulano por Beltrana, muito menos o grau e a natureza, ou mesmo a existência, do de Beltrana por Fulano. O fato é que Fulano fica um tanto entristecido quando as cartas de Beltrana começam a rarear; o fim de uma correspondência sempre parece um pouco mais definitivo que o fim de um relacionamento entre pessoas que se veem, ou que podem se ver, ainda que por acaso, na mesma cidade; é quase uma espécie de morte, uma morte que guardasse apenas uma possibilidade remotíssima de uma ressurreição futura. Mas depois de algum tempo Fulano para de pensar no assunto, por envolvido que está com as pessoas e coisas deste outro país onde vive agora; pois parar de pensar no que foi deixado para trás é quase uma exigência para que se possa manter a sanidade, ou ao menos o mínimo de equilíbrio emocional necessário para se funcionar numa terra alheia, valendo-se de um idioma alheio, e não causar nos outros a impressão de que não se é nada mais que um estrangeiro, dotado das habituais esquisitices dos estrangeiros.

Um dia, porém, acontece alguma coisa — talvez uma mulher que Fulano vê na rua desta cidade tão distante da sua, neste país tão diferente do seu, que o faz pensar em Beltrana; ou talvez um sonho particularmente vívido que ele teve na noite anterior, e que não se dissipou, como costuma ocorrer, entre o gesto de desligar o despertador e o ato de escovar os dentes; ou outro motivo qualquer — enfim, o fato é que Fulano sente-se motivado, ou mesmo impelido, a retomar a correspondência com Beltrana, a escrever a primeira carta depois de um hiato de alguns anos. A carta sai longa, bem mais longa do que Fulano pretendia; nela, ele se dedica menos a discorrer sobre a vida no estrangeiro do que a evocar os tempos idos: Fulano menciona vários incidentes que — segundo lhe parece no momento em que escreve — fazem parte do passado que eles dois têm em comum, num tom ao mesmo tempo nostálgico e gaiato, como se, em partes iguais, lamentasse a passagem do tempo, a perda inapelável da adolescência, e exprimisse um certo alívio por estarem agora todos — ele, Beltrana e os demais envolvidos nesses incidentes, em particular um ocorrido numa determinada festa que, Fulano tem certeza, Beltrana não terá esquecido — mais maduros e calejados.

Algumas horas depois de pôr no correio essa carta, porém, Fulano recebe uma carta de um de seus correspondentes mais assíduos, Sicrano. Por coincidência, também a carta de Sicrano tem um tom nostálgico; talvez o fato de que acabam de casar-se (não um com o outro) dois membros do círculo de amizades a que Fulano e Sicrano (tal como Beltrana) pertenceram no final da adolescência e no início da vida adulta tenha tido o efeito de levar os dois amigos a escrever cartas como essas, relembrando eventos de um passado que já começa a se tornar remoto, tanto no tempo quanto — para Fulano, em particular — no espaço. A certa altura, Sicrano menciona outro episódio, não o da festa a que Fulano fez alusão na sua carta a Beltrana; mas por algum motivo esse outro episódio, do qual todos os três participaram, tal como evocado por Sicrano, faz com que Fulano se veja na terceira pessoa, por assim dizer — isto é, tem o efeito de fazê--lo ver-se tal como é visto por Sicrano e, por extensão, quiçá também por Beltrana; e vendo-se por esse novo ângulo Fulano reavalia seu próprio comportamento, no episódio relembrado por Sicrano, e o considera imaturo, ou mesmo algo pior que imaturo. Esse pensamento o leva a pensar novamente sobre o incidente da festa mencionado na sua carta a Beltrana, e, à luz das reflexões provocadas pela carta de Sicrano, o incidente já não lhe parece tão inocente quanto antes; na verdade, chega a ficar constrangido ao reavaliar a maneira como ele próprio agiu na ocasião. O que mais o perturba é que agora lhe parece óbvio que, do ponto de vista de Beltrana, o que ele fez na ocasião foi uma grosseria indesculpável; se Fulano tivesse raciocinado um pouco em vez de se perder em devaneios nostálgicos, teria ficado claro pra ele que seria impossível para Beltrana, ao ler aquele trecho da carta, não reagir com indignação. De repente, tanto tempo depois, toda a situação da festa lhe volta à memória, o prédio, o apartamento, a música alta, a complicada teia de relacionamentos, atrações e repulsas, namoros e implicâncias, que era o pano de fundo da festa, e ele não tem mais dúvida de que Beltrana, quando receber sua carta recém-postada e se deparar com aquela sua alusão bem-humorada ao incidente, há de ficar magoada ou irritada com sua insensibilidade, ou até mesmo ofendida com o que pode lhe parecer uma crueldade gratuita. Pensando bem, conclui Fulano, foi justamente a partir daquela festa que entre ele e Beltrana... não que eles brigassem, nada disso, mas foi daquele momento em diante que Beltrana começou a se mostrar um pouco mais fria, mais distante, em relação a ele; e quando ler a sua carta ela há de voltar a experimentar os velhos sentimentos negativos provocados pela conduta de Fulano naquela festa, acrescidos do espanto por se dar conta de que, mesmo anos depois, ele permanece tão incapaz de se colocar no lugar dela quanto antes, e continua pensando que para ela a coisa toda se resume a criancices de adolescentes que beberam um pouco além da conta. Sou mesmo um idiota, Fulano reflete — duplamente idiota, por ter agido como agi na época e mais ainda, por ter escrito aquela carta, agora que não tenho mais sequer a desculpa de ser pouco mais que uma criança.

Se tivesse lido a carta de Sicrano antes de mandar a carta a Beltrana, se tivesse esperado um pouco antes de colocá-la no correio... Fulano sente um impulso impotente de destruir a carta a Beltrana; imagina-se correndo dois quarteirões, atacando a caixa de correio, quebrando-a (o que seria de todo impossível, pois a caixa é de metal), encontrando a carta no seu interior; imediatamente vem a polícia, ele é preso, telefona para o consulado — mas neste ponto (até agora Fulano não se levantou da poltrona, sequer largou a carta de Sicrano sobre a mesa) suas fantasias tomam outro rumo: numa nova versão do que não aconteceu, ele sai de casa para pôr a carta no correio e, no momento exato em que vai pôr o pé na rua, chega o carteiro com uma pilha de cartas; a carta de cima, Fulano percebe, é uma carta para ele, a carta de Sicrano. Feliz por estar recebendo notícias de um de seus melhores amigos, resolve ler a carta enquanto caminha até a caixa de correio; instantes antes de enfiar a carta para Beltrana na fenda da caixa, chega à passagem fatídica e de repente compreende tudo; é claro que não pode mandar aquela carta; a sensação de alívio é intensa. Mas não, é apenas uma fantasia, na realidade a carta a Beltrana já está dentro da caixa de correio, devidamente endereçada e selada, e não há nada que se possa fazer.

Nada, senão escrever uma segunda carta a Beltrana, com o objetivo de desfazer a má impressão que a primeira vai causar. E é o que Fulano se põe a fazer, imediatamente. Desta vez, relata da maneira mais detalhada o que aconteceu naquela festa de anos atrás; não tenta de modo algum justificar o que fez, nem diminuir o significado do ocorrido por ser uma coisa já antiga; pelo contrário, chega mesmo a ressaltar o quanto seu comportamento depõe contra seu caráter; não se poupa em absoluto, e assim, ao mesmo tempo que lança uma luz forte e implacável sobre a pessoa que foi no passado, indiretamente chama a atenção — é o que ele espera — para as outras qualidades suas que o próprio ato de estar escrevendo essa carta implica: sinceridade, honestidade, maturidade atingida com plenitude, ainda que tardiamente. Escreve em seguida mais uma carta, esta para Sicrano; nessa carta, resume toda a trapalhada que acaba de acontecer, pedindo-lhe que faça o possível para resolver a situação criada por ele, Fulano. Dobra as duas cartas, enfia-as nos respectivos envelopes, mas antes de fechá-los resolve parar, pensar um pouco, não se precipitar; afinal, a precipitação já lhe custou caro; antes de cometer um segundo e um terceiro atos irrevogáveis, é bom pesar bem a situação. Resolve, pois, reler as duas cartas que acaba de escrever.

Ao final da leitura, percebe algo em que nunca havia reparado antes: quando escreve para pessoas diferentes, adota estilos diferentes, fala com vozes diferentes; é quase como se assumisse personalidades distintas. Sua carta a Beltrana é séria, tensa, mesmo quando tenta ser carinhoso, um pouco como sempre foi seu relacionamento com ela; já a carta a Sicrano adota um tom mais leve: afinal, ninguém morreu, somos todos amigos, tudo há de se resolver etc. Imagina o impacto dessas duas cartas sobre seus respectivos destinatários. Beltrana recebe a primeira carta, a que já foi depositada na caixa de correio, e fica indignada. Nesse mesmo dia, ou poucos dias depois, encontra Sicrano — não, telefona para ele assim que recebe a carta justamente para falar sobre ela; comenta que não entende o que teria levado Fulano a escrevê-la depois de tanto tempo para trazer à tona uma história tão desagradável, em que ele agiu de modo tão leviano. Ao ouvir isso, Sicrano, embora nada diga a Beltrana, tolhido pela lealdade para com seu velho amigo, no fundo sente-se decepcionado com ele. Alguns dias depois, chegam as duas outras cartas. Os dois se telefonam e passam a compará-las; Beltrana, já com uma forte prevenção contra Fulano, vê em cada discrepância entre a segunda carta a ela dirigida e a carta a Sicrano, e também entre as duas cartas que Fulano lhe enviou, mais uma prova da inconsequência, da irresponsabilidade, da perfídia, mesmo, de Fulano; assim, o efeito da segunda carta é pior, muito pior, que o da primeira. Até mesmo Sicrano fica impressionado; vê algo de hipocrisia nas solenes autoacusações de Fulano quando as compara com o tom brincalhão da carta que ele próprio recebeu; nesse instante Sicrano resolve escrever uma carta ao amigo distante pondo tudo em pratos limpos, dizendo que o resultado de toda esta confusão foi que a imagem que tinha de Fulano ficou seriamente abalada, que... Mas neste momento Fulano volta à realidade: à realidade das duas cartas que acaba de escrever, dentro de seus respectivos envelopes, ainda abertos, e à da primeira de todas, já irremediavelmente fora de seu alcance.

Fulano reflete. A carta já enviada a Beltrana é um *fait accompli*; em relação a Beltrana talvez o mais prudente seja não fazer mais nada, esperar e ver como ela vai reagir. Quanto a Sicrano, seu correspondente fiel e amigo próximo, o mais próximo dos fisicamente distantes, talvez aqui uma iniciativa sua ainda venha a ter algum efeito positivo. E nesses casos, pensa, o melhor mesmo é uma política de total abertura. Assim, desiste de mandar uma segunda carta a Beltrana e escreve uma carta a Sicrano diferente da que escrevera antes. Nesta nova carta, num tom mais grave, ele não apenas relata de modo ainda mais pormenorizado tudo o que fora dito na anterior como também acrescenta todo o processo mental por que passou nas últimas horas, todas as idas e vindas, hesitações e mudanças de ideia que culminaram na redação desta carta, a definitiva; e no parágrafo final pede a Sicrano que lhe diga com toda a sinceridade como acha que ele deve agir. Quando termina de escrever, Fulano constata que já é quase meia-noite; sente-se exaurido, no plano físico tanto quanto no emocional; fumou demais, bebeu demais, está cansado de datilografar, pois todas essas cartas foram escritas numa máquina de escrever manual, cujas teclas produzem um ruído que a essa hora da noite talvez esteja incomodando o vizinho que dorme no quarto contíguo ao seu, pois a parede que separa um do outro é tão fina que Fulano sabe dizer em quais noites a namorada de seu vizinho vem passar a noite com ele, com base nos sons que chegam até seus ouvidos. E, tendo terminado de escrever a quarta carta do dia, Fulano não resiste e a relê. Conclui que é uma carta longa demais, talvez um pouco melodramática demais; a prosa se arrasta com esforço sob o peso excessivo de um diálogo imaginário, ou melhor, vários diálogos imaginários com pessoas ausentes, em que são refutadas e contra-argumentadas todas as objeções que poderiam ser feitas ao que ele afirma, antes mesmo que qualquer objeção seja de fato levantada; e o efeito de tanta defensividade é, paradoxalmente, o de magnificar a impressão de culpa. Mesmo assim, Fulano a põe dentro do envelope, tendo antes retirado a versão anterior, que amassa e joga no cesto de papéis; em seguida amassa, com envelope e tudo, a segunda carta a Beltrana, e joga-a também no cesto de papéis; por fim, vai se deitar, muito cansado e um pouco bêbado.

No dia seguinte, Fulano acorda mais tarde do que de costume, apronta-se meio às pressas e decide que não tem tempo de reler mais uma vez a carta a Sicrano escrita na véspera; lacra o envelope, sela-o, coloca-o na pasta e no caminho da universidade insere-o na caixa de correio da esquina, sem saber que alguns dias depois, a milhares de quilômetros dali, Beltrana, que raramente pensa nele hoje em dia, vai começar a ler sua carta sem muito interesse, sem prestar muita atenção nas palavras, interrompendo a leitura quando o telefone toca, para nunca mais retomá-la; e que Sicrano, o qual há alguns anos não tem nenhum contato com Beltrana, nenhuma notícia dela, ao ler a carta que receberá poucas horas depois estranhará o tom grave assumido por seu amigo e, finda a leitura, pensará: Mas que festa foi essa, que eu não estou lembrado?

Policarpo Azêdo, 35

Vou lhe contar o que aconteceu, mas não para insinuar que de algum modo a culpa é sua. Não quero em absoluto dar a entender que você é responsável pela vida que levo agora, ou pelos aspectos mais incômodos dessa vida. Quanto a isso você pode se tranquilizar; não culpo ninguém por nada, aliás nem acho que seja uma questão de culpa. Pois de certo modo minha existência agora, bem pesados os prós e os contras, está longe de ser insuportável, talvez seja até melhor do que antes; às vezes chego a pensar que minha atual situação é, sob certos aspectos, invejável. Afinal, sou dono do meu nariz; depois que chego do trabalho, pontualmente às sete e meia todos os dias, de segunda a sexta, faço o que me dá na telha, não dou satisfação a ninguém. Se resolvo sair, saio; se acho melhor ficar em casa lendo um livro, fico em casa lendo um livro. Ou melhor: quando me dá vontade de sair, não saio; quando desejo ficar em casa, saio. É isso que as pessoas chamam de liberdade, não é? Se não é, devia ser.

Certo, não posso dizer que eu seja uma pessoa feliz. Bem, ninguém disse que a liberdade era garantia de felicidade, não é? E mesmo que dissesse, eu é que não ia acreditar. Mas a questão não é essa, e sim outra: Por que é que a gente *tem* que ser feliz? Onde que está escrito que a gente tem essa obrigação? Deve haver alguma cláusula na Declaração Universal dos Direitos do Homem que garanta ao cidadão o sagrado direito de ser tão infeliz quanto quiser, de infernizar a sua própria vida quanto quiser — infernizar a vida alheia são outros quinhentos, sobre isso não digo nada; falo apenas sobre o direito de optar pela infelicidade, pelo prazer maligno de negar a si próprio todas as coisas pelas quais as pessoas se estapeiam pela vida e pelo mundo afora, e procurar exatamente aquilo que todo mundo evita. Mas isso, repito, não tem nada a ver com você, nada a ver com nada que você tenha feito ou deixado de fazer; é uma questão minha, exclusivamente minha.

O que eu quero lhe contar, apenas por achar que você tem o direito de saber, é uma coisa até simples, que aconteceu pouco mais de um mês depois que você foi embora. Começou no metrô — eu estava sentado num vagão apinhado de gente, cansado, quando vi uma mulher parada na minha frente, também cansada, mas bem mais moça que eu, carregando uma sacola grande, não necessariamente pesada, mas grande, sim. A multidão empurrava a mulher quase para cima de mim, e a sacola estava perigosamente próxima da minha cara, balançando cada vez que o metrô freava ou dava a partida; a qualquer momento, um movimento mais brusco e eu seria atingido, disso não havia dúvida. E foi mais por esse motivo do que por qualquer outro que me ofereci para segurar a sacola da mulher: para não levar uma sacolada no nariz quando eu menos esperasse. Cheguei a pensar em me levantar e ceder meu lugar a ela, mas o cansaço me fez conter o impulso cavalheiresco e apenas me ofereci para segurar a sacola. Para tirar meu nariz da reta, só por esse motivo — que isso fique bem claro.

Pois bem, a mulher me agradeceu efusivamente, muito mais do que eu esperava, pois afinal a sacola nem era tão pesada assim; continuei sentado, com a sacola da mulher no colo, não pensando em nada em particular. À minha esquerda havia um velho, e à direita — esqueci quem estava à direita, o que deve significar que esse detalhe não tem importância. Ou então que é tão importante que eu reprimi a lembrança, com essas coisas nunca se sabe. Ou até os outros sabem, alguém sabe — mas eu, não. O que havia dentro da sacola eram caixas quadradas; quer dizer, para ser mais técnico, se você me permite um pouco de tecnicismo, caixas em forma de paralelepípedo, volumosas, de papelão, várias delas, uma em cima da outra, de modo que sem ter que abaixar muito a cabeça dava para apoiar o queixo sobre a que estava por cima, e foi o que acabei fazendo; isso me permitiu relaxar aos poucos toda a musculatura, começando com o pescoço, depois os ombros, em seguida a coluna toda, e assim fui gradualmente mergulhando num sono não de todo desagradável, talvez sono seja exagero, modorra é a palavra mais apropriada, uma modorra suave, que os movimentos do vagão não chegavam a perturbar por completo, mas seja como for o fato é que por algum tempo cheguei a me desligar de tudo que me cercava, digamos que cochilei um pouco, a modorra foi se transformando num cochilo — até que de repente alguma coisa me fez voltar a mim, ou ao vagão do metrô, por assim dizer, e quando levantei a cabeça e olhei para a frente a mulher havia sumido. Olhei para os lados, imaginando que ela houvesse encontrado um lugar para sentar e não tivesse pedido a sacola de volta para não me incomodar; me virei para a esquerda, depois para a direita, mas a mulher não estava em lugar nenhum naquele vagão, o velho antes sentado à minha esquerda havia sumido, quem quer que tivesse estado à minha direita também tinha ido embora, o vagão estava quase vazio. E em seguida me dei conta de que a estação seguinte era a estação final, a minha meta, e logo o metrô parou, todos nos levantamos, os poucos que ainda estávamos no vagão, e saí carregando a sacola da mulher, imaginando que por algum motivo ela devia ter trocado de vagão, muito embora eu soubesse que é difícil passar de um vagão para o outro, para isso ela teria que saltar numa estação, andar com passo apressado até a porta do outro vagão e entrar nele, sabe-se lá movida por quais impulsos misteriosos, pois as pessoas são capazes de fazer coisas ainda mais absurdas que essa; mas enfim, por algum motivo e de algum modo, a mulher teria dado um jeito de trocar de vagão e estaria agora à minha espera lá fora, na plataforma, para que eu lhe devolvesse a sacola. Só que ela não estava na plataforma, as pessoas foram indo embora, a pequena multidão foi se dispersando até que só restei eu, e também eu comecei a subir a escada, carregando a sacola da mulher, ainda acreditando — ah, a necessidade humana de acreditar até nas maiores improbabilidades! — que ela haveria de estar me esperando lá fora, me esperando para que eu lhe devolvesse a sacola e depois pudesse me dizer: Obrigada, o senhor é muito gentil.

Mas ela não estava lá. E foi só quando me vi na praça, com a sacola na mão, que me dei conta de que devia ter deixado a sacola na estação do metrô, na seção de achados e perdidos, sem dúvida haveria uma seção de achados e perdidos na estação, tinha que haver, e se não houvesse eu devia ter entregado a um segurança do metrô, um daqueles homens de uniforme preto um pouco sinistro, que passam o dia inteiro andando de um lado para o outro da estação sussurrando coisas indecifráveis em seus walkie-talkies. Mas agora era tarde, eu já havia saído da estação, e por preguiça, ou por algum motivo, me convenci de que entrar na estação outra vez atentaria contra a minha dignidade, ou contra a lógica, duas coisas que levo muito a sério. Assim, fui caminhando em direção a meu apartamento, numa daquelas ruelas tortas que fazem a ligação de Copacabana com Ipanema pela porta dos fundos, por assim dizer, carregando a sacola da mulher desconhecida. Cheguei ao meu prédio segurando a sacola com a mão esquerda — não me pergunte por que não pus a sacola no chão, o que facilitaria muito as coisas —, segurando a sacola com a mão esquerda enquanto tirava do bolso o chaveiro com a direita, e com a mesma mão abri o portão, porque o prédio não tem porteiro, como você sabe perfeitamente, entrei, subi dois lanços de escada, porque o prédio não tem elevador, como você também sabe, abri a porta do apartamento e entrei. Só depois que entrei foi que larguei a sacola no chão, acendi a luz e fechei a porta.

E então, finalmente, resolvi abrir a sacola. Várias caixas de papelão leves, conforme o previsto, que pareciam conter roupas; não abri nenhuma delas, não havia motivo para abrir aquelas caixas que afinal de contas não eram minhas; e no fundo da sacola um envelope. O envelope estava endereçado a uma pessoa. O nome era Maricleide Simas, um nome que me pareceu improvável, mas quem sou eu para julgar essas coisas, e o endereço era uma rua na Tijuca — não que eu conhecesse a rua, mas pesquisei e descobri que ficava na Tijuca, ou num lugar mais ou menos entre a Tijuca propriamente dita, a Tijuca essencial — se me for permitido um pouco de platonismo, algo que acredito que você me permitirá — e Vila Isabel, uma rua aonde eu nunca tinha ido: rua Desembargador Policarpo Azêdo, número 35, uma casa, portanto, uma casa na Zona Norte. E na mesma hora, antes mesmo de executar minha pequena rotina de volta ao lar, que não é nenhum ritual maçônico, mas também não é uma coisa totalmente sem importância para mim — o que seria de mim se não fossem essas pequenas rotinas! —, antes mesmo de, por assim dizer, terminar de chegar em casa, tomei a firme decisão de ir ao tal endereço no dia seguinte, que era sábado, levando a sacola, com o firme propósito de restituir o que nela havia à pessoa que devia ser sua legítima proprietária. Você registrou isso? Então vamos em frente.

No dia seguinte, acordei um pouco mais cedo do que costumo acordar aos sábados, animado talvez pela perspectiva daquela pequena aventura, percorrer todo o trajeto de uma linha do metrô de ponta a ponta, carregando aquela sacola não pesada mas volumosa, até uma rua ignota da Tijuca, bairro onde eu praticamente não punha os pés desde a longínqua infância, pois era na Tijuca que morava uma espécie de tia que eu ia visitar com meus pais religiosamente uma vez por ano, sempre numa festa de aniversário em que eram servidos uns bombons recheados de licor de jenipapo que nunca mais vi em lugar algum, cuja confecção era provavelmente uma das prendas daquela suposta tia, uma prenda que, ainda que cinquenta anos antes possivelmente valesse alguma coisa, naquela época já não tinha qualquer valor, pois se tivesse ela não teria morrido, como de fato acabou morrendo, solteirona. Me levantei cedo, dizia eu, corri os olhos pelo jornal, saí, tomei uma média e comi um pão com manteiga na padaria da esquina, e submergi na estação do metrô. Entrei num vagão pouco cheio, me sentei, a composição, como dizem eles, deu a partida, respirei fundo, antecipando uma viagem longa, trinta, quarenta minutos, que sabia eu, que nunca tinha ido de metrô à Tijuca. Ir de metrô à Tijuca me parecia vagamente uma espécie de anacronismo, uma combinação insólita de passado com presente, algo assim como assistir à queda do Segundo Império ao vivo e a cores, pelo noticiário da televisão.

Depois que o trem entrou em movimento me ocorreu que eu devia ter trazido o jornal, embora carregar a sacola e o jornal ao mesmo tempo não fosse muito prático; mas, afinal, o percurso do meu prédio até a estação do metrô é bem curto, e depois eu poderia abandonar o jornal já devidamente lido no banco do metrô, onde ele talvez viesse a ser recolhido e usufruído por um outro passageiro, em vez de ficar largado sozinho num apartamento vazio. E fiquei durante alguns instantes — não me pergunte quantos que eu não saberia dizer, mas é claro que você não vai me perguntar nada — visualizando uma cena de certo modo melancólica: o jornal, mal e porcamente lido, abandonado na mesa de centro, ao lado de um cinzeiro que ninguém mais usa. Quando dei por mim estava com os olhos fixos na mulher sentada à minha frente, porque meu banco se estendia ao longo da parede, e o dela era perpendicular, de modo que a mulher estava de lado para mim, mas de alguma forma, com o rabo do olho, vá lá a pequena incongruência anatômica, ela percebeu que eu estava olhando para ela, e reagiu como se meu olhar fosse uma espécie de agressão, assim como alguns povos antigamente chamados de primitivos acham que tirar uma fotografia deles tem o efeito de lhes roubar alguma coisa, a alma ou coisa parecida. Mas, como não somos mais primitivos — nem mesmo chamamos mais de primitivos os primitivos, o que seria uma forma condenável de primitivismo se fosse lícito rotular algo de primitivismo —, não vejo motivo para que eu não possa olhar fixamente para a pessoa sentada à minha frente; e por isso continuei olhando para ela, até que, incomodada, a mulher mudou-se para outro lugar, afinal era sábado, havia outros bancos desocupados. Eu havia olhado fixamente para aquela mulher porque alguma coisa nela me lembrava a outra, a da véspera, a que havia largado a sacola comigo, mas antes que ela se levantasse eu já tinha concluído que a semelhança não era tão grande assim, que no fundo era mais uma tentativa da minha parte de tornar interessante aquela viagem de metrô em que absolutamente nada ia acontecer, uma previsão que, para espanto nenhum meu, de fato acabou se realizando.

Trinta e poucos minutos depois — não sei exatamente quantos, consultei o relógio quando chegamos à estação Sáenz Peña, mas como não tinha visto as horas no momento da partida não cheguei a conclusão nenhuma — saltei do metrô, emergi numa praça Sáenz Peña muito diferente da que eu guardava na memória, as únicas coisas que permaneciam iguais eram as montanhas da Tijuca ao fundo, e talvez o monumento ao radioginasta também, imagino que sim, não fui conferir, certamente não teria havido motivo para fazerem uma desfeita aos radioginastas e retirarem aquela homenagem a eles, quiçá a única existente no mundo, e saí em direção à rua Desembargador Policarpo Azêdo, que segundo o mapa ficava a uns oito ou nove quarteirões dali, talvez mais, mas eu não estava com pressa nenhuma, estava indo em direção a uma ruazinha desconhecida para mim e para a grande maioria da população da cidade, para não falar na humanidade; era um dia quente, nublado, as ruas estavam mais vazias do que eu esperava encontrá-las, e quanto mais me afastava da praça mais vazias elas iam ficando, de modo que senti estar mergulhando na Tijuca profunda, num daqueles bairros ou sub-bairros de nomes nostálgicos, Aldeia Campista, Andaraí, até que, dobrando uma esquina que parecia saída dos porões da minha infância, se é que a infância tem porões, entrei numa travessa estreita onde, se houvesse justiça no mundo, três ou quatro moleques descalços deveriam estar jogando bola, mas não, não havia ninguém na rua, verdadeiramente não há justiça neste mundo, que afinal é o único mundo que há.
　A rua Desembargador Policarpo Azêdo era bem pequena, muito menor do que seu próprio nome; num mundo em que houvesse não apenas justiça como também lógica, o nome dela seria travessa Dona Amélia ou rua do Sabão ou algo do mesmo calibre, jamais rua Desembargador Policarpo Azêdo, com circunflexo redundante e tudo; eu havia me enfiado num recanto

da cidade aonde a reforma ortográfica de 1971 ainda estava por chegar. De saída não consegui encontrar o número 35, passei direto do 33 para o 37, os dois separados por um arco pequeno; o 37 era um prédio de três ou quatro andares de uma feiura indescritível, vá lá o clichê, quiçá o prédio mais feio de toda a cristandade, parecia ser só fundos, não era possível que os fundos dele tivessem mais cara de fundos do que aquela fachada, se fachada era; mas depois de algum tempo percebi uma placa meio descorada abaixo da placa do 37, que em caracteres não muito grandes dizia 35 fundos, e compreendi que, se passasse por debaixo daquela espécie de porta-cocheira para carruagens projetadas para anões, e certamente puxadas por pôneis, situada entre o 33 e o 37, eu haveria de encontrar, atrás do 33 e do lamentável 37, uma casa, a qual haveria de ser o 35. Avancei, pois, e encontrei, do outro lado de um pequeno pátio onde uma mangueira razoavelmente frondosa resistia ao garrote de cimento com que estavam tentando sufocá-la, encarando, tal como eu havia encarado a falsa Maricleide Simas no metrô, os fundos do 37, que eram ainda mais horrendos que a fachada — encontrei, dizia eu, a provável casa da verdadeira, ainda que de nome improvável, Maricleide Simas.

Como você vê, até agora eu estava agindo de maneira perfeitamente razoável, se se pode dizer que é razoável enfrentar uma viagem de mais de meia hora de metrô e uma caminhada de não sei quantos quarteirões nas profundezas da Tijuca para entregar à putativa destinatária uma sacola esquecida no metrô por uma completa desconhecida, e numa manhã de sábado ainda por cima. Para você ver a que extremos são levadas pela falta do que fazer as pessoas cujas vidas são inteiramente desprovidas de sentido. Não que eu esteja culpando você por isso, bem entendido. Por outro lado, é claro que você, numa tal situação, teria me alertado para a possibilidade de que a mulher do metrô não houvesse esquecido a sacola no meu colo, e sim que tivesse se livrado dela de propósito. Eu teria replicado, é claro, que uma tal ideia só poderia ser fruto da paranoia; afinal, ninguém entra num metrô cheio carregando uma sacola com a intenção de livrar-se dela — seria esse meu argumento. Mas você nunca levou a sério meus argumentos, jamais se dignou a levá-los em consideração, de modo que eu teria assim mesmo, ou talvez por isso mesmo, para contrariar você, feito a romaria que acabei fazendo. Em suma: não mudaria nada. Como se vê, e como já foi dito, não estou de modo algum culpando você por nada.

Mas divago. Antes de divagar, eu estava diante da porta do 35, segurando uma sacola não pesada, mas grande, incômoda de carregar, um trambolho leve, ou um leve trambolho, se você me permite um ligeiro oximoro. Bom. Larguei no chão a sacola, que ficou em pé — ela continha, como já tive oportunidade de dizer mais de uma vez, uma pilha de caixas, de modo que se equilibrava em pé sem nenhum problema —, e toquei a campainha. Não precisei esperar muito. A porta foi aberta por uma mulher, não a mulher do metrô da véspera, nem a do metrô daquela manhã, mas uma terceira mulher, um pouco mais velha que as duas outras, mais baixa e mais gorda. Fui logo dizendo: Bom dia, minha senhora, eu gostaria de falar com a dona Maricleide, ela está? A mulher sorriu muito, não disse nada e fez sinal para que eu entrasse. Entrei numa sala pequena, acanhada, com um sofá e duas poltronas, os três descasados um do outro, e uma mesa de centro com pés de palito, safra 1959, mais ou menos; a mulher continuava olhando para mim e sorrindo. Me dei conta de que havia uma voz ao fundo, uma voz também de mulher — a quarta mulher dessa história, contando com as duas anteriores, a do metrô de sexta e a do metrô de sábado, portanto, a mulher nº 4 — falando ao telefone, era essa a impressão que dava, repetindo as mesmas coisas sem parar, com uma voz que exprimia algo assim como incredulidade, uma recusa a acreditar no que estava ouvindo. Enquanto isso, a mulher nº 3, sem dizer nada, fez sinal para que eu me sentasse, e desapareceu no interior da casa enquanto eu largava a sacola em cima da mesa de centro. Ao fundo, a voz da nº 4 prosseguia: Não, não pode ser, deve haver algum engano. Não, absolutamente, isso não pode ser. Eu... um momento, por favor. A voz da nº 4 sofreu uma queda abrupta de intensidade, imaginei que ela estivesse conversando baixinho com a nº 3, ou melhor, falando com ela, porque eu continuava ouvindo apenas uma versão reduzida da voz original, fazendo perguntas; as respostas da nº 3, se as havia, eu não ouvia, ainda que pudesse imaginá-la respondendo; percebi um tom de rispidez nos cochichos da nº 4, que logo em seguida reassumiu sua voz telefônica. Aos poucos minha atenção foi se despregando daquela conversa unilateral, e entreguei-me a uma daquelas minhas especulações vagas que você conhece tão bem, pensando algo mais ou menos assim: Pois é isto que é a vida, a espera numa sala de visitas desconhecida, ouvindo uma conversa sobre um assunto desconhecido, esperando a hora de ser atendido por uma pessoa desconhecida, para lhe falar de uma sacola que me fora legada — por algum motivo a palavra "legada" me pareceu perfeitamente apropriada naquele momento — por uma desconhecida no metrô. E, igualmente por algum motivo, essa percepção me pareceu uma coisa profunda, ou pelo menos uma coisa concreta, ou mais ou menos concreta, a ser extraída dessa expedição tijucana, para que ela não acabasse resultando numa absoluta perda de tempo. Mas antes que eu pudesse desenvolver essa ideia, se é que era mesmo uma ideia, fui interrompido pela entrada em cena da nº 4.

A nº 4 era uma mulher alta, descabelada, com cara de cavalo selvagem, mais ou menos da idade da nº 1, a mulher da véspera do metrô, ou do metrô da véspera, melhor dizendo, mas que sem dúvida não era ela, ainda que pudesse perfeitamente ser Maricleide Simas — qualquer mulher desconhecida, pensando bem, pode ser Maricleide Simas. A mulher nº 4 me olhou de alto a baixo, pediu desculpas pela Mariinha (a mulher nº 3, pude inferir), que a Mariinha era meio surda e não entendia bem as coisas, ela já tinha falado pra Mariinha quatrocentas mil vezes pra não deixar entrar na casa qualquer pessoa que tocasse a campainha, mas não adiantava. Em outras circunstâncias eu poderia tomar aquela afirmativa — que, afinal, equivalia a dizer que eu era qualquer pessoa, o que muito provavelmente implicava que eu era uma pessoa qualquer — como uma ofensa; mas talvez por ser uma manhã de sábado, e por eu estar talvez na Aldeia Campista, ou por alguma outra razão, não me senti atingido pelo comentário, ou resolvi que não me sentia atingido, o que no final das contas vem a dar no mesmo. Assim, me levantei, me empertiguei bastante, acho que para deixar claro que, se ela era alta, eu era mais alto ainda, e disse, com o máximo de dignidade de que sou capaz: Minha senhora, peço desculpas por estar me intrometendo na sua manhã de sábado, imagino que a senhora não deve entender por que motivo estou aqui, por isso quero justificar logo minha presença, e assim falando indiquei, com um gesto ao mesmo tempo didático e magnânimo, a sacola pousada na mesa de centro, entregando à mulher nº 4, sem maiores explicações, o envelope endereçado a Maricleide Simas — limitando-me a enfatizar que minha investigação acerca do conteúdo da sacola fora a mais abreviada possível, não indo além da leitura do exterior do envelope, o qual, muito embora não estivesse lacrado, eu não havia aberto, tal como não havia aberto as caixas. Minha exposição foi sumária, clara, absolutamente objetiva, tanto assim que me senti orgulhoso, cheguei a desejar que você estivesse ali ao meu lado, me ouvindo, para que depois fosse forçada a admitir que dessa vez, ao menos, meu desempenho estava acima de qualquer crítica, que eu havia me saído tão bem naquela situação quanto era possível; nem mesmo você haveria de encontrar o que criticar.

Mas a reação da nº 4 foi muito diferente do que eu esperava — o que talvez não queira dizer muita coisa, já que não faço a menor ideia do que eu esperava. Ela ficou como que estupefata por uns dez ou quinze segundos, olhou para mim, para a sacola, e explodiu: Mas é o cúmulo da desfaçatez! É o cúmulo! Depois de tudo que me aprontam, mais essa! E continuou a se indignar em altos brados, olhando para mim, mas não exatamente se dirigindo a mim, de modo que por algum tempo não consegui entender se a indignação dela era voltada contra a minha pessoa ou contra outra pessoa, talvez a mulher nº 1, ou a nº 3, vulgo Mariinha, ou a alguma outra pessoa, ou mesmo a todas elas. Esse ponto ainda não estava totalmente esclarecido quando a nº 4 largou o envelope dentro da sacola, deu as costas para mim e voltou para o interior da casa; uma porta bateu com força e a voz da nº 4 fez-se ouvir como antes, só que agora não dava para compreender as palavras, ela falava sem parar, com umas pausas de vez em quando, que deviam ser as intervenções da Mariinha, se é que a Mariinha era capaz de falar, o que até então não havia sido demonstrado a ponto de sobrepujar meu natural ceticismo a respeito dessas coisas, ou das coisas em geral. Eu estava um pouco decepcionado, é claro; no meu entender, tinha feito tudo da maneira mais correta possível, tinha me esforçado ao máximo para colocar os interesses da sociedade acima dos meus, tinha ido de um canto da cidade ao outro numa manhã de sábado, carregando uma sacola que não era minha — e era essa a recompensa que me davam! Uma tremenda injustiça, você há de concordar, eu espero. Realmente, não há justiça nenhuma no mundo.

Bem, os minutos se passavam, a voz da nº 4 foi morrendo aos poucos, e nada acontecia. Sentado no sofá da sala, eu esperava; creio que cheguei mesmo a cochilar um pouco. Quando espertei, algum tempo depois, a casa estava inteiramente silenciosa. Levantei-me, espreguicei-me, pigarreei alto, na tentativa de chamar a atenção das duas mulheres, mas não adiantou. Ousei então enveredar pelo corredor, pigarreando a cada dois ou três passos; a outra opção seria chamar pela Mariinha — o único nome que eu tinha além do de Maricleide Simas, nome infausto que, àquela altura da saga em que havia me metido, eu ainda não me sentia suficientemente seguro a ponto de pronunciar. Resolvi, pois, imbuir-me do espírito do explorador, ou do etnólogo — afinal, eu não estava em plena expedição às mais remotas Tijucas? —, e explorar a casa. Numa direção, o corredor dava para a cozinha; pus a cabeça lá dentro e não vi ninguém; na outra, havia três portas, duas fechadas e uma entreaberta, esta última a do banheiro. Aproveitei para usar o banheiro, afinal de contas eu estava precisado de um banheiro, e não havia ninguém a quem pedir permissão. O cheiro de spray desinfetante era forte. A descarga era positivamente escandalosa, e levou um bom tempo para se aquietar. Abri a torneira para lavar as mãos, e saiu um jorro tão caudaloso que espirrou água na minha camisa. Quando saí do banheiro, as duas outras portas continuavam fechadas. Resolvi bater numa delas — tendo ido tão longe, recuar agora seria uma covardia. Você ficará orgulhosa de mim, creio eu, ao ficar sabendo que de fato ousei bater na primeira porta. Esperei um pouco, bati de novo, ouvi uma vozinha fraca vindo de dentro: Pode entrar, Mariinha. Abri uma nesga de porta e disse: Sou eu. Mantive a porta milimetricamente entreaberta; depois de uma pausa de hesitação, imagino eu, a voz disse, um pouco mais alto: O senhor pode entrar.

Encontrei a nº 4 sentada numa espécie de bergère obesa, ao lado de uma cama de solteiro, fumando um cigarro junto a uma janela gradeada, que dava para aquela espécie de pátio que havia à frente da casa. Ela olhou para mim um pouco envergonhada, pelo menos foi a impressão que tive, parecia prestes a me pedir desculpas, e eu estava plenamente disposto a perdoá-la, mesmo que ela confessasse os crimes mais abomináveis — para você ver como me sinto reconciliado com toda a espécie humana. Porém ela continuou fumando em silêncio, e eu continuei parado, com um pé dentro do quarto, aguardando sei lá o quê. Então a mulher baixou o cigarro e olhou para mim: O senhor me faz um favor? Claro, qualquer coisa que a senhora me pedir, quer dizer, desde que esteja dentro das minhas possibilidades — o que também não era dizer muita coisa, mas isso não cheguei a acrescentar. E com essas palavras dei mais um passo para dentro do quarto. E a mulher fez então seu pedido: Quando estiver com ela, diz pra ela que não precisa nunca mais vir aqui. Não precisa vir, telefonar, nada. Nunca mais. E essa *encomenda* que ela deu pro senhor me entregar, diz a ela, diga a ela que não posso aceitar, não vou aceitar, de jeito nenhum. E tirou mais uma baforada do cigarro, me encarando, claramente me desafiando, como quem diz: Quero ver você me fazer aceitar essa encomenda. Pode tentar, vamos.

Pois bem, eu tinha cruzado o maciço da Tijuca, trafegando em alta velocidade alguns metros abaixo da superfície da Terra, carregando a tal encomenda, e agora aquela criatura, entre uma e outra baforada, me dizia que não podia aceitá-la. Como você há de entender, essas palavras dela tinham para mim um sentido muito sério. Era como se ela me dissesse que tudo que eu tinha feito desde a véspera, desde o momento em que aceitei segurar a sacola da mulher nº 1 no metrô até aquele exato instante, tudo aquilo tinha sido completamente inútil, um desperdício de tempo, de energia, de vida, que afinal de contas ninguém é imortal — o tempo que a gente passa em filas erradas, assistindo a filmes ruins, ajudando pessoas que depois sacaneiam a gente, enfim, essas coisas todas representam um desperdício de vida, em última análise, é ou não é? Já lhe ocorreu que, se fossem colocados lado a lado todos esses momentos, todas essas horas, o tempo gasto à espera do eletricista que acabou não vindo, ou tentando se livrar de um operador de telemarketing, ou esperando um elevador que na verdade estava quebrado, ou conversando com a pessoa fascinante que acaba não tendo o menor interesse pela gente, ou mesmo convivendo anos com... mas chega de exemplos: que se todas essas extensões de tempo na vida de uma pessoa de, digamos, cinquenta e sete anos de idade, fossem alinhadas, teríamos talvez cinco ou seis anos corridos de absoluto desperdício, tempo mais que suficiente para que Goethe escrevesse uma dúzia de obras imortais, ou que Napoleão despachasse dez mil pessoas desta para melhor? Já pensou nisso? Pois se não pensou, pense.

Mas retomando o fio da meada: eu precisava fazer alguma coisa, dar um jeito de justificar aquela minha viagem, aquela minha missão — sim, missão, se você me permite um toque de melodrama, porque de certo modo era mesmo uma missão, ditada por meu sentimento de honra, minha boa consciência de cidadão, ou consciência de bom cidadão, tanto faz. Minha senhora, comecei, a senhora precisa entender que para mim é da maior importância cumprir essa minha tarefa, qual seja, a de lhe entregar essa encomenda. Sou um homem sério. Quando me proponho a fazer algo, me sinto obrigado a fazer o que resolvi fazer. Quais sejam suas relações com a pessoa que deixou comigo essas caixas, isso não é da minha conta; tampouco me interessa o motivo que leva a senhora a não querer receber essas caixas. Do mesmo modo, não me importa o que a senhora resolva fazer com elas depois que eu sair desta casa, isso não cabe a mim decidir, a casa é sua, a encomenda também é sua, mas —

Nesse ponto ela me interrompeu: O senhor me desculpe, me desculpe se eu parecer grosseira por dizer o que eu vou dizer, mas a encomenda *não* é minha, se o senhor diz o que diz é porque o senhor não faz a menor ideia do que está acontecendo, não faz ideia. Porque se fizesse, ah, o senhor não seria capaz de dizer o que o senhor está dizendo, não seria capaz nem de *pensar* uma coisa dessas. O senhor não imagina a vida que eu levo, o que foi minha vida nesses últimos anos! O senhor sabe o que é ficar o tempo todo querendo largar tudo e tendo a certeza absoluta que não vai largar *nada*, nunca? Sabe o que é viver se agarrando com unhas e dentes a uma coisa que no fundo a gente não quer, que aliás é justamente o que a gente *não* quer, que a gente devia estar fugindo dela que nem o diabo da cruz? O senhor sabe o que é estar até *aqui* de coisas que nem a gente sabe direito o que é — quer dizer, saber a gente até *sabe*, o senhor entende, não é? O senhor entende muito bem, vai dizer que não, vai dizer pra *mim* que não! — e aí a gente vira pro lado e vê que a única pessoa com quem a gente pode falar é uma pessoa que...? E nesse ponto a mulher nº 4 sacudiu a cabeça, como se não conseguisse encontrar as palavras, ou então como se, depois de conseguir, se recusasse a usar as palavras que tinha encontrado. Quer dizer, ela continuou, eu *sei* que ela não tem culpa de ser como ela é, dizem que bem-aventurados os pobres de espírito porque deles é o reino dos céus, pode até ser, por mim tanto faz quanto tanto fez, mas e as pessoas que têm que *aturar* os pobres de espírito, hein? O que é que sobra pra elas, hein? O senhor me diga, por favor. Pois bem, eu, levando essa vida que eu levo, que é a *única* vida que eu conheço há sei lá quantos anos, e nem interessa quantos anos são, não interessa nem a mim, imagina o senhor, então! Pois bem, no meio disso tudo me vem a *outra*, essa... essa *sirigaita*, me mandar... me... me *tratar* como se eu fosse a empregadinha dela? Com que direito, eu lhe pergunto? *Com que direito? Hein?*

Aproveitei aquela pausa para arriscar: Dona Maricleide...

Mas ela não me deixou concluir a frase. E o senhor acha que eu não sei quem está por trás disso? Acha que eu não sei? Pois fique sabendo, pode dizer pra ela, que aqui ninguém é besta não, ouviu? Ó! E nesse momento repuxou a pálpebra inferior do olho direito, um gesto que teve um efeito perturbador, levando-se em conta que a aparência geral dela já era naturalmente assustadora. Cheguei a recuar um pouco, mas ao mesmo tempo não conseguia deixar de olhar para aquele olho de górgona, devidamente petrificado por ele. E a nº 4 insistia: Ela está pensando o quê? Toda metida, toda *saltitante*, crente que...! E de novo sacudiu a cabeça, de desprezo e abismamento.

Tentei imaginar a mulher nº 1, a do metrô, como uma sirigaita saltitante, e a imagem que resultou desse esforço foi tão incongruente que me alarmou; me dei conta de que estava muito perto da porta, de modo que, se acontecesse alguma coisa — mas o que poderia acontecer? —, não me seria difícil escapulir numa fração de segundo. E comecei outra vez: Dona Maricleide, eu...

E ela, numa espiral de veemência: Pois agora não vai ter mais conversa, não. Ela que mexa todos os pauzinhos dela, que eu mostro a ela com quantos pauzinhos se faz uma canoa, o senhor está entendendo? E ela que entre nessa canoa e vá nessa canoa pros quintos do inferno! Que vá à *merda*! Pode dizer isso pra aquela *bisca*! Tudo nesta vida tem limite, ouviu? Diz pra ela que tudo nesta vida tem limite, e que eu cheguei no *meu* limite! E de repente caiu no choro.

Aproveitando aquela oportunidade, com o pensamento não expresso de que eu também havia chegado ao meu limite, talvez com tanta razão quanto ela, se não mais, fui recuando até chegar à porta. Saí do quarto antes que ela parasse de chorar e voltasse a falar pelas tripas do Judas, ou então assoasse o nariz, duas possibilidades que, ao menos naquele momento, me pareceram igualmente abomináveis. Voltei para a sala, onde me deparei com a Mariinha, repimpada no mesmo sofá onde antes eu havia chegado a cochilar um pouco. Ela levou um susto ao me ver; na mesma hora levantou-se, com um certo esforço, e me entregou a sacola, tentando disfarçar o fato óbvio de que, aproveitando-se da minha ausência, estivera mexendo nela. Não, obrigado, não é minha, já estou indo, fui dizendo, enquanto recuava em direção à porta; a Mariinha insistiu e me estendeu a sacola de novo, balbuciando alguma coisa que não consegui entender, se é que era mesmo o caso de entender, mas fui mais rápido que ela, abri a porta e saí, sem fechar a porta nem olhar para trás. Atravessei o pátio com passos rápidos, sabendo que estava sendo seguido, e ainda não havia chegado ao arco que dava para a rua quando uma mãozinha gorda e úmida agarrou meu punho direito e me deteve; e antes mesmo que eu tivesse tempo de olhar para trás ela me enfiou na mão a alça da sacola, voltou correndo para dentro da casa e bateu a porta.

Fiquei um instante sem saber o que fazer; ouvi um carro passando numa transversal, com o rádio ligado bem alto; ouvi uma voz de criança ao longe chamando Miguel, Miguééôô; ouvi um cachorro latindo, duas, três vezes, mais longe ainda. Dei meia-volta, andei até o meio do pátio e larguei a sacola, encostando-a na mangueira estrangulada. Olhei para a casa fechada; estava em silêncio. Quando finalmente me vi na rua, pela última vez olhei para trás e vi que a sacola abandonada estava um pouco torta. Pensei em voltar para apoiá-la com mais aprumo no tronco da mangueira, como uma espécie de arremate naquela minha tarefa cumprida, pois no fim das contas eu havia — isso decidi naquele momento, uma decisão irrevogável, se você me permite mais um clichê — eu havia cumprido a minha missão. Mas desisti ao sentir um pingo grosso cair no meu braço; olhei para cima e percebi que ia começar a chover, a chover pesado. As caixas de papelão iam ficar encharcadas, e no envelope, que antes jazia no fundo da sacola mas agora estava por cima de tudo, o nome de Maricleide Simas, que parecia ter sido escrito com hidrográfica azul, ia se apagar. E eu ia chegar molhado no metrô, e teria que viajar com as roupas empapadas até o final da linha. Tudo isso por ter levado às últimas consequências minhas obrigações cívicas, tudo isso para não agir como um insensível, um ser autocentrado, um monstro de egotismo. É, a culpa é mesmo sua, sim, não adianta fingir que não é. A culpa é toda sua.

História sem nome

Temos uma situação e temos dois personagens, A e B. Num primeiro momento temos, conversando, A dentro de um veículo parado junto ao meio-fio de uma rua estreita e sem movimento, B do lado de fora. Mais exatamente, é B que está falando enquanto A escuta, quase sempre a situação é assim, B fala, A escuta, no máximo emite alguma interjeição puramente fática, mero gesto verbal acompanhando o aceno de cabeça, confirmando que está ouvindo, que está prestando atenção, que se submete àquela preleção, seja lá qual for o assunto.

Ah, sim, são três horas. Da tarde.

Uma alternativa: Uma tarde fresca de inverno, sem sol. Sentado diante do volante de sua Kombi surrada, Artur escuta o que lhe diz um homem parado na calçada, ao lado da janela parcialmente aberta. O homem fala depressa, quase sem mexer os lábios, e sem olhar diretamente para o rosto de Artur, porém um pouco para o lado, como se fosse vesgo, enquanto Artur alterna entre olhar para o homem, para as lentes escuras dos óculos do homem, e para a frente, para a rua vazia à frente do carro, enquanto suas mãos ora apertam o volante, ora o soltam e repousam nas coxas. O homem fala depressa, explica alguma coisa detalhadamente; de vez em quando Artur faz que sim com a cabeça e emite um grunhido grave, gutural e nasalado; logo depois que grunhe, voltado para o outro homem, Artur invariavelmente olha para a frente, como se para confirmar que a rua está de fato vazia, que ninguém está presenciando esta conversa curiosamente unilateral. Depois de uns dois minutos, o homem parado na calçada dá um tapa de leve no teto da Kombi e, sem maiores despedidas, se afasta. Artur olha para a frente mais uma vez, vê que um outro carro acaba de entrar na rua, em sentido contrário, e dá a partida no motor. Consulta o relógio. São três e cinco da tarde.

A segunda tentativa saiu muito diferente da primeira, não só porque contém mais detalhes mas também porque levou a história mais adiante: o afastamento de B, o surgimento do segundo carro, A dando a partida na Kombi. Isso para não falar que nada garante que A e Artur sejam a mesma pessoa, o mesmo personagem. Tentemos uma terceira opção:

Tendo ouvido as instruções apressadas que lhe dera entre dentes o homem dos óculos escuros, que se calara e, com um tapinha no teto da Kombi, afastara-se subitamente, o homem sem óculos deu a partida e arrancou, cruzando com um outro carro que vinha em sentido contrário, e cujo aparecimento inesperado fora certamente o motivo que levara o homem dos óculos escuros a afastar-se subitamente, se bem que — ele pensava agora — as instruções já estavam completas, nada mais havia a dizer, agora ele sabia exatamente aonde devia ir, sabia o nome da rua e o número da casa, sabia como se chegava lá, porque nesse bairro não adianta nada ter o nome da rua e o número do prédio que ninguém sabe explicar pra gente como é que chega lá, ninguém sabe informar nada, só a polícia sabe, mas ele é que não ia perguntar nada pra polícia, não é? Tinha graça.

Não, não tem graça nenhuma, como se pode começar vendo de fora o tal "homem sem óculos" e terminar dentro da cabeça dele? Se fosse para entrar na cabeça dele, seria melhor já começar assim: O homem de óculos escuros me deu as instruções, ouvi tudo sem dizer nada, de repente ele parou de falar, deu uma batida na lataria do carro e foi embora, olhei para a frente e vi um outro carro entrando na rua em sentido contrário, virei a chave na ignição e dei a partida, cruzei com o carro quase no final da travessa, virei para a direita, subi uma ladeira estreita cheia de curvas por algum tempo, depois virei à esquerda numa rua ainda mais estreita, cheia de mato no meio, parei em frente à casa de número 67. Olhei no relógio, três e dezesseis.

O único problema é que não fui eu. Eu não estava lá. O que não me impede de visualizar com perfeição o número 67 desta rua que permanece sem nome, o muro baixo, e sobre ele o arame farpado mais ou menos escondido no meio de uma sebe irregular, o portão de madeira pintado de azul, um pouco rachado, e a casa em si, velha mas não muito, descuidada mas não totalmente desprovida de dignidade, como uma mulher que... não, nada de símiles. Nem de metáforas. Principalmente metáforas. As metáforas são o câncer da linguagem.

Mas há uma mulher na história, é claro. Sempre há. É ela que aguarda A, ou Artur, dentro da casa. Ao contrário da casa, ela não é nem velha nem descuidada, porém definitivamente dignidade não é seu forte. Mas dizer que ela é vulgar pode dar a impressão, já que a estamos vendo pelos olhos de Artur, se é que a estamos mesmo vendo pelos olhos de Artur, que Artur a acha de algum modo desagradável. Pelo contrário, Artur se interessa por ela, é exatamente o tipo de mulher que ele considera sedutora, feminina, fascinante. É possível até que o que chamo de vulgaridade seja exatamente o que mais o atrai nela. Os cabelos, louros, fartos, brilhosos, de um tom que parece apontar menos para uma ascendência na Europa Setentrional do que para estes frascos de plástico opaco, esbranquiçados, adquiríveis em qualquer farmácia, que contêm uma substância cuja fórmula é H_2O_2, cujo nome científico é peróxido de hidrogênio, popularmente conhecida como...

Passemos a mais uma tentativa, já que a segunda enveredou por questiúnculas da maior desimportância. A mulher é loura, quase certamente oxigenada, ainda jovem, mais ou menos da idade de Artur. O bustiê rosa é pequeno demais para ela, ou para seus peitos, e a saia é muito curta para uma mulher que já não é mais uma adolescente. Os sapatos não guardam nenhuma relação de coerência com o resto da indumentária: um par de tênis velhos e surrados. Ela recebe Artur com algo menos do que entusiasmo e mais do que indiferença. Ela o conhece, sem dúvida, mas não muito bem, e não parece estar particularmente interessada em conhecê-lo melhor; ele, por sua vez, certamente também a conhece por alto, só que tenta aproveitar essa situação — parar à porta do número 67, tocar a campainha, esperar que a mulher abra a porta — para aproximar-se dela. Como? Cumprimentando-a com um pouco mais de efusão do que a situação requer; quase lhe fazendo um elogio qualquer — mas isso ele não chega a fazer, porque não sabe fazer elogios, ou porque é tímido, ou porque percebe que ela não receberia bem nenhuma tentativa mais explícita de aproximação, ou por dois desses motivos, ou todos os três, com seus respectivos pesos, uns, talvez, tão mais importantes que os outros que é quase como se estes não existissem e aqueles fossem...

Agora são três e trinta e três. Um número intrinsecamente interessante, três ocorrências do algarismo três. Artur está de novo estacionando o carro, já em outra rua. Não sabemos o que se passou no intervalo entre a passagem pela casa da falsa loura e agora, pouco mais de quinze minutos depois. Agora ele salta do carro, dessa vez diante não de uma casa e sim de um prédio, um prédio de cinco ou seis andares, bem menos decrépito que a casa da falsa loura, se é que a casa era mesmo dela. A entrada do prédio é uma porta estreita entre dois estabelecimentos comerciais: à esquerda, um cabeleireiro, na fachada do qual há uma placa em que se lê "Sacha's", sendo o S maiúsculo um tal emaranhado de serifas, ramos, flores e folhas que se leva algum tempo para identificar a letra, sendo as letras minúsculas que vêm depois, pelo contrário, simplificadas ao máximo, como se o engenho empregado na inicial maiúscula houvesse exaurido os parcos recursos de criatividade do letreirista, reduzindo-as à condição da mais abjeta simplicidade — mas no decorrer dessas elucubrações provocadas pelo letreiro do salão de beleza Artur entrou no prédio, de modo que, se não quisermos correr o risco de perdê-lo de vista, não teremos tempo para descrever a loja que fica à direita da entrada; por esse motivo, ela ficará desconhecida por toda a eternidade. Corramos, pois, atrás de Artur, subamos apressadamente a escada a que se chega logo após passar pelo elevador — não há tempo de usar o elevador, se é que o elevador está funcionando, o que, em prédios como este, nunca é mais do que uma possibilidade — ainda ouvimos os passos de Artur um andar a nossa frente, ou acima de nós, mais propriamente, e quando chegamos, algo esbaforidos, ao terceiro andar (considerando que o térreo seria o primeiro andar), ainda temos tempo de ver a porta do 301 se abrir e Artur desaparecer dentro dela. E não há nada mais a dizer, ao menos da perspectiva de quem subiu correndo atrás dele, só que a porta é de madeira, possui duas fechaduras, uma normal e uma tranca reforçada, e não há nada escrito nela. Ponto-final.

A menos que, é claro, abandonemos esse ponto de vista e adotemos outro: estamos agora no terceiro andar do prédio em frente, um prédio parecido com o primeiro, mas não percamos tempo com descrições da estrutura arquitetônica deste prédio, cuja única função é nos proporcionar uma vista da sala de terceiro andar onde A, ou Artur, conversa com um homem cinquentão, ligeiramente calvo, que usa suspensórios — imaginem! — por cima da camisa xadrez. Não — suspensórios, não. Ele deve usar cinto, como todo mundo hoje em dia. Mas só vemos Artur e o homem da cintura para cima, de modo que é impossível esclarecer este ponto. Ou seja, se ele está ou não de cinto, ainda que se possa ver claramente que ele *não* usa suspensórios. Também é impossível ouvir o que estão dizendo, embora esteja claro que estão falando cada vez mais alto, gritando um com o outro, com veemência crescente; desta janela de terceiro andar só se ouvem os ruídos da rua, carros passando de vez em quando — a rua não é das mais movimentadas — e uma moto muito barulhenta, que acelera estupidamente ao entrar na rua, digo estupidamente porque três quarteirões à frente o motoqueiro terá que desacelerar, pois a partir daquele ponto a rua muda de mão e é necessário virar à esquerda; assim, por mais que acelere, dada a curta extensão de pista na qual tal aceleração poderá ser mantida, ser-lhe-á impossível atingir uma velocidade muito superior a...

Não, "ser-lhe-á" é insuportável, indefensável; e o cálculo da velocidade máxima que poderá ser atingida vai depender (a) da velocidade inicial do veículo, (b) do valor exato da aceleração, (c) do tempo durante o qual... Mas, por falar em tempo, não há tempo para cálculos desse tipo, pois enquanto nos entregávamos a essas especulações vazias está claro que a situação no terceiro andar do prédio degringolou, e degringolou de tal modo que não vemos mais o homem que não usa suspensórios, vemos apenas A, que se abaixa várias vezes, e que — é o que se pode perceber cada vez que ele se empertiga — está muito nervoso; e numa dessas vezes olha para as mãos, como se as estranhasse, embora sejam naturalmente as mesmas mãos de antes, as mãos que ele sempre teve nas extremidades dos braços. E de repente, sem mais nem menos, ele vem até a janela, olha para o prédio em frente, vê que não há ninguém na janela do andar equivalente, esta exata janela onde estamos não estando, e, um pouco mais tranquilo, caminha em direção à saída, quando então se detém, cola o ouvido na porta, ao que parece está ouvindo passos ruidosos na escada — de fato, se pudéssemos voltar atrás alguns instantes neste vídeo, se vídeo fosse, e olhar para a entrada do prédio, veríamos uma menina de seus doze ou treze anos entrar correndo no prédio, e são os passos dessa menina, subindo a escada naquela velocidade descabida que caracteriza a movimentação de seres humanos nesta faixa etária — e é só quando cessam os passos, ao que parece, que ele sai por fim do apartamento e desce a escada agora vazia, com passos rápidos, mas não tão rápidos que pareça que ele está fugindo, só que, chegando ao portão do prédio, ele sai e, de modo discreto mas inconfundível, olha para a direita — a direita dele, nossa esquerda — olha para a esquerda — a esquerda dele, nossa direita — e sai do prédio, andando para a direita (dele) com toda uma expressão corporal de *nonchalance* exagerada que é o sinal mais inequívoco de que ele está, sim, fugindo, fugindo de alguma coisa, ou de alguém.

Não sabemos que horas são. Não há nenhum relógio à vista. Porém, levando-se em conta que, embora não haja nuvens no céu, a tarde está bem mais escura que antes, e levando-se em conta a estação do ano em que estamos, seria razoável concluir que seja por volta de cinco da tarde. Artur agora está num outro lugar, numa outra sala, que agora vemos de dentro, como se estivéssemos a três ou quatro metros de distância dos participantes, Artur e alguém que parece ser o segundo homem, o dos óculos escuros, que estava do lado de fora do carro, que podemos chamar de Bento, um homem mais velho que Artur, e que parece ter alguma autoridade sobre ele, detalhes esses que antes não foi possível observar, entre outros motivos porque, na ocasião anterior, Bento estava de óculos escuros. Percebemos que Bento está irritado com Artur, o qual tem um ar de quem foi repreendido e de quem, ainda que talvez reconheça que a repreensão não foi de todo injusta, mesmo assim ainda dá sinais de estar contrariado, de estar irritado ele próprio. Não ouvimos o que estão dizendo — e desta vez não podemos pôr a culpa nos ruídos do trânsito nem em nada; pelo visto, só temos acesso à imagem do que acontece, e não aos sons produzidos pelos personagens envolvidos nos acontecimentos. Que pena não sabermos fazer leitura labial. Seja como for, vemos agora que Bento entrega a Artur um revólver, devidamente acompanhado de uma série de instruções, admoestações, advertências ou seja lá o que for, ou forem, ou seja, ou sejam; e depois de guardar no bolso esse revólver, no bolso interno do casaco que ele está usando agora, mas que não estava usando antes, Artur sai da sala e do nosso campo de vista.

Bem, a presença da arma de fogo altera tudo. Em algum lugar, Tchékhov afirma que, se uma arma aparece no primeiro capítulo, ela tem que disparar em algum momento, talvez no segundo ou no terceiro capítulo, mas é preciso que em algum momento ela entre na trama. Longe de mim querer contrariar Tchékhov, que entendia dessas coisas melhor do que ninguém, certamente melhor do que eu — mas não há necessidade de nos comprometermos a fazer a arma disparar em algum momento da narrativa. De modo que, saindo da sala — estamos indo atrás dele, a uma distância de dois metros, no máximo —, Artur tateia o casaco por fora, sente a forma da arma com as pontas dos dedos e sacode a cabeça de leve, como se dizendo não para a arma, ou para o homem que lhe deu a arma. Por que ele faz que não com a cabeça se está sozinho, se não sabe que estamos a observá-lo da distância de dois metros enquanto ele espera o elevador? Uma boa pergunta, mas o fato — o elevador chega, e Artur entra nele — o fato é que as pessoas falam sozinhas, gesticulam sozinhas, têm longas e acaloradas discussões com adversários ausentes, sem que por isso possam ser acusadas de loucura. Não que se esteja dando a entender que Artur — que acaba de sair do elevador, atravessar o pequeno saguão em doze passadas largas e chegar à calçada — que Artur não é louco. Nem tampouco que ele *é* louco, aliás. A única informação nova é esta: Artur agora leva um revólver no bolso. E também esta: data venia de Tchékhov, *não* é garantido que a arma vai ser disparada em algum momento desta narrativa. Tampouco, é claro, se está garantindo que ela *não* vai ser disparada.

Mas a esta altura, é igualmente claro, Artur já está longe, saiu do prédio em que estava e sumiu; enquanto se discutia a questão de a arma vir ou não vir a ser usada, enquanto se tomava em vão o santo nome de Anton Tchékhov, Artur se evadiu, ou para a esquerda ou para a direita. Nada a fazer; somos obrigados a optar por uma das duas possibilidades. Vamos, pois, optar pela esquerda (do ponto de vista de Artur a sair do prédio). Por esse caminho, após dois quarteirões, chegamos a uma espécie de praça melancólica — na verdade não é exatamente uma praça, mas um socavão embaixo de um viaduto, uma versão em ponto maior, em escala urbana, desses vãos que há, em certas casas, embaixo de uma escada, onde se instalam armários para guardar vassouras e latas de tinta pela metade; um vão que algum urbanista, num momento de extremo otimismo, resolveu fantasiar de praça, acrescentando uma ou duas mesas de pedra cercadas de bancos sem encostos também de pedra, e mais um pequeno canteiro onde nem sequer ervas daninhas se dignaram a brotar. Pois nesta falsa praça há um homem numa cadeira de rodas, fazendo anotações num bloco, talvez um anotador ou ponteiro ou seja lá que nome tenha o sujeito que recolhe apostas no jogo do bicho. E no momento exato em que chegamos a esta praça vemos Artur se afastando dela, tendo acabado de ter alguma espécie de contato com o cadeirante, não sabemos qual exatamente, se fez sua fezinha, como se diz, ou se dizia, ou se o cadeirante lhe passou alguma informação, ou mesmo se Artur entregou o revólver ao cadeirante — tudo é possível. Mais uma parte da história acaba de escapar ao nosso controle. Paciência. Podia ter sido pior, se tivéssemos optado pela direita.

Acompanhemos, pois, Artur em sua caminhada — dessa vez ele parece não estar de carro, e sim a pé — e tentemos descobrir se de fato ele se desvencilhou da arma, ou se a arma ainda está em seu bolso. Se nos colocarmos à sua frente podemos fixar a vista no casaco, à altura do bolso interno, para tentar discernir algum volume, uma sombra, que acuse a presença do revólver. Mas Artur caminha com passos bem rápidos e decididos, e não conseguimos esclarecer este ponto. Ainda mais porque já começa a escurecer, é um dia nublado, quase frio, a visibilidade é baixa, e Artur caminha tão depressa que realmente não se pode perceber nada de muito definido. Tudo que podemos afirmar é que ele está agora subindo uma ladeira, uma ladeira que já vimos antes, sim, a ladeira onde fica a casa descuidada porém digna onde Artur encontrou-se — uma hora atrás? ontem? semana passada? — com uma mulher bem cuidada, porém não muito digna. Haverá alguma relação entre a arma, o cadeirante e a mulher? Não sabemos. Tudo que sabemos é que Artur, ou A, está subindo a ladeira que já nos é familiar, e depois de algumas curvas chega à casa que também já nos é familiar, e lá chegando toca a campainha. A porta é aberta por dentro, A entra — e ficamos de fora, talvez por termos perdido a oportunidade de entrar logo depois de A, talvez por outro motivo qualquer.

Permitamo-nos, pois, uma contemplação mais demorada da casa, já que é tudo que podemos fazer a esta altura. À luz cada vez mais fraca da tarde, a casa parece menos maltratada do que da outra vez; certamente será efeito da luminosidade mortiça do fim de tarde, que empresta uma espécie de pátina a todas as superfícies, fazendo a casa parecer ainda mais digna, apesar de seu estado não de todo satisfatório, do que antes, quando estava ainda bem claro, ou num dia anterior, talvez mais quente do que hoje — naquela ocasião A estava sem casaco, é bom lembrar — mas não sabemos se esta mesma luz mortiça também emprestará alguma dignidade à mulher, que a rigor sequer sabemos se está na casa; outras mãos podem ter aberto a porta para A. Na verdade, sabemos tão pouco! E já começa a ficar tão escuro que os detalhes da fachada da casa vão se esvaecendo; o número que antes se lia com tanta clareza na placa — seria 67? 87? — agora está apagado. No entanto, coisas continuam acontecendo: um carro estaciona em frente à casa, a mesma Kombi que vimos antes ocupada por A quando B falava com ele, parado do lado de fora; pois agora é B quem salta de dentro do carro e vai até a porta da casa. Ele não toca a campainha, e sim abre a porta com uma chave que tira do bolso, entra e fecha a porta.

E agora está escuro. A rua é mal iluminada; o céu carregado de nuvens assumiu um tom pardo, quase negro; algumas cigarras começam a zunir, ou zumbir, ou zinir, seja lá qual for o som que as cigarras fazem; ouvem-se também alguns silvos muito agudos, prolongados, o som característico dos saguis, que eles emitem para assinalar seu domínio do território, ou para alertar outros saguis de algum perigo próximo, ou para se aproximar de alguma fêmea no cio, ou nada disso, que sei eu sobre a comunicação entre os saguis; e também pássaros, é claro que há pássaros também nas árvores da rua e do terreno em que fica a casa; as árvores são grandes, de caules grossos e copas pesadas, e ocultam cigarras, saguis e toda espécie de pássaros; e os ruídos da rua, que mesmo de dia não são muitos, pois é uma ladeira onde o trânsito é intermitente, não é caminho para lugar nenhum, os ruídos da rua agora são quase exclusivamente de origem animal, entre insetos e mamíferos e aves — mas de repente ouve-se um estampido, um som forte, claramente de origem não animal e sim mecânica, talvez a arma disparando, conforme previra Tchékhov, talvez um pneu estourando numa rua próxima, ou outra coisa qualquer, uma coisa que jamais saberemos o que foi, mesmo depois, muito depois, altas horas da madrugada, quando dois vultos saem da casa totalmente escura, um deles sem dúvida B, o outro uma mulher que talvez tenha cabelos oxigenados, é difícil dizer nessa escuridão, dois vultos que entram no carro. O carro dá a partida e se afasta, e depois seguem-se muitas horas de silêncio quase absoluto na rua, pois os ruídos de insetos e aves e mamíferos diminuíram até quase cessar nas últimas horas, e agora, muito tempo depois de o ronco do carro morrer ao longe, não se ouve mais praticamente nada. Nenhum ruído, nenhum movimento, a rua parece inteiramente morta, estamos, afinal, na hora mais morta da madrugada, chega a ser difícil acreditar que numa questão de horas a rua vai clarear pouco a pouco, os sons de animais vão soar outra vez, primeiro um carro vai subir a ladeira, depois outro, e a rua voltará a assumir seu ritmo cotidiano. Mas e A, ou Artur? Não era a história dele que se estava contando? Por que a Kombi não estava com ele, como antes, e sim com B ou Bento, como antes de antes, no início de tudo? Por que A ainda não saiu da casa? E qual foi o motivo que o fez ir até a casa? Teria sido a mulher? Quem é a mulher? Qual o nome da rua? Que horas são?

Um santo

    Na hora exata em que estavam matando meus companheiros numa clareira a menos de um dia de viagem dali eu estava correndo, fugindo não, só correndo, quer dizer, correndo em direção a alguma coisa, só que eu não sabia que coisa que era, porque há algum tempo, não sei direito quanto, eu andava ouvindo umas vozes, quer dizer, às vezes era só uma, parecia voz de santo, se bem que eu nunca liguei muito pra essas coisas de religião, nem mesmo quando eu era pequeno e minha mãe me levava à igreja todo domingo, nem quando o vô estava doente e todo mundo tinha que rezar pela saúde dele, e depois que ele morreu a gente tinha que continuar rezando, só que agora era pela alma dele, e eu não entendia o que adiantava rezar pela alma dele se rezar pela saúde dele não tinha adiantado nada, por que é que o que tinha dado errado antes ia dar certo agora, isso eu não entendia, mas tinha tanta coisa que eu não entendia que uma coisa a mais não havia de fazer muita diferença não. Eu já estava ouvindo as vozes há um bom tempo quando a gente ficou sabendo que o dono do sítio onde a gente ia se esconder caiu e abriu o bico, nem precisaram judiar dele muito, foi só meia hora de pau de arara pra ele contar que a gente ia chegar dentro de uma semana, e a gente só ficou sabendo quase em cima da hora, a dois dias de caminhada do sítio, um companheiro esbaforido que conseguiu escapar veio avisar, foi por um triz, mas agora não tinha mais pra onde ir, o Exército estava apertando o cerco por três lados, e eu estava correndo na quarta direção, que era a única saída, coisa que na hora eu não sabia, porque se eu soubesse aí mesmo é que eu ia ter certeza que era Deus ou algum santo que estava guiando meus passos, me protegendo do inimigo, se bem que as vozes não me diziam pra correr naquela direção, elas não me diziam nada que dava pra entender, era um vozerio meio abestado, eu corria pra lá como podia estar correndo pra qualquer outro lado, as vozes não sabiam nada, que nem eu não sabia nada não. Eu estava ouvindo as vozes desde o dia que chegou a notícia, e todos nós, sete ou oito, só tinha nós, os outros tinham morrido, todo mundo ficou apavorado, só que ninguém podia dizer que estava apavorado, tinha que continuar levando a vida normal, levantar acampamento com o nascer do dia, e aí o comandante traçava o nosso caminho com aquela voz fina e tranquila, voz de professora primária, parecia a dona Filomena do grupo escolar que me ensinou a ler, e quando o sol estava a pino parar pra preparar o almoço, que era mais farinha e uma ou outra fruta que a gente encontrava no caminho, porque a munição estava quase acabando, não dava pra gastar bala caçando com a munição quase acabando, cada bala podia vir a ser preciosa na hora da onça beber água, e o Chico continuava a cantar aquelas músicas sem pé nem cabeça dele, e o Túlio enrolava e fumava tudo que era folha pra enganar a vontade de fumar, nenhum de nós estava preparado pra morrer, ninguém nunca está preparado pra morrer, quem diz que está está mentindo, mentindo de tanto medo de morrer que tem. Eu tinha certeza que era só eu que ouvia as minhas vozes, por isso que elas eram minhas, só minhas, alguém ou alguma coisa tinha me escolhido entre aquelas sete ou oito pessoas, que nem Jesus diz que tinha escolhido os discípulos dele um por um, a dedo, e eles foram tudo atrás dele sem vacilar porque sabiam que tinha um motivo pra eles ser escolhidos, só que eu não sabia por que é que tinha sido escolhido, vai ver que porque eu era o único que ainda não tinha perdido a cabeça, o único menos o comandante, que esse não precisava de ajuda nem de Deus, porque os outros, estava tudo ficando maluco, o Noco não tirava do cabelo uma folha que tinha caído nele há não sei quantos dias porque era aquela folhinha, ele dizia, que dava sorte a ele, o dia que ela caísse ia ser o fim, dele e de todos nós, o Chico cantarolava o tempo todo, até quando dormia, tanto que a primeira vez que ouvi as vozes eu até fiquei pensando que era ele, mas não era ele não, e o Bira, um sujeito antes tão falador e sorrideiro, agora ele não falava mais nada nunca, até que uma manhãzinha bem cedo a gente acordou com um grito de acordar cavalo morto, mais parecia grito de alma penada que de gente, era o Túlio que acordou antes de todo mundo e viu o Bira balançando de um galho de árvore, devagarzinho, feito um sei lá o quê. Aquela manhã foi braba, o Túlio despencou no chão espumando e se batendo, a gente teve que segurar a língua dele pra ele não engasgar com ela, e como ele não acordava mais o jeito foi eu e o Vicente carregar o Túlio, que estava tão fiapo de gente que parecia um saco de alguma coisa quase vazio, e quando ele abriu o olho e voltou a andar quem teve que ser carregado foi o comandante, que já não conseguia se arrastar apoiado no fuzil, o tiro de bala que ele tinha levado na costela agora era uma ferida pustulenta, que vivia cercada de mosca que nem uma vela com mariposa em volta, e no dia seguinte a gente acordou e viu que o Vicente tinha desaparecido sem mais nem menos. O comandante continuava calmo, era por causa da voz dele que a gente continuava junto e tocando pra frente, se bem que era cada vez mais difícil ouvir o que ele dizia, ele falava muito baixo e as vozes, as minhas vozes, cochichavam cada vez mais alto, mais atrapalhado, dizendo umas coisas esquisitas, assim: vá, vê, vá, vê, e mais umas coisas que não dava pra entender direito, e um dia o comandante começou a delirar, em vez de nos dar instrução falava e falava sobre coisa nenhuma, sobre gente que não tinha nada a ver conosco, nem com nada, foi que nem a vez que eu era menino e meu irmão começou a delirar de febre e a gente ficou em volta da cama dele de olho regalado porque quem falava era ele e não era ele, e o Túlio também nunca que recuperava direito daquela crise, chamava a gente pelo nome errado, nomes que ninguém conhecia, talvez do povo lá da terra dele, uma gente que ele tinha abandonado há muito tempo e que parecia que tinha voltado agora pra levar ele embora, ele cismava de me chamar de Ismael, e isso me incomodava muito, porque nos últimos tempos tinha vez que eu não conseguia lembrar do meu nome verdadeiro, de tanto nome diferente que eu já tinha usado. Na noite em que o comandante morreu as vozes pareciam que eram de verdade, mais de verdade que as vozes dos companheiros, e estavam falando mais claro, também, tão claro que dava até pra entender o que elas diziam. Nós enterramos o comandante de acordo com as instruções que ele deu no dia que levou o tiro: num lugar sem nada de especial, sem nenhum sinal em cima da cova, pra ninguém nunca descobrir onde que ele estava. Era de madrugada, terminamos o serviço e fomos dormir, todo mundo cansado demais pra conversar, e fora as minhas vozes ninguém tinha nada a dizer, de modo que todo mundo dormiu na mesma hora, menos eu, porque eu estava muito acordado, os olhos escancarados, pregados na escuridão, quase sem piscar, eu sabia que essa noite alguma coisa ia acontecer, que a morte do comandante era um sinal, se bem que se alguém me perguntasse sinal do quê, isso eu não sabia não. As vozes no começo estavam falando baixinho, tanto que dava pra confundir com o barulho de um riacho que corria perto do nosso acampamento, mas foi só a lua sumir atrás da serra que pronto, virou um vozerio daqueles, me cercando, me puxando, vai, ó, vai, ó, e eu deitado no escuro ainda mais escuro que antes, tentando entender, fazendo força pra entender, e elas tomando forma, agora não era mais uma confusão de vozes cada uma falando uma coisa diferente não, agora estavam todas juntas dizendo uma coisa só, uma coisa muito clara, uma ordem: vai, vai, vai embora, vai, vai, vai embora, agora, vai, vai, corre. Até essa noite as vozes não me mandavam fazer nada, só cochichavam, como se quisessem me contar um segredo, só que eu não conseguia entender que segredo que era, mas agora era uma ordem, uma ordem que eu estava disposto a obedecer mais que nunca, agora que o comandante não estava mais ali pra mandar, porque há muito tempo eu só fazia o que me mandavam fazer, o que tornava a vida mais fácil, não tinha que pensar, era só obedecer, que nem no tempo de criancinha, só que agora sem direito de desobedecer só por pirraça, e foi nessa hora que eu tive certeza que a voz queria me proteger, era voz de mulher, lembrava um pouco a voz da minha mãe, quando ela estava mais séria do que o normal, não zangada mas séria, como por exemplo quando tinha alguém doente em casa, meu irmão ardendo de febre, e ela tinha que falar num tom pra gente entender que era uma ordem de obedecer mesmo, mas não muito alto que era pra não incomodar o doente, e aí fiquei achando que podia ser a voz da Virgem Maria, porque de repente pareceu que o que ela estava dizendo era ave, ave, ave, só podia ser Ave Maria, só podia ser a voz da Virgem Maria. Me levantei sem fazer nenhum barulho, com muito cuidado, e fui andando, andando cada vez mais depressa, tentando seguir sempre em linha reta, e então comecei a correr, parando de vez em quando, apertando a boca com força pro coração não sair saltando pra fora dela, até que aquela voz de mãe séria falava outra vez ave, ave, ave, e eu levantava e corria, dia e noite passavam que era que nem um olho enorme piscando em cima de mim, só isso, noite não era mais hora de dormir e sim de tocar pra frente, cada galho de árvore uma arma apontada pra mim, cada barulho de pássaro ou inseto um tiro, até que eu ouvia a voz, que agora era uma só, e só de ouvir a voz eu aquietava, que nem minha mãe ao lado da minha cama cantarolando quando eu acordava ela no escuro com meu choro apavorado até o medo passar, e dia era hora de descansar, comer uma fruta encontrada no caminho, de olhos bem abertos, dormindo sem querer, um sono que nunca chegava a engrenar, sono que lá pelas tantas espatifava quando vinha um susto maior que ele e a voz começava outra vez, e eu levantava e ia embora correndo. Era árvore, árvore pra todos os lados, eu já não tinha mais esperança de chegar a lugar algum, já não pensava em chegar, não pensava em nada, só ouvia a minha voz e corria, até que uma manhã dei com uma estrada de terra e fui seguindo nela, sem encontrar ninguém, e então ouvi um sino de igreja. A voz voltou a falar, ave, ave, ave, mas agora não era mais ave não, era mais árvore, árvore, ou mesmo sobe, árvore, sobe, árvore, e eu obedeci, passei dias trepado no alto de uma árvore, só descia de noite, de dia ficava empoleirado lá em cima, tentando me convencer que a gente daquele fim de mundo nunca tinha ouvido falar em coisa nenhuma, ninguém nunca ia saber quem eu era, e tentando entender as vozes, que agora não era mais só uma, era um bando de vozes falando ao mesmo tempo, que nem antes, falando atrapalhado, não dizendo nada que fazia sentido, nenhuma ordem, nenhum conselho, só uma balbúrdia que eu já nem tinha mais certeza que era mesmo a Virgem Maria, tinha vez que parecia voz de homem, ou um bando de homem falando ao mesmo tempo. Aos poucos o que as vozes diziam foi ficando mais claro, só que o que elas diziam não tinha cabimento, goma-arábica, goma-arábica, goma-arábica, repetido um montão de vezes. Eu queria saber se era pra entrar na cidade ou não, e as vozes diziam goma-arábica, goma-arábica, o que não ajudava nada, mas eu estava com muita fome, e não aguentava mais aquilo de ficar trepado num galho feito macaco, desci da árvore, enterrei minha camisa rasgada, minhas botas que já não prestavam mais mesmo, e meu fuzil, que foi o que doeu mais, me separar do meu fuzil, se bem que eu não tinha mais bala nenhuma, na verdade eu nunca tinha dado um tiro na vida, e se tentasse dar ia errar na certa.

A cidade era pequena e feia, e no centro tinha uma pracinha com uma igreja feia e pequena que nem a cidade, duas torres, uma diferente da outra, uns quatro ou cinco degraus na frente, tão estreitos que as pessoas tinham que pisar de lado pra subir ou descer, andando bem devagar, olhando bem onde pisavam, e foi num desses degraus estreitos que eu me instalei, num canto onde os degraus eram um pouquinho mais largos, no outro canto já tinha um mendigo, um mendigo de verdade, que olhou pra mim de cara atravessada, como se percebendo que eu era um impostor, foi o que eu pensei no começo, mas depois fiquei achando que era só porque ele sabia que eu ia fazer concorrência, porque sujo e barbado e cabeludo e maltrapilho do jeito que estava, eu pensava que as pessoas iam me tratar como um mendigo qualquer, tinha um rasgão na minha calça que deixava ver uma ferida na perna que ainda não estava bem sarada, e eu esperava que as pessoas pensassem que eu tinha uma dessas perebas que se alastram por corpo de mendigo, tudo que eu queria era uma pereba daquelas de verdade, mas como eu não tinha camisa era fácil ver que minha pele estava perfeita, e que além disso eu era moço, moço demais pra ser mendigo de verdade, daí que as pessoas achavam que eu era menos merecedor de piedade que o outro mendigo, o de verdade, que era um homem mais velho, de pés inchados, com feridas nas pernas, feridas de causar impressão, dessas cheias de pus, e por isso as esmolas que eu recebia eram muito menores que as dele, e cada vez que alguém dava uma esmola pra ele e não me dava nada, ou dava só uma moedinha, ele me olhava com cara de quem fez uma aposta e ganhou, só que eu não tinha apostado nada, e se tivesse apostado ia perder na certa, porque as velhas carolas, que era quem mais dava esmola, viravam o rosto pra mim, com cara de indignação, onde já se viu um homem moço e saudável como eu pedindo esmola na porta da igreja, mas as moças tinham pena, porque eu era moço que nem elas, e por isso elas conseguiam sentir minha desgraça com mais facilidade, daí que às vezes elas me davam umas esmolinhas, mas era muito pouco, mal dava pra comprar um pão dormido na padaria, e se eu não tinha vergonha de pedir esmola na porta da igreja, pedir resto de comida em casa de família era demais pro meu orgulho, que o orgulho é a última coisa que morre, depois até que a esperança, e por conta desse orgulho besta eu ia acabar morrendo de fome, que a fome não respeita orgulho nem coisa nenhuma. Mas aí eu me lembrei das minhas vozes, se eu não era um mendigo de verdade vai ver que eu era um santo, um santo que ouve vozes, um santo desses que vagam pelo mundo, porque por que é que eu havia de ouvir vozes se não fosse santo, então aquelas vozes deviam ser a Virgem Maria ou algum santo ou anjo, mesmo que falando bobagem, porque desde o dia da goma-arábica as vozes não diziam nada que prestasse, tinha vez até que chamavam nome feio, como se estivessem me xingando, mas disso ninguém precisava saber, que afinal só eu é que ouvia as vozes, e aí um dia eu estava na porta da igreja, com uma fome dos demônios, e uma velha carola, bem coroca, a única que às vezes me olhava com cara de pena, me perguntou quem eu era, e na hora a primeira coisa que me passou pela cabeça foi dizer: Ismael, um pecador, mas a velha não me ouviu direito, e aí eu repeti um pouco mais alto, e parece que ela gostou da resposta, porque foi logo dizendo: pecadores somos todos nós, meu filho, e aí eu virei e falei assim: eu mais que a senhora, minha vozinha, e então a velha arregalou o olho, se abaixou pra ficar com a cara bem perto da minha, uma cara que já era feia normalmente e que ficou ainda mais feia de tão assustada que ela estava, e perguntou: como é que você sabe que me chamavam de tia Rosinha, tem mais de vinte anos que ninguém não me chama assim, e eu fiquei sem saber o que responder, mas sem pensar, meio que por inspiração, e falando um pouco mais alto que antes, eu disse: foi a voz do anjo, tia Rosinha, e a velha fez que sim com a cabeça, me olhando meio de esguelha, e foi subindo a escada de lado, com muito cuidado, balançando feito pinguim que a gente vê nos filmes, e logo antes de entrar na igreja virou pra trás e olhou pra mim, com cara de respeito, primeira vez na vida que alguém me olhava daquele jeito. E depois disso a velha sempre que passava por mim me olhava com aquele mesmo olhar, de respeito, de admiração, até mesmo uma espécie de medo respeitoso, o que não era de espantar, porque afinal uma pessoa que ouve voz de anjo não é uma pessoa qualquer, mas o que era mais espantoso era que eu também comecei a me sentir mais importante porque ouvia voz de anjo, foi só eu falar que foi o anjo que me disse que ela era a tia Rosinha pra eu acreditar que foi isso mesmo que aconteceu, que eu ouvia anjo de verdade, mesmo sabendo que eu não tinha chamado ela de tia Rosinha, mesmo sabendo que anjo de verdade, se existisse, não havia de ficar chamando nome feio e dizendo bobagem que nem goma-arábica prum leguelhé feito eu, e era isso que era o mais espantoso, era só eu dizer uma coisa que essa coisa passava a ser verdade, não só pros outros mas também pra mim, principalmente pra mim, e essa minha faculdade de dizer coisas que viravam verdade só porque eu tinha dito elas parecia ser mais uma prova que eu era mesmo uma pessoa muito especial, santo ou profeta, mas o que mais garantia que eu era um profeta era isso de eu saber que uma coisa não era verdade e ao mesmo tempo saber que era verdade. Agora que eu passava o dia mendigando na escada da igreja eu tinha muito tempo pra ficar matutando essas coisas, e quanto mais eu pensava nessa história de saber uma coisa e saber o contrário dela ao mesmo tempo, mais eu me convencia que era mesmo um profeta, um santo, porque uma pessoa capaz de fazer as coisas virarem verdade só de falar nelas, sabendo que não eram verdade coisa nenhuma, devia de ser porque era um profeta, se não fosse isso eu não podia imaginar o que era que fazia um profeta ser profeta, e como antes era só o comandante dizer uma coisa que ela passava a ser verdade, agora era como se eu fosse o comandante de mim mesmo, o que me assustava um pouco, era uma tremenda responsabilidade, e ao mesmo tempo me tranquilizava, que nem a voz do comandante dando uma ordem ou explicando uma situação me tranquilizava, e isso de a mesma coisa que me assustava me tranquilizar ao mesmo tempo também parecia que era coisa de profeta. Um dia a tia Rosinha veio pra igreja com uma outra velha, muito mais velha e mais coroca do que ela, e parece que mais surda também, porque a tia Rosinha tinha que falar alto com ela pra ela ouvir, e ela sempre virava pra tia Rosinha o ouvido esquerdo, mesmo que estivesse do lado direito dela, parecia que só ouvia com o ouvido esquerdo, e as duas velhas foram chegando perto de mim, a tia Rosinha com uma sacola, a outra com um cesto, e quando estavam assim a uns dois braços de mim pararam como se estivessem com medo de chegar muito perto, ou então era porque eu estava fedendo demais, mesmo sendo santo, ou por causa que eu era santo, porque a santidade fede, alguém tinha me contado quando eu era menino que santo de verdade nunca que trocava de roupa nem tomava banho, e da tal sacola a tia Rosinha tirou roupa, roupa usada mas não rasgada, e limpa, e sandália, e do cesto a segunda velha tirou umas tigelas com comida, comida boa, quentinha, e uma garrafa d'água, e na mesma hora fui me vestindo, só não troquei a calça rasgada pela que veio no saco porque não dava pra tirar a calça ali na porta da igreja na frente das velhas, mas o resto fui vestindo como se já estivesse esperando por aquilo, sem agradecer nem dizer nada, e quando estava vestido comecei a comer, devagar e bem aos poucos, apesar de estar com muita fome, com muita vontade de comer aquela comida toda logo de uma vez, mas na minha cabeça o profeta Ismael, como todos os profetas, comia pouco, estava muito acima dessa coisa de ter fome e sede e desejo de mulher, e assim comi alguma coisa, não tão pouco quanto eu achava que devia comer, mas também não muito mais que isso, e quando terminei de comer, com as duas velhas olhando pra mim, senti que era hora de dizer alguma coisa, só que eu não fazia a menor ideia do que era pra dizer, e por isso olhei primeiro pra tia Rosinha, depois pra velha ainda mais velha que veio com ela e disse bem assim, mais pra alto que pra baixo porque era pras duas velhas ouvir direitinho: Ismael é um grande pecador, minhas irmãs, eu não tinha nenhuma ideia melhor do que dizer, mas parece que acertei em cheio, pois não é que as duas caíram de joelhos bem na minha frente e começaram a rezar em voz alta, uma reza que eu não entendia bem o que era, em parte porque nessa hora as vozes estavam cochichando todas ao mesmo tempo nos meus ouvidos, me azucrinando, com aquela história de goma-arábica, goma-arábica, e também filho da puta, filho da puta, uma confusão dos diabos, e aí o jeito foi levantar as mãos e dizer, um pouco mais baixo do que eu tinha falado antes: Ismael é o filho das Arábias, uma mistura de filho da puta com goma-arábica que não fazia nenhum sentido, se elas me perguntassem o que isso queria dizer eu não ia poder responder nada, mas parece que elas achavam que não era pra entender o que eu dizia, ou quem sabe as duas não ouviram direito o que eu disse porque eram meio surdas e eu tinha falado muito baixo, não sei, só sei que elas continuaram ajoelhadas rezando, e eu fiquei parado, sem dizer nada, com medo de falar alguma coisa tão sem pé nem cabeça que até mesmo aquelas duas carolas corocas iam ficar desconfiadas, porque eu já estava começando a entender uma coisa que só depois ficou bem clara: quanto menos eu falava, e quanto mais esquisito o pouco que eu falava, mais as pessoas se convenciam da minha santidade, por isso nesse dia eu não falei mais nada, só disse uma outra coisa quando chegou uma terceira carola coroca e ficou olhando pra minha cara esperando eu falar, e aí eu falei: Ismael é o maior dos pecadores, e foi o que bastou pra terceira carola cair de joelhos na minha frente e começar a rezar também, e aí, por não saber o que dizer, ou sabendo que não devia dizer mais nada mas achando que tinha que fazer alguma coisa, em vez de falar levantei o braço que nem vi o papa uma vez num jornal da tela no cinema, levantei o braço e bençoei as três, e aí a terceira carola começou a chorar, e daí a pouco a tia Rosinha e a outra velha começaram a chorar também, e eu tive que me segurar pra não cair no choro que nem as três beatas, mas me segurei, sim, porque santo não chora, eu acho. E foi assim que começou minha vida de santo, eu ficava o dia bençoando velha e à noitinha ia pro mato, onde eu fazia as necessidades, comia a comida que tinham me trazido e depois me empoleirava numa árvore pra dormir, e no começo as beatas queriam ir atrás de mim, mas era só eu me virar pra elas e levantar o braço e dizer alguma coisa, Ismael é o maior dos pecadores, ou Ismael vai a Jerusalém, que elas na mesma hora baixavam a cabeça e batiam em retirada, rezando o tempo todo. Depois que eu subia na árvore as vozes às vezes voltavam, mas cada vez mais fracas, até que uma noite o que eu achei de saída que era as vozes não era não, era os grilos, os bichos do mato, o vento, e não ouvir mais as vozes me deixou ainda mais desesperado do que ouvir vozes, porque que diabo de santo profeta era esse que não ouvia voz nenhuma, daí que o jeito era fingir que eu ainda ouvia, fingir não só pras beatas, pra elas também, é claro, mas principalmente pra mim mesmo, porque se eu dizia uma coisa pra mim mesmo eu passava a acreditar nela, mesmo sendo a maior bestice, e sem as vozes eu não era santo, e se eu não era santo eu não era nada nem ninguém, então o jeito era ouvir as vozes, mas as beatas não sabiam que as vozes tinham parado de falar, e continuavam caindo de joelhos em volta de mim cada vez que eu aparecia na cidade, agora elas já eram cinco ou seis, tinha inclusive uma, um pouco menos velha e mais safa que as outras, que era quem puxava a reza quando elas se ajoelhavam, enquanto eu ficava em pé, dizendo quase nada, só Ismael é o maior dos pecadores de vez em quando, ou então Ismael é o filho das Arábias, torcendo pras vozes voltar a falar, a me dizer o que fazer. Um dia, quando eu já estava me preparando pra ir pra Jerusalém, quer dizer, voltar pro mato, juntando as minhas coisas, a comida e mais uns trastes que eu tinha, as beatas já tinham tudo ido embora quando um sujeito todo de preto foi se chegando pra mim, era o primeiro homem que falava comigo naquela cidade, dizendo que era o sacristão, que o pároco tinha mandado ele me dizer que eu não podia ficar mais ali juntando aquela gente em volta de mim, na porta da igreja, ainda mais porque eu nunca que entrava na igreja, nunca assistia missa, dava um mau exemplo pros fiéis, e foi então que eu entendi que não era mais o mendigo que estava preocupado com a minha concorrência, ele ficava no canto dele nos degraus e eu ficava no meu, mas eu agora era um santo e não um mendigo que nem ele, era o padre que tinha medo que eu roubasse a freguesia dele, e pensei em dizer pro sacristão que o padre não tinha que preocupar não, que eu não queria fundar uma outra igreja não, nada disso, mas aí fiquei pensando que santo profeta não discute, não se defende, não explica nada, que quanto menos eu dissesse mais eu ia parecer santo de verdade, e quando percebi que o homem já estava esperando a minha resposta há um bom tempo, levantei o braço e bençoei ele, dizendo: bença, irmão, Ismael é o maior dos pecadores, e o sacristão ficou bestificado, dava pra ver que ele não esperava por aquilo, sei lá o que ele imaginava que eu ia fazer, qualquer coisa menos aquilo, e sem dizer mais nada fui indo embora da praça, em direção ao mato, sem olhar pra trás, apesar de estar com muita vontade de virar pra trás e olhar pra cara do homem, mas santo não olha pra trás, eu acho. O padre nunca mais que mandou ninguém me incomodar, ainda mais porque o bando de beatas agora era tão grande que não cabia mais nos degraus da igreja, e aí a gente ficava num canto da praça onde o padre não tinha pretexto pra implicar comigo, agora a chefa das beatas não era mais a tia Rosinha, era aquela velha um pouco menos velha e mais safa que as outras, e todos os dias ela comandava as rezas e cantorias em volta de mim, quando já começava a cair a tarde, e eu não fazia nada, só ficava em pé, bençoava as velhas de vez em quando, e muito de vez em quando dizia Ismael é o maior dos pecadores, ou então Ismael é o filho das Arábias, e quando eu dizia isso elas rezavam mais alto ainda, às vezes uma delas até chorava, chegava perto de mim e beijava minha sandália ou a barra da minha camisa, depois me entregavam comida, de vez em quando uma roupa, um agasalho, e iam embora, mas um dia a chefa das beatas, na hora que eu ia me recolher, chegou perto de mim com um sujeito atarracado que fungava o tempo todo, dizendo que ele ia me levar pra um lugar onde eu podia ficar, e aí ela foi embora junto com as outras e o tal sujeito fez sinal pra eu ir atrás dele, e eu fui, pensando no que eu ia dizer se ele puxasse conversa comigo, decidi que ia bençoar ele também e não dizer mais nada, mas em dez minutos de caminhada ele não disse nem uma palavra, nem mesmo olhou pra mim, só fez fungar, e quando vi a gente estava entrando num terreno já nos confins da cidade, que no fundo tinha uma espécie de galpão, grande, vazio, só com uma cama baixa num canto, e do lado dela um banheiro, imagina, um banheiro com privada e pia e chuveiro, com sabonete e papel higiênico e tudo, tanto luxo que eu não tinha há tanto tempo, e quando me virei pro sujeito ele já estava indo embora antes que eu tivesse tempo de bençoar ele, e aí eu tomei um banho, o primeiro banho decente em tanto tempo que eu já não sabia mais quanto tempo que era, e vesti a muda de roupa que achei em cima da cama, e quando ia me deitar na cama me lembrei que eu era santo, e santo não dorme em cama, e sim no chão, afinal eu já estava tão acostumado a dormir no chão que era melhor continuar dormindo no chão, pra impressionar as beatas, e mais importante ainda, pra impressionar eu mesmo, e aí estendi uns panos no chão, que era de taco de madeira e estava bem limpo, e dormi até rebentar, dormi como deve dormir um santo de verdade, desses que a consciência é tão limpa que se ele disser que é um pecador vai pecar do pecado da mentira. E assim comecei até a gostar da vida de santo, que agora estava bem melhor que antes, uma vida meio besta, mas comida não faltava e eu tinha um lugar pra dormir, tinha roupa, não precisava mais nada, eu não sentia mais falta de mulher, nem de companhia, já nem sentia mais falta das vozes, vai ver que a missão delas era me fazer encontrar a minha missão, eu tinha encontrado a minha missão e agora elas não precisavam mais dizer nada, como eu também não precisava dizer nada, as beatas não cobravam nada de mim, só rezavam e cantavam, e eu só fazia bençoar todo mundo e depois me recolher, parecia que eu ia continuar levando aquela vida por muito tempo ainda, a gente se acostuma com qualquer coisa, e de tanto me acostumar eu já quase não me lembrava do meu nome verdadeiro, do motivo que eu tinha ido parar naquela cidade, das vozes que me mandaram ir até lá, do que eu fazia antes de virar santo, do comandante e do resto do meu grupo, tudo aquilo estava muito longe, que nem meu tempo de menino, eu que não era mais aquele menino há tantos anos, então era como se eu estivesse levando a vida de uma outra pessoa que eu nem sabia mais quem era, porque eu não era mais um homem que não se chamava Ismael e não era santo, e por isso não era mais eu, ou eu não era mais ele, o que dava no mesmo, eu acho.

Mas aquilo era bom demais pra durar, no fundo eu sabia que aquela santice não podia ser pro resto da vida, inda mais agora que as vozes tinham calado, aquilo ia acabar, eu sabia, e um dia eu estava na praça quando vi um jipe do Exército chegar na cidade, chegar e parar defronte da prefeitura, e de dentro dele saíram uns soldados de uniforme de camuflagem, já era fim de tarde, as últimas beatas tinham beijado minha sandália e ido embora, ainda bem, porque sem aquele rebanho de beata em volta de mim eu não chamava muito a atenção, mas assim mesmo senti uma pontada gelada de repente, que nem quando a gente entra numa ducha de água fria, e pensei: pronto, minha hora chegou, eu olhava com o rabo do olho pra prefeitura, e pensava: os homens vão sair do prédio e vão vir na minha direção e vão me levar embora, e ao mesmo tempo eu dizia pra mim que não precisava ter medo, eu não era mais um fugitivo, agora era um santo, barbudo e cabeludo, com uma outra cara, mas aí eu pensava: é só os soldados cortar meu cabelo e minha barba que a minha cara de sempre, a única que eu tenho, vai aparecer e me entregar, e aí eu percebi que se era verdade que os soldados iam me prender então não era verdade que eu ia continuar vivendo vida de santo, que eu não podia mais acreditar numa coisa e no contrário ao mesmo tempo, o que era sinal de que não era mais santo, ou até que eu nunca tinha sido santo coisa nenhuma, as beatas já tinham ido embora, eu fervia de vontade de ir embora também, mas pensava que se eu fosse embora logo agora que os soldados tinham chegado eu ia ficar sendo muito suspeito, e aí comecei a tentar me convencer, como eu fazia sempre e dava certo, eu dizia pra mim mesmo que o medo não fazia sentido, mas a coisa não funcionava mais, se eu tinha medo o medo fazia sentido, porque medo só não faz sentido pra quem não tem motivo pra ter medo, e eu tinha, porque eu pensava: é pra sentir medo, sim, que a sua vida de santo profeta de araque vai acabar daqui a pouco, e pela primeira vez na vida desde o tempo que minha vó me fazia rezar antes de me deitar dei por mim rezando de verdade, com toda a força, rezando as rezas que minha vó tinha me ensinado há tanto tempo e que eu pensava que nem lembrava mais, rezando pras vozes pedindo pra elas voltar e me dizer o que fazer e pra onde ir e se era mesmo pra eu ir pra algum lugar, mas a única voz que eu ouvia era a minha voz lá de dentro, uma voz de gente que de anjo não tinha nada, dizendo: a sua hora chegou, e aí, bem devagar, como se fosse um velho tão coroco quanto as beatas corocas que já não estavam mais lá, peguei meu saco de comida e saí andando normal que nem todo dia, apesar de que com a maior vontade de correr, passando pelas ruas de sempre sem olhar pra trás, doido pra sair na disparada mas não, que santo não corre não, e santo que não é santo de verdade corre menos ainda, fui andando e andando até chegar ao terreno baldio onde as ruas morriam, onde ficava meu galpão, mas não entrei nele não, continuei andando com passo firme sem correr, mato adentro, arrastando meu saco de comida, e de repente me dei conta de uma coisa que já estava acontecendo há algum tempo, eu não sabia há quanto tempo, mas que eu ainda não tinha percebido: as vozes tinham voltado, e tinham voltado com vontade, com toda a força, agora mesmo que eu estava me afastando da cidadezinha e me embrenhando no mato, agora que eu queria ouvir se tinha alguém vindo atrás de mim mas sem querer olhar pra trás, porque santo não olha pra trás e fugitivo menos ainda, justamente agora as vozes tinham voltado a falar mais alto do que nunca, e quanto mais eu me afundava no mato mais alto elas falavam, no começo era uma confusão dos diabos ou dos anjos, parecia ave ave outra vez, mas não era Ave Maria não, não era ave não, era árvore árvore árvore e eu continuei andando no escuro cada vez mais escuro, tanto que eu andava sem enxergar me orientando pelo tato ou pelo cheiro ou sei lá pelo quê, as vozes dizendo árvore árvore árvore, agora com toda a força, eu sabendo muito bem o que elas estavam dizendo, já tinha largado em algum lugar o saco de comida e continuava andando, andando sem parar na barriga da noite, as vozes gritando comigo árvore árvore árvore, e eu cambaleando pra um lado e pro outro e tropeçando e esbarrando, até que na hora mais funda da noite parei bem no meio da escuridão, no meio da gritaria das vozes, no meio das árvores, num lugar que era mais lama que terra, tirei as roupas todas e afundei elas na lama, cravei os pés na lama o mais fundo que eu pude, estiquei os braços o mais longe que eu pude, e fiquei assim, os pés enfiados no chão, os braços estendidos até doer, e a dor primeiro foi aumentando e aumentando até que uma hora parou de doer e a dor virou uma espécie de estupor nos braços e nas pernas e no corpo todo e antes mesmo do dia nascer na ponta de um dos meus dedos a primeira folha já começava a brotar.

Notívagos

Moro num conjugado disfarçado de quarto e sala. Mal disfarçado, é bem verdade, porque tenho certeza que ninguém se deixaria enganar por ele. Há duas portas de entrada, a da frente e a dos fundos, mas os termos são inapropriados, já que uma fica exatamente ao lado da outra. Na verdade, uso apenas uma delas, a que não é a da cozinha, e que por esse motivo deve ser considerada a porta da frente. Quanto à outra, na cozinha há um armário de tal modo posicionado — não por mim, mas pelo meu antecessor neste apartamento — que a porta não pode ser aberta. Assim, ela só é porta em tese, sendo, para todos os fins práticos — e que outros fins pode ter uma porta? —, uma parede, se o critério para diferenciar uma porta de uma parede é o fato de que pelas paredes, ao contrário do que se dá com as portas, não se pode entrar nem sair de um ambiente, exceção feita aos fantasmas, é claro. Devo acrescentar, porém, que nunca vi um fantasma, o que a meu ver é prova suficiente da inexistência dos fantasmas, pois se há uma pessoa do mundo que os fantasmas fariam questão de aporrinhar se de fato existissem, está mais do que claro que seria eu. Mas estávamos falando de portas: uso apenas a da frente, que na realidade fica ao lado, e não à frente, da porta dos fundos, a qual, portanto, tecnicamente, até onde a questão pode ser considerada técnica, não pode ser considerada de fundos. Seja como for, o fato é que moro sozinho, e por isso só preciso de uma porta, se bem que, a rigor, nem mesmo as pessoas que não moram sozinhas precisam de mais de uma porta, pois mesmo que ela e a outra pessoa com quem ela mora tenham que entrar ou sair de casa ao mesmo tempo, basta que uma entre ou saia primeiro e a outra espere um ou dois segundos, ninguém é tão afobado que não possa esperar dois segundos para entrar ou sair. Mas talvez eu esteja enganado quanto a isso. Afinal, já me enganei sobre muitas coisas. E, pensando bem, sempre morei sozinho, de modo que não deveria ter opinião formada sobre uma questão dessa natureza.

Sempre me pareceu curioso um apartamento tão pequeno ter duas portas. Se a ideia das duas portas é dividir o apartamento em dois ambientes, um dito social e o outro dito de serviço — e não consigo imaginar que outra ideia poderia haver por trás da existência da segunda porta, ou melhor, da existência de duas portas —, a coisa não faz sentido, porque o suposto ambiente de serviço do apartamento é bem menor do que alguns closets que vi em apartamentos onde já estive. A cozinha é tão exígua que fui obrigado a instalar a geladeira na sala, o que se não chega a transformar a sala em ambiente de serviço pelo menos diminui suas credenciais sociais, se é que uma sala tem credenciais sociais ou quaisquer outras. Aliás, a sala não é exatamente uma sala, já que o sofá que ocupa boa parte dela tem dupla identidade, transformando-se, na calada da noite, numa cama inquestionável. Não que não haja um quarto — há, de fato, um quarto no apartamento, ocupando o que seria um canto da sala; mas ele é tão microscópico que qualquer cama que nele coubesse seria apropriada apenas para um pigmeu. Ora, como nesta cidade a presença de pigmeus, pelo menos que eu saiba, jamais foi detectada, pode-se concluir que o suposto quarto não foi construído com o fim de ser utilizado como quarto. Nele cabem uma escrivaninha, não muito grande, sem dúvida, mas perfeitamente funcional, uma cadeira e estantes de livros no alto das quatro paredes, de modo que esse não quarto faz as vezes de escritório, em que pese a ausência total de janela, mas isso não é nada que uma boa luminária, ou mesmo uma má luminária, como a que de fato está lá, não resolva. Digo "má" não no sentido de "de qualidade inferior", e sim de "maléfico, maligno, pernicioso" e mais alguns sinônimos menos populares; ou seja, me refiro à índole da geringonça, que é a pior possível: quando quero usá-la, ela com frequência recusa-se a acender, mas não é raro eu descobrir, ao me levantar de manhã, que em algum momento durante a noite ela misteriosamente se autoacendeu, para a glória da companhia de energia. Mas isso, sem dúvida, não se pode excluir a possibilidade de ser obra dos fantasmas cuja existência me parece altamente duvidosa, pelo motivo já apontado; se tal for o caso, me apresso a pedir desculpas à luminária por lhe ter dirigido críticas tão acerbas no plano moral, injustamente. De qualquer modo, não terá sido o primeiro caso de injustiça da história da humanidade, nem mesmo da relativamente curta história das luminárias.

 Em vez de refletir sobre a susceptibilidade ferida das luminárias, digo a mim mesmo, melhor seria sair de casa, pegar o elevador e ir para a rua — não, como dizem alguns, para respirar um pouco de ar fresco, pois ar fresco é artigo escasso na rua em que moro, e sim, como dizem alguns, ou outros — isto é, não necessariamente os mesmos alguns que falam de ar fresco — para ver gente um pouco, ou ver um pouco de gente, o que pode ou não ser a mesma coisa. Porque para ver apenas um pouco de gente será preciso sair de casa na alta madrugada, o que é pouco aconselhável neste bairro, ou talvez em toda a cidade; assim, saio agora, por volta das onze da noite, até porque me dou conta de que estou com fome, e neste apartamento nunca há nada de comer na geladeira, nem fora dela. Verifico que levo nos bolsos a chave do apartamento e bem mais dinheiro do que o necessário, porque afinal de contas nunca se sabe o que vai acontecer quando se sai de casa, e só então bato a porta da frente. Aperto o botão do elevador, espero um minuto, o elevador chega, eu entro, o elevador desce. A descida é relativamente rápida, mesmo quando o elevador está com defeito e é necessário descer de escada — o que costuma acontecer com certa regularidade, não que eu esteja me queixando, pois os elevadores também devem ter o direito de descansar um pouco de vez em quando, como qualquer mortal, e os elevadores sem dúvida são mortais — a descida é rápida, dizia eu, porque moro no terceiro andar; quanto à subida, aí são outros quinhentos, mas ainda estamos nestes quinhentos, descendo os três andares de elevador. No hall do prédio o porteiro cochila de frente para um aparelho de televisão em que a imagem é tão ruim que, não fosse o som, seria difícil determinar se o que nela aparece é um campo de futebol ou um bolo de passas, ainda que diga o bom senso que a primeira hipótese deve ser a verdadeira; mas o bom senso, no caso, como em tantos outros casos, é de todo dispensável, porque o som da televisão, ainda que baixo, é sem dúvida alguma a fala de um locutor de futebol. Não que o que ele diz seja minimamente inteligível, mas basta a qualidade de voz, a entonação mais ou menos épica, com aquela obrigação profissional de se empolgar mesmo por um embate entre o juvenil do Barandungas e o do Madre de Deus, se é que há times juvenis, ou mesmo não tão juvenis assim, com esses nomes em algum lugar do país, e muito provavelmente há. O bravo guardião de nossa segurança ronca suavemente, com olhos fechados, as mãos placidamente entrelaçadas sobre a pança considerável, o olhar interior certamente ocupado com coisas mais interessantes do que Barandungas 0 × 0 Madre de Deus, ou do que o bem-estar e as propriedades duramente conquistadas dos moradores, que ele está sendo pago para proteger de gatunos, assaltantes e afins. Para não incomodar seu repouso tão merecido, em vez de acordá-lo eu próprio estico o braço e alcanço o botão que há embaixo da mesa atrás da qual ele está sentado, ou refestelado, e neste exato momento um estalo violento, estrepitoso, mesmo, indica que a porta da rua se abriu. O ruído não acordou o porteiro da noite, o que parece indicar que seu sono permaneceria imperturbável mesmo diante do barulho de um pé de cabra sendo introduzido embaixo da porta, que deve ser mais estrepitoso que o estalo do trinco, mas não muito. Saio do prédio e respiro fundo, sem nenhum motivo em particular. Talvez por haver na rua um leve cheiro de terra molhada, um cheiro que sempre me traz associações positivas, sabe-se lá por quê, nada de particularmente bom jamais ocorreu comigo ao mesmo tempo em que senti o cheiro de terra molhada, ao menos que eu me lembre, mas enfim. Este cheiro indica que deve ter chovido, conclusão reforçada pela presença de algumas poças d'água na calçada, e há não muito tempo. Não fiquei sabendo da chuva, embora a sala-quarto do meu apartamento seja dotada de uma janela, que pode não ser uma janela panorâmica como as daqueles palácios que dão para o Gran Canale de Veneza, se é que há mesmo um Gran Canale em Veneza, mas não obstante permite que o morador, no caso eu, veja a chuva caindo lá fora, desde que esteja chovendo, bem entendido. Donde se conclui que não passei a tarde e a noite sentado diante da janela apreciando a rua, uma conclusão não apenas lógica como também verdadeira, dois atributos das conclusões que nem sempre vêm juntos; e essa possibilidade de divergência entre lógica e realidade deve depor contra a lógica, ou contra a realidade, ou contra ambas, quem quiser que leve o raciocínio adiante até chegar a uma conclusão a respeito deste ponto, porque eu quero chegar é a algum lugar que sirva comida, e não a uma conclusão, por mais filosoficamente interessante que ela possa ser. A rua está razoavelmente cheia, alguns casais jovens, um deles acompanhado por duas crianças pequenas, apesar do avançado da hora, vários velhos e velhas, o que é de se esperar, já que o número de velhos no bairro vem aumentando exponencialmente, de modo proporcional ao aumento do número de farmácias, em particular de farmácias providas de rampas metálicas na entrada, para cadeirantes — um termo absurdo, aliás, que só se justificaria se nós outros, que andamos com nossas próprias pernas, ao menos por ora, fôssemos denominados pernantes, o que felizmente não se dá, ao menos por ora. Quando dou por mim, estou caminhando em direção à praia, por nenhum motivo em particular, talvez só para ter o prazer de chegar a um dos limites da cidade, olhar para o mar e pensar: daqui até a África, a sei lá quantos mil quilômetros de distância, não há absolutamente nada além de água salgada, nenhum síndico, nenhum poodle, sequer um único lustre de falso cristal com duas de suas três lâmpadas queimadas, absolutamente nada, só o mar imenso e escuro, um pensamento que, por algum motivo indevassável, me proporciona não pouca tranquilidade, que não é em absoluto perturbada pela consciência de que muito provavelmente há mais de um transatlântico nesse espaço aparentemente vazio, contendo síndicos — ainda que de férias — poodles e lustres de falso cristal, com ou sem duas lâmpadas queimadas. E, de fato, dois quarteirões adiante, chego à avenida e me vejo diante do tal elemento líquido, do outro lado de uma extensão de areia que hoje está mais vazia do que costuma estar, sem dúvida por efeito do tempo nublado com garoa intermitente. Sem pensar no que estou fazendo, movido por um impulso misterioso, talvez nostalgia da África, pátria ancestral de todos nós, atravesso a avenida e me instalo num banco no calçadão de costas para a rua e de frente para o mar, ou para a África, e só então me ocorre que eu não tinha nada que ter atravessado a avenida, em vez disso devia era ter entrado em algum restaurante na orla. Mas agora é tarde, neste instante o sentimento que me domina, mais até do que a fome, bem razoável, é uma vontade besta de ficar olhando para o horizonte, ou para o nada.

Tenho uma capacidade imensa de não fazer nada, de permanecer horas a fio sentado num banco do calçadão olhando para o mar escuro, isto é, olhando para o que não se pode ver, um não-fazer-nada que, todos hão de concordar, é bem mais radical, ou essencial, ou seja lá o que for, do que ficar horas olhando para uma coisa visível, como por exemplo o mar durante o dia, bestamente a desperdiçar azuis, ou verdes, dependendo do estado da água ou da espécie de alga que tem como alimento preferido o poluente específico que está em alta no dia em questão. Olhar para o que é visível, na verdade, não é vantagem nenhuma, qualquer um pode olhar para uma coisa para ver essa coisa, mas olhar sem a menor possibilidade de ver o que quer que seja tem algo de mais elevado, até mesmo sublime; é como amar sem qualquer perspectiva de ser amado, ou como desenvolver um longo raciocínio que desde o início a gente sabe que não vai dar em nada, ou... mas fico por aqui, neste banco ainda ligeiramente úmido, embora não tanto que não se possa sentar nele, na ponta mais alta, pois ele não é perfeitamente plano e afunda um pouco em direção ao centro, de modo que a água escorre para lá, para o centro, e as bordas não oferecem o menor perigo de molhar os fundilhos de quem se aventure a sentar-se nelas, como eu.

Porém, depois de alguns minutos — eu não saberia dizer quantos se alguém me perguntasse, mas é claro que ninguém vai me fazer uma pergunta tão cretina — de contemplação do nada, ou do sublime do não ser, para dignificar um pouco minha atividade, ou inatividade, sinto que algum elemento perturbador está corrompendo a pureza absoluta do meu exercício habitual de esvaziamento interior — não que antes houvesse alguma coisa no meu interior de que fosse necessário esvaziá-lo, além do devido conteúdo da bexiga e dos intestinos nos momentos apropriados — mas um elemento perturbador que, tão logo me proponho o exercício de identificá-lo, menos por curiosidade do que para ter algo que fazer, constato o óbvio, como são óbvias todas as constatações tão logo são devidamente feitas: trata-se da fome, a mesma força que me impulsionou para fora do meu apartamento e me trouxe até esse calçadão. A uns cem metros do banco onde estou sentado fica um desses quiosques de praia, um quiosque que ainda está aberto, porque as luzes estão acesas, e a possibilidade de encontrar alguma coisa para comer no quiosque me impele a quebrar a inércia, levantar-me do banco e caminhar cem metros, na verdade bem mais que cem metros, é o que verifico enquanto caminho, mas finalmente chego ao quiosque, onde encontro um casal de meia-idade sentado em torno de uma mesa, e um funcionário no balcão, todos os três absolutamente imóveis, tanto que por alguns segundos nutro a fantasia irresponsável de que aquilo é uma instalação artística, são três bonecos de cera colocados ali para que algum espectador incauto, no caso eu, tente interagir com eles, devidamente filmado por uma câmara oculta, sendo que o filme posteriormente será exibido em alguma bienal juntamente com as estátuas de cera, talvez com o quiosque também, já vi coisas bem mais insólitas que isso nas bienais da vida, e filmes bem mais estranhos que esse nos festivais da vida, mas não, de repente o homem pisca e leva o copo aos lábios, definitivamente não são estátuas de cera, ou pelo menos ele não é. Escolho uma mesa vazia e me sento virado para o mar, tal como antes, e tão logo me sento me pergunto se não teria sido melhor ir até o balcão do quiosque para ver o que há para comer, ou mesmo se há alguma coisa para comer, já que, afinal, estou com fome, ou pelo menos julgo estar, se é que é possível se enganar a respeito do fato de estar ou não com fome, mas minha experiência de vida, que pode não ser muito longa mas que também não é tão curta assim, me ensinou que é possível a gente se enganar a respeito de absolutamente tudo. O fato é que o projeto de ir até o balcão do quiosque em busca de alguma fonte de proteínas é colocado em segundo plano por alguma coisa que está acontecendo dentro do meu campo visual.

É uma altercação, uma discussão, entre duas pessoas, duas pessoas que estão paradas em pé na areia, não muito longe do calçadão e de mim, nada de extraordinário em princípio — afinal, basta haver duas pessoas próximas para haver uma altercação, aliás nem precisam estar próximas, uma pode perfeitamente estar aqui enquanto a outra está em Pago Pago, ou em Baden-Baden, e as duas podem se xingar com toda a intimidade, tal como se estivessem compartilhando o mesmo colchão, maravilhas das telecomunicações — mas o que causa estranheza é o par estranho que as duas pessoas em questão formam: uma, ou um, é um homem de meia-idade, e a outra é uma garota. Mas claramente não se trata de uma discussão entre pai e filha, isso fica claro desde o início, não apenas porque um pai dificilmente levaria a filha à praia àquela hora da noite, mas principalmente porque alguma coisa na garota deixa claro que ela não é filha do homem. Levo algum tempo para perceber o que é que ela tem de destoante, que dá a impressão de que ela não apenas não é a filha daquele homem como também não é filha de ninguém —

uma impossibilidade, é claro, todo mundo é filho de alguém — mas por fim me dou conta de que o que ela tem de estranho é a roupa. Ela não está vestida como uma garota da sua idade e sim como uma mulher, é o que percebo em primeiro lugar, mas logo em seguida tenho uma percepção ainda mais desconcertante, a de que ela está vestida como uma prostituta, e levo mais algum tempo para entender o que dificultou a compreensão da cena no início: os dois parecem estar tendo uma discussão entre freguês e comerciante, e é só depois que entendo a incongruência do traje da garota que capto a natureza da transação comercial em questão. Como se vê, não sou o tipo de pessoa que entende as coisas de estalo. A realidade precisa fazer um certo grau de esforço para se intrometer nos meus processos mentais, que preferem dedicar-se a questões abstratas, fora da esfera do visível.

Pois bem. Uma vez compreendida a situação, coloca-se a pergunta: fazer o quê? A primeira resposta que se impõe é: nada. Afinal, não tenho nenhuma relação com nenhum dos dois, a transação só envolve eles e mais ninguém, e a experiência da vida já me ensinou que, na maioria esmagadora dos casos — tenho um vasto repertório de episódios em que acabei esmagado —, a melhor opção é mesmo não fazer nada. Não foi Pascal quem afirmou que todos os problemas do mundo decorrem do fato de que as pessoas se recusam a ficar quietinhas em suas respectivas camas? Se foi, ele está coberto de razão. Por outro lado, a coisa possivelmente envolve imperativos éticos, indignação cívica etc., saímos do território de Pascal para o de Kant, ou Espinosa, ou algum outro pica-grossa da filosofia ocidental, e quem sou eu para ignorar as profundas reflexões desses cavalheiros? Ainda mais quando o homem agarra o braço da menina, que tenta se safar dele sem a menor possibilidade de êxito. Assim sendo, pensando no imperativo categórico de Kant e no conceito existencialista de responsabilidade individual, suspiro fundo e me levanto.

Enquanto caminho em direção a eles, me ocorre que não tenho a menor ideia do que vou fazer quando cobrir a distância de não muitos passos que me separam dos dois e me tornar, de algum modo, um participante da cena. Nessas horas, como tenho constatado vez após vez na vida, muitas vezes — ainda que nem todas — a melhor solução é improvisar. Assim, movido pela espécie de inspiração que leva músicos a compor sinfonias imorredouras, e jogadores de futebol a fazer gols que entram para a história, tiro do bolso meu porta-documentos e, exibindo minha carteira de um clube de tênis que não frequento há mais de dez anos por uma série de motivos, sendo o principal deles o fato de que ele fechou há mais de dez anos, encaro o sujeito, que ao me ver vindo em sua direção largou o braço da menina, e anuncio, com uma voz transbordando de testosterona e retidão: Polícia Civil. Documentos, por favor. O homem olha de relance para minha carteirinha do Jeu de Paume Club, que naquela escuridão podia muito bem ser do FBI, e depois me encara, um sujeito uns bons dez anos mais velho que eu, roupas bem mais caras que as minhas, os cabelos, negros como a asa da graúna, está na cara que são pintados, ele tenta decidir se me peita ou não, por alguns segundos imagino que ele vai tirar uma outra carteira do bolso, a coisa vai virar uma espécie de jogo de baralho em que cada um saca uma carta, ganha quem tiver a mais elevada, e eu estou equipado com o equivalente moral a um dois de paus, no máximo, mas nem chego a me preocupar muito com a possibilidade de ele apresentar um ás de ouros porque seu cálculo mental o levou à conclusão de que a melhor coisa a fazer no momento é soltar o braço da garota e bater em retirada, não exatamente correndo, se bem que depois de algum tempo ele olha para trás para ver se estou indo no encalço dele, verifica que estou parado no mesmo lugar e, paradoxalmente, só então desata a correr. O ser humano é mesmo uma caixinha de surpresas, como disse alguém — madame de Sévigné? Neném Prancha? Um dos dois.

 Nesse momento me viro para a garota, que pelo visto não se sentiu nem um pouco intimidada com a minha assunção de autoridade, talvez por perceber meu blefe, talvez por ter consciência de que menor de idade não vai preso, ou muito provavelmente por algum outro motivo que não me passa pela cabeça. Tento adotar uma voz de policial, seja lá o que isso for, e pergunto: O que é que você está fazendo aqui a essa hora, menina? Ela me encara sem nenhuma hesitação e devolve: O que é que você acha que eu estou fazendo, hein? A resposta, tenho que admitir, me desconcerta, e embora eu saiba que é uma pergunta puramente retórica sinto-me constrangido ao me dar conta da resposta que ela teria dado, se minha pergunta de fato pedisse uma resposta. Já a garota não parece nem um pouco constrangida. Deve ter onze, doze anos, muito pouco busto, talvez nenhum, só enchimento, mas a expressão dela é de uma mulher bem mais velha, tanto assim que por um momento me ocorre a hipótese, logo descartada, de que ela é na verdade uma pigmeia, se é esse o feminino de pigmeu, ou então — considerando-se que, como já foi observado, há todo um oceano a separar esta praia da terra dos pigmeus — uma anã proporcional, embora eu acredite na existência de anões proporcionais tão pouco quanto acredito na de fantasmas, ou de pigmeias. De qualquer modo, ela não tem pigmentação suficiente para ser uma pigmeia legítima, dessas que vivem do outro lado do Atlântico. O rosto está maquiado, uma maquiagem pesada demais, o cabelo é alisado, e numa das mãos ela leva os sapatos de salto alto que, calçados, talvez possam dar a impressão, pelo menos de longe, de que ela já é quase adulta. Levo um bom tempo para pensar em alguma coisa a dizer, e só me ocorre perguntar: Quantos anos você tem? O que, me dou conta, é a típica pergunta com que um adulto puxa conversa com uma criança desconhecida. Mais uma vez, a resposta dela é desconcertante de tão inesperada: Me paga um jantar que eu preciso comer alguma coisa. Eu também, é o comentário que quase chego a fazer, porque a minha fome na verdade continua aumentando, mas o que eu digo, num tom um pouco ríspido, é: Calça o sapato, como se estivesse falando com uma criança birrenta, o que ela deve ser mesmo, com toda certeza. A menina me encara e reage, num assomo de sensatez: Como que eu posso andar na areia com esse salto?, e parte em direção à calçada com os sapatos nas mãos. Resolvo ir atrás dela, o que — disso tenho perfeita consciência — não é de modo algum uma coisa que eu me sinta obrigado a fazer. Então, me pergunto, por que é que estou fazendo isso? Quando me pergunto alguma coisa, quase nunca me dou uma resposta, não por serem perguntas retóricas, o que elas certamente não são, mas por eu de fato não saber responder.

Enquanto atravessamos a avenida em direção a uma lanchonete, me dou conta de que quem me vir andando ao lado daquela criaturinha vai tirar conclusões pouco abonadoras a meu respeito. Me ocorre também que, às onze e tanto da noite, levar uma criança a uma lanchonete de algum modo me parece mais apropriado, ou menos depravado, do que levar uma criança a um quiosque no calçadão, se bem que, se me perguntassem por quê, eu mais uma vez não saberia responder. Entramos no estabelecimento e ela me diz: Quero um hambúrgue e uma coca, e vai direto para o banheiro. Uma garçonete que está de olho em nós desde nossa entrada no estabelecimento vem até a minha mesa com uma expressão que pode ser irônica ou pode ser mero efeito do estrabismo, ou então as duas coisas — por que é que uma vesga não pode ser irônica? E, em se tratando de uma vesga, como posso ter certeza de que ela estava mesmo de olho em nós desde que entramos? Peço dois hambúrgueres e duas cocas, o que não é em absoluto o que eu pretendia comer quando saí de casa pouco mais de meia hora atrás, mas coisas imprevistas acontecem, é necessário recalcular tudo, e se as consequências acabarem tendo um impacto negativo sobre o estômago, bom, azar o dele. Se alguém me dissesse uma hora atrás que eu ia comer um hambúrguer ainda esta noite eu ia achar graça — afinal, não como um hambúrguer há uma eternidade, pelo simples motivo de que não gosto de hambúrguer. Estou no meio de uma meditação profunda em que entram o estrabismo, os hambúrgueres e a eternidade — minha tendência a meditar profundamente sobre questões não muito relevantes é um dos problemas menores da minha existência — quando a menina finalmente sai do banheiro. À luz brutal da lanchonete, ela parece ainda mais menina do que na escuridão relativa da praia, e fica muito claro para mim que vou ter que dar explicações desagradáveis se aparecer sem mais nem menos algum representante legítimo do corpo policial. A menina limpou o batom, o que atrapalha a composição da personagem que ela está encarnando, e que pelo visto ela encarna no dia a dia, ou ao menos na noite a noite. Ela se instala na cadeira em frente à minha e evita me olhar nos olhos, concentrando toda a atenção nas unhas, que não são longas, não têm esmalte e estão malcuidadas, roídas — são unhas de garota e não de mulher. Quando finalmente me encara, é com um olhar pirracento, e não diz nada. Eu também concluo que não tenho nada a dizer. Chegam os nossos pedidos, ela morde o sanduíche com duas fileiras de dentes perfeitos, com uma voracidade que parece raiva, e que pode muito bem ser raiva mesmo. Como é seu nome? pergunto finalmente, a segunda pergunta que se faz a uma criança, se não for a primeira, mas não por querer saber a resposta, e sim porque, estando ela de boca cheia, é possível que minha pergunta fique sem resposta; o que levanta a questão, mais uma que não vou investigar aqui, do motivo que me leva a fazer uma pergunta que prefiro que não seja respondida. Mas a menina, depois de mastigar com calma, engolir e beber um gole de refrigerante, dá uma resposta, desta vez perfeitamente esperável: Carol Jane. É nome de guerra ou é o seu nome de verdade? insisto, sei lá por quê, sendo tão óbvia a resposta. Ela dá outra mordida no sanduíche e fica me olhando enquanto mastiga, apertando os olhos um pouco, por miopia ou malícia, ou pelas duas coisas. Quem gosta de guerra é soldado, responde, depois de tomar mais um gole, e morde o hambúrguer de novo. Uma boa resposta, tenho que admitir; a menina é esperta, precoce, tão precoce que a hipótese do nanismo proporcional volta a lampejar por um instante na minha consciência — mas só por um instante. Penso em contra-atacar, dizer a ela que soldado não gosta de guerra, vai porque é obrigado a ir, mas mudo de ideia quando digo a mim mesmo que ela provavelmente não está interessada em discutir a polêmica questão da obrigatoriedade do serviço militar. E deste ponto em diante não trocamos nenhuma palavra. Em vez disso, olho ao redor discretamente, para ver que impressão estamos causando no interior da lanchonete, aliás quase vazia. Quase tudo ao meu redor é de plástico, as mesas, as cadeiras, as bandejas sobre o balcão. Na parede há uma placa de plástico com o nome da lanchonete. A garçonete parece estar olhando para a rua, a menos que seu estrabismo, de tão acentuado, lhe confira a faculdade de fixar a vista num ponto muito distante da direção para a qual seu rosto está virado, o que é uma possibilidade, ao menos do ponto de vista de alguém que, como eu, entende tão pouco de estrabismo quanto de nanismo. Constato, e não pela primeira vez nesta noite, para não falar na minha existência, como é profunda a minha ignorância sobre a grande maioria dos assuntos. O mundo é mesmo muito complicado. Ou então sou eu que sou uma besta completa. Ou então as duas coisas, sendo essa última hipótese muito provavelmente a verdadeira.

Quando acabamos de comer, pago a conta e digo à garota para vir comigo. Carol Jane faz uma cara de mulher desconfiada: Aonde que você vai me levar? Pra delegacia, respondo de chofre, improvisando de novo, e revelando minha total falta de imaginação. Não sou ladrona não, é a resposta não menos direta dela, seguida de: Me dá um cigarro, estendendo a mão para mim. Fico um instante sem entender o que é que uma coisa tem a ver com a outra, e assim que me convenço da total falta de ligação entre a afirmação e o pedido, ou a ordem, a única resposta minimamente relevante que consigo formular no improviso é: Não fumo, e saímos da lanchonete, eu evitando encostar no braço dela, mas também tentando não lhe dar chance de escapulir, se é que ela quer escapulir. Andamos mais de um quarteirão sem dizer nada, quando de repente ela para e olha para mim, desta vez com cara não de mulher mas de criança perdida: Me leva pra casa. Não chega a ser uma ordem, mas também não é só uma pergunta, a dosagem entre as duas modalidades é perfeita, ela é uma atriz com muito mais recursos — charme, vulnerabilidade, malícia, imaginação — que eu. Faço a terceira pergunta que se faz a uma criança perdida: Onde que você mora? Benfica, ela responde, meio que pedindo, baixando a vista assim que completa sua fala, mas de um jeito que é também meio desafiador, como que se preparando para qualquer reação que eu tivesse. Minha reação é fazer sinal para um táxi vazio que está parado no sinal. Deixo que a menina entre primeiro, para evitar a possibilidade de ela sair correndo pela rua depois de eu entrar no carro, se é que ela pretende fugir de mim, se é que é possível correr com sapatos de salto alto, duas hipóteses provavelmente improváveis. Ela se dirige ao motorista com seu ar mais adulto, diz o nome da rua, explica que é em Benfica, e o motorista, sem dizer nem uma nem duas, um sujeito velhusco com bochechas de sabujo, dá a partida no carro e lá vamos nós, os três calados dentro do táxi.

Por um instante, evoco outras situações de saia justa vividas no interior de táxis, e concluo que já passei por outras bem piores, mas seguramente nenhuma tão sem pé nem cabeça quanto esta. Benfica, ora. Ela ajeita a roupa, para ter alguma coisa para fazer com os dedos, imagino, enquanto eu olho para ela meio de esguelha. No escuro do táxi, vista por um míope, ela talvez passe por mulher-feita, uma mulher um tanto afetada, e talvez o míope não perceba que a afetação é uma tentativa de assumir uma identidade artificial, ou duas. A viagem até Benfica é longa, mesmo nesta hora em que as ruas estão vazias, e seria uma proeza, ou uma provação, ficar sem dizer nada durante todo esse tempo. Passo em revista alguns comentários desses que podem ser feitos em qualquer ocasião, enterros ou aniversários, mas todos eles me parecem inapropriados para uso dentro daquele táxi. Para sorte minha, não demora e a garota cai no sono, e com ela adormecida, constato, não há a menor possibilidade, mesmo dentro do táxi escuro, de pensar que ela é outra coisa que não uma criança. Por falta do que fazer, me ponho a imaginar o que teria levado aquela garota tão pequena a cair na vida, para usar essa expressão paradoxal, que parece indicar que seria possível entrar na vida de alguma outra maneira. Como minha imaginação, repito, não é das mais férteis, não demora para que meus pensamentos mudem de rumo, e começo a evocar uma série de outros episódios passados em que me meti na vida dos outros movido pela curiosidade ou por mero acaso, episódios esses que invariavelmente terminaram demonstrando que eu havia perdido uma ótima oportunidade de ficar em casa olhando para a parede, uma atividade que jamais gera arrependimento. Em seguida, começo a pensar no que vou fazer ao chegar em Benfica. Já passa da meia-noite, e no final da viagem vai ser ainda mais tarde; me vejo tocando a campainha de uma casa desconhecida, tirando pessoas da cama para entregar a elas uma menina que seguramente não quer voltar à companhia delas, que só optou por isso porque a alternativa teria sido ir parar numa delegacia de polícia. Vamos que eu chego à casa dela e toco a campainha — aí o que acontece? E se o pai der um pescoção nela ali mesmo na minha frente? Mas é claro que ela não tem pai, prossegue minha medíocre imaginação. Ela mora com a mãe, talvez com mais uma ou duas crianças menores ainda que ela, um garoto marrento de uns oito ou nove anos com joelhos cronicamente ralados e uma criança pequena semiadormecida, babando no colo da mãe quando ela vier abrir a porta; a mãe em questão, já determinada a odiar a pessoa que veio tirá-la da cama a essa hora, no momento em que for informada da natureza da minha missão vai sentir que seu ódio é plenamente justificado. E que diabo vou dizer? Bem, nesses casos o melhor a fazer é dizer a verdade: Encontrei essa menina batendo boca com um homem de meia-idade na praia às onze da noite, dei comida pra ela e, atendendo ao pedido dela (não preciso mencionar a ameaça de ir à delegacia), trouxe ela pra casa. Devo aludir à natureza da discussão que ela estava tendo, e à inferência que fiz a respeito das suas atividades profissionais, com base nos seus trajes nada infantis? Provavelmente não. Afinal, a mãe já deve saber o que está acontecendo há algum tempo, talvez até a menina seja uma das principais provedoras, se não a principal provedora, da família, e só tenha pedido para ser levada para Benfica porque é exatamente o que ela teria pedido ao cliente depois de terminado o programa, para economizar o preço da passagem de ônibus, ou trem, ou barca, ou camelo, sei lá como se faz para ir a Benfica sem ser de carro, não faço a menor ideia de onde fica Benfica. Assim, é possível que a mãe reaja com perfeita naturalidade, a filha chegando de um dia de trabalho honesto pelo seu meio de transporte habitual, o táxi pago pelo cliente, o que significa que a mãe vai deduzir que eu sou um cliente, uma ideia que me parece francamente desagradável, embora não haja nenhum motivo racional para que eu me preocupe com a minha imagem aos olhos de uma mulher que, além de morar em Benfica e não ter nada a ver comigo, muito provavelmente não existe. A ideia da inexistência da mulher que vai receber a menina começa a me incomodar, porque, convenhamos, ser recebido por uma mulher inexistente deve ser uma experiência bem constrangedora, mas a essa altura meus pensamentos, cuja lógica normalmente tão cristalina já começa a ser corrompida pela aproximação do sono, são bruscamente interrompidos pela voz do motorista: A rua é essa. Qual é o número? Cutuco delicadamente a garota, que leva algum tempo para acordar. Ela olha para mim, parece não entender o que está acontecendo por um ou dois segundos, em seguida entende, o motorista repete a pergunta, ela olha de soslaio pela janela do carro e diz: Pode parar aqui mesmo.

O táxi para, pago o motorista e saltamos diante de uma fileira de casas pequenas, todas mais ou menos iguais, uma porta e duas janelas cada, e enquanto o táxi desaparece ao longe na rua vazia a menina permanece muda e imóvel. O calor diminuiu um pouco, deve ser efeito da chuva, mas aqui a rua está totalmente seca; pelo visto a chuva não se animou a vir até Benfica; compreendo-a perfeitamente. Me dou conta de que estou começando a ficar com sono, já passou minha hora habitual de me recolher ao meu apartamento de terceiro andar — o qual, embora não seja exatamente o cafofo mais acolhedor e confortável do mundo, como já creio ter deixado claro, relembrado nesta situação duvidosa e nesta rua inóspita me parece uma espécie de Alhambra de bolso — e a menina continua parada. Por fim pergunto qual é a casa, e em resposta ela aponta para uma porta pintada de azul a uns cinquenta passos de onde estamos. Andamos até a porta e eu toco a campainha. É uma porta muito parecida com a da casa ao lado, só que a pintura é mais recente.

Aguardamos pouco mais de um minuto, e quando estou prestes a tocar a campainha de novo a porta se entreabre. Uma fatia de rosto de velho aparece numa nesga de porta, presa por uma correntinha — a porta, não a fatia. A voz é tímida: Quem é? Respondo, com voz firme: Boa noite, encontrei a menina na rua e vim trazer ela em casa. O velho olha para a garota com uma expressão talvez tão espantada quanto a minha, algumas horas atrás, quando entendi o que havia de estranho naquela menina discutindo com um homem na praia. Fecha a porta, Haroldo, cochicha alto uma velha que, percebo agora, está parada atrás do homem, o qual pergunta: Que menina? Num tom um pouco ríspido de tão firme, respondo: A sua filha, ou neta, sei lá; enfim, ela pediu pra eu trazer ela em casa, e eu trouxe. O velho olha de novo para a garota, depois para mim. Fecha essa porta, Haroldo, a mulher repete, irritada. O velho, que encara a menina com uma combinação de perplexidade e fascínio, pelo menos é o que me parece, vira-se para mim e diz, não sem uma ponta de tristeza: Não temos filhos. Nunca vi essa menina. Indignado — não sei se com o velho ou se com a menina, ou com os dois, ou comigo mesmo — pergunto a ela: Ué, você não mora aqui? E ela, com perfeita compostura: Não.

É então que minha escassa capacidade de improvisar esbarra numa espécie de parede cega, e por uma fração de segundo tenho inveja das pessoas que anotam numa agenda tudo o que vão fazer e dizer nos próximos doze meses; e quando estou me preparando para emitir algum som, provavelmente nenhum dos que fazem parte do repertório de sons do português, o velho fecha a porta, de modo até educado, fazendo uma espécie de mesura sutil, o que, dadas as circunstâncias, depõe muito em favor de sua pessoa. Penso em perguntar à garota por que motivo, então, ela me trouxe até aqui, mas de repente entendo tudo. E a irritação que vem junto com o despencar da ficha nos abismos da minha intelecção — afinal, nenhum cidadão adulto pode deixar de se irritar diante da constatação de que foi passado para trás por uma criança, principalmente em Benfica e depois da meia-noite — minha irritação, dizia eu, é atenuada por uma série de considerações que se impõem à minha consciência: a irreparabilidade do ocorrido, o reconhecimento relutante da argúcia da garota em ganhar tempo e apostar no meu cansaço depois daquela viagem de táxi insensata, a necessidade de procurar outro táxi para voltar para casa, a incerteza a respeito do que fazer com a garota. Saio andando em direção à rua movimentada pela qual passamos ainda há pouco, desta vez sem me preocupar com a possibilidade da fuga de menina, e de fato ela me segue, andando um pouco atrás de mim, como um cachorro sem dono, embora, é forçoso confessar, a comparação se baseie tão somente em filmes e livros que já consumi, pois nunca fui seguido por um cachorro sem dono, o que sem dúvida depõe contra a minha pessoa. Enquanto caminho, me faço mais perguntas que nunca vou conseguir responder, a principal delas sendo: Por que Benfica? Talvez ela tenha morado aqui em algum momento da sua curta vida, daí ela saber o nome da rua. Talvez a família dela continue aqui, ainda que não naquela casa, talvez nem mesmo nesta rua. Já quase chegando ao final do quarteirão, decido que não vou perguntar nada à menina, até porque é muito pouco provável que ela se dê ao trabalho de me fornecer uma resposta minimamente informativa, o que acarreta a melancólica constatação de que Benfica há de permanecer para mim um mistério para sempre inexplicado. Chegamos à rua movimentada, passa um táxi, faço sinal, o carro para, nós dois entramos, o motorista desta vez é um sujeito mais jovem, que olha para o casal incongruente no banco de trás com o que parece ser indignação moral, dou o endereço da delegacia que fica mais perto da minha casa, percebo que a indignação do motorista diminui, afinal de contas eu estou, ao que tudo indica, tentando reparar uma situação escandalosa; e acalentado pela sensação de virtude reconhecida, ou até mesmo admirada, fico olhando pela janela, vendo as fachadas escuras passando, sem pensar em nada. O hambúrguer consumido anuncia com certo estrépito sua passagem do estômago para o intestino, ou alguma outra transição importante pelo meu canal alimentar; pelo visto, ou melhor, pelo sentido, ele não está tendo uma recepção das mais calorosas naquelas regiões. Passam alguns minutos, olho para o lado e vejo que a menina adormeceu de novo, eu mesmo chego a semicochilar de vez em quando, semiacordando com cada solavanco do carro. Estando as coisas no pé em que estão — e no qual sempre estiveram, desde o início, talvez — parece que não há nada de mais relevante a fazer do que cochilar.

Depois de um tempo que me dá a impressão de ser mais curto do que o da viagem de ida, paramos em frente à delegacia, a delegacia que já evoquei mais de uma vez hoje, no seu lugar habitual, espremida entre um prédio residencial e um restaurante. O motorista diz o preço da corrida, eu confiro no taxímetro e pago, e quando abro a porta para saltar percebo, com uma certa sensação de alívio culposo, que a menina finalmente escapuliu. Já está do outro lado da rua, quase chegando ao fim do quarteirão, andando o mais depressa que pode com aqueles ridículos sapatos de salto alto — talvez não muito depressa, mas o suficiente para afastar a possibilidade de que eu saia correndo atrás dela. Ao contrário do homem com quem estava brigando na praia quando toda essa história começou, ela não olha para trás. Por um momento levo em consideração a ideia de desistir de saltar e mandar o motorista seguir até meu prédio, a uns três ou quatro quarteirões daqui, mas diante da possibilidade de que ele faça algum comentário ou — pior ainda — alguma pergunta, levo a cabo o movimento de sair do carro, resignado com a perspectiva da caminhada de volta, que não pode ser incluída de modo algum entre as piores perspectivas que já contemplei na vida. As calçadas ainda não estão totalmente vazias, e apesar da impropriedade da hora um sujeito com pinta de porteiro lava com todo capricho um automóvel estacionado na rua.

Uma vida

Não era minha intenção fazer nada do que acabei fazendo, ser o que acabei por me tornar. É sempre assim: as coisas que vamos fazendo sem querer fazê-las, querendo na verdade fazer coisas muito diferentes, talvez justamente o contrário delas, acabam sendo a vida que levamos. Tudo isso é de uma banalidade atroz, eu sei. A vida é isso mesmo, uma banalidade atroz, pelo menos a maior parte do tempo, na maior parte das vidas. Quase o tempo todo ninguém tem motivo para justificar nada do que fez ou deixou de fazer. Mas se não for para justificar nossos atos, para que servem as palavras? Provavelmente para muito pouco.

Nasci no interior, numa cidade pequena, que nem vale a pena identificar, e ainda jovem me mudei para a capital. Tinha conseguido, através de um conhecido de um parente, uma pessoa importante, marcar uma entrevista com um recrutador da Companhia, lá mesmo na minha cidade; pois me ofereceram um emprego, e na mesma hora fiz as malas e fui embora, para nunca mais voltar. Logo que cheguei na capital me instalei numa pensão perto da Companhia. Uma pensão barata, que custava o que eu podia pagar com meu salário de iniciante. Eu era o único jovem da pensão. Os outros moradores eram velhos, ou talvez nem tanto, talvez fossem só daquela idade já além dos limites da juventude que, para um jovem, é classificada simplesmente como velhice. Mas a dona da pensão era de fato velha, até mesmo do ponto de vista de um velho velhíssimo, uma sobrevivente do século anterior, que morava no último andar da pensão, cercada por móveis mais velhos que ela e um exército de gatos. Não era função dos gatos protegê-la, como pode dar a entender a palavra "exército"; na verdade, o que protegia a velha era o fedor terrível que havia em torno dela, uma espécie de halo invisível, porém francamente perceptível, uma mistura de urina de gato com incenso e suor secular, aquela catinga azeda de pessoa branca que os africanos e asiáticos comparam a cheiro de cadáver. Aliás ela parecia mesmo um cadáver, embrulhada num xale vagamente oriental, que podia bem ser encarado como uma espécie de mortalha; um cadáver que tivesse voltado à vida com um único objetivo bem definido, o de recolher o dinheiro do aluguel que eu lhe entregava todos os meses, no quarto dia útil do mês, em espécie, pois ela não acreditava em bancos, assim como não acreditava em banhos. Todos os meses eu ia lhe entregar o dinheiro tentando prender a respiração sem que ela percebesse, como se ela ainda fosse capaz de perceber uma coisa dessas, ou se importasse com isso mesmo se pudesse perceber, mas a velha levava tanto tempo para preencher o recibo que eu era sempre obrigado a respirar aquele cheiro terrível por dois ou três minutos, enquanto ela manejava a caneta como quem manipula uma máquina pesada e emperrada, o tempo todo fazendo vaticínios mais ou menos catastróficos, prevendo a decadência do Ocidente e a ascensão inelutável da China. Por fim ela me entregava o recibo, eu fazia uma espécie de mesura — influenciado, talvez, pelo orientalismo que se desprendia do xale, do incenso e dos prognósticos da velha — e ia embora um pouco nauseado, mas contente de pensar que estaria livre daquele suplício por um mês inteiro. Mas a pensão era só o lugar onde eu dormia. Era na Companhia que meus dias transcorriam, desde as oito horas da manhã até as seis da tarde, às vezes até as sete, quando havia trabalho acumulado, ou quando nos diziam que havia trabalho acumulado, o que talvez não fosse a mesma coisa, eu é que não ia saber. Trabalhavam na mesma sala que eu uma moça mais ou menos da minha idade e um sujeito mais velho, baixo e magro, que passava o tempo todo fazendo comentários mordazes a respeito de praticamente tudo, dirigindo-se a mim e à moça num tom de voz que fingia ser um sussurro mas que na verdade podia ser ouvido do outro lado das frágeis divisórias que separavam uma saleta da outra, contando histórias complicadas e desagradáveis, não de todo compreensíveis, ao menos para mim, histórias que tinham sempre o mesmo teor: a Companhia é um lugar perigoso, nela nada é o que parece ser, ninguém aqui está a salvo, a qualquer momento qualquer um de nós pode ser demitido sem mais nem menos. Eu trocava um olhar com a moça e fazia que sim com a cabeça, mas nunca dizia nada, o que não era problema, já que o homenzinho falava sem parar e sem dúvida não estava interessado no que eu ou a moça tivéssemos a dizer, até porque, como ficava cada vez mais claro, nós dois não tínhamos mesmo nada a dizer.

Meu trabalho consistia em preencher à máquina longos formulários com base nos dados que eu extraía de um fichário que era constantemente alterado, fichas novas entravam e fichas antigas eram corrigidas a lápis ou substituídas ou apenas removidas. Era preciso fazer duas vias de tudo que eu datilografava, utilizando folhas de papel carbono que eu retirava de uma caixa que ficava numa das gavetas na mesa do homenzinho falastrão. O trabalho da moça era parecido com o meu: também ela recorria a um fichário — não o meu, mas outro — e à caixa de carbonos — a mesma. Nossas máquinas de escrever mecânicas produziam o fundo sonoro dos monólogos do homenzinho, o qual, embora tivesse em sua mesa uma máquina de escrever elétrica, bem mais moderna que as nossas, quase nunca escrevia nada. Seu trabalho praticamente resumia-se a falar ao telefone, conversas compridas e cheias de pausas — pois ao telefone, coisa curiosa, ele escutava muito mais do que falava — e sair da sala várias vezes por dia, voltando com fichas que acrescentava a nossos fichários, e corrigindo ou retirando fichas antigas. Eu trabalhava com afinco, nunca fazia perguntas, só falava o estritamente necessário com meus dois colegas de sala, mas por vezes, quando ela estava concentrada no seu trabalho, olhava de esguelha para a moça, que não era feia e parecia de algum modo ter acesso a informações que me eram negadas. Digo isso porque de vez em quando ela fazia uma ou outra pergunta, quando recebia instruções do homenzinho, que parecia indicar que ela compreendia a natureza do trabalho que realizava, enquanto eu nem sequer imaginava quem eram as pessoas cujos nomes apareciam nas fichas, nem entendia o sentido das siglas que identificavam as lacunas a serem preenchidas. Mas, como nunca tive nenhuma conversa mais substancial com ela, jamais saberei se minha colega de fato era mais informada que eu ou apenas dava a impressão de ser. Era completo meu desinteresse por tudo que dissesse respeito a meu trabalho, fora o contracheque e a data do pagamento.

Assim, pode-se calcular meu espanto quando fui chamado pela diretora de recursos humanos, pouco antes de completar seis meses no meu cargo, e informado de que tinha sido promovido. Fui até a sala dela, bati à porta, ela me mandou entrar. A diretora de RH era uma mulher quarentona, com uma seriedade acentuada pelos óculos de leitura e pelo buço perceptível que o batom discreto de algum modo ressaltava em vez de atenuar. Estava consultando uma papelada que cobria praticamente toda a extensão de sua mesa imensa, a qual dominava a sala mais ou menos como o território soviético dominava os mapas da Eurásia nos atlas de antigamente. Com um olhar firme, ela indicou que eu devia me sentar e continuou a ler. Fixei a vista numa tomada à minha frente, em que o espelho estava um pouco torto, e fiquei tentando endireitá-lo com a força de meu olhar, talvez para provar a mim mesmo que meu olhar era tão poderoso quanto o da diretora, até que ela pigarreou, baixou os papéis e voltou-se para mim, imediatamente fazendo-me levantar os olhos para ela. A diretora então me disse que eu havia sido promovido, e dali em diante trabalharia no departamento de contabilidade. Mantendo a absoluta neutralidade do olhar, acrescentou que eu passaria a usar um crachá azul em vez do verde, que o novo crachá estava sendo providenciado e me seria entregue no dia seguinte, e que meu salário teria um acréscimo de dezessete por cento. Pensei em levantar uma objeção importante, explicar que eu não entendia absolutamente nada de contabilidade, que mal sabia realizar divisões mais complicadas, mas tudo que consegui fazer foi agradecer com uma voz tímida, num tom tão baixo que fui obrigado a repetir o agradecimento quando a diretora deixou claro que não havia entendido minhas palavras. Ela me entregou duas folhas de papel, pediu que eu assinasse as duas vias, instruiu-me a guardar uma delas, apertou minha mão e me despachou, tudo isso em menos de cinco minutos.

Imagine-se a minha situação: eu havia sido promovido para um cargo sem ter nenhuma qualificação para ele, sem ter jamais dado a entender que estava interessado em fazer carreira na Companhia, sem nunca ter dado sinal de ser movido por alguma coisa que pudesse ser confundida, mesmo a uma certa distância, com ambição. E assim que voltei a minha sala, àquela sala que em breve deixaria de ser minha, percebi que já estavam me olhando de modo diferente, o homenzinho falastrão estava emudecido, a moça da mesa ao lado da minha dava sinais de estar tão impressionada com meu novo cargo — muito embora eu não tivesse dito absolutamente nada a respeito da minha promoção — que ao final do expediente, sem pensar em nada em particular, perguntei-lhe se ela ia fazer alguma coisa depois do trabalho. Ela pareceu se espantar ao ouvir aquele convite sem precedentes, mas certamente não ficou tão espantada quanto eu, porque a frase saiu da minha boca sem que eu pensasse nela, e depois de hesitar por um instante disse que não, não tinha nenhum compromisso. Saímos do escritório direto para uma espécie de restaurante que havia do outro lado da rua, algo mais que um café e menos que um restaurante, na verdade, um lugar onde eu nunca havia entrado, e nos instalamos numa mesa no canto mais distante da porta. Pedi uma garrafa de vinho e disse à minha colega que era para comemorar a minha promoção. Ela não fez nenhuma pergunta a respeito do tema, o que para mim era muito vantajoso, porque eu não saberia dizer nada sobre ele. Pedimos alguma coisa para comer, tomamos a garrafa de vinho inteira, eu bebendo bem mais do que ela, e falamos sobre... Na verdade não me lembro mais sobre o que falamos, não tenho mais nenhuma lembrança do que ocorreu naquela noite. Devo ter bebido demais, porque quando acordei já era dia claro, eu estava no meu quarto da pensão, com uma dor de cabeça terrível, deitado na cama, inteiramente vestido, apenas sem os sapatos.

 Levantei-me afobado, embora não estivesse propriamente atrasado, e fui para o trabalho. Quando entrei no prédio da Companhia, o porteiro me entregou o novo crachá e me disse que eu devia seguir para o quinto andar; era lá que ficava o departamento de contabilidade. Nos primeiros dias, passei boa parte do tempo lendo alguns livros sobre contabilidade que havia numa estante na minha sala. Agora eu tinha dois novos colegas de trabalho, duas pessoas que nunca tinha visto antes, um homem mais velho e um jovem. Os dois logo perceberam que eu não fazia ideia do que se esperava de mim naquele departamento, e passaram a me ajudar com uma espécie de eficiência impessoal, como se estivessem ali principalmente para me dar apoio. Algumas semanas depois eu já fazia uma ideia do que fosse a contabilidade, e desempenhava minhas funções com a mesma diligência e o mesmo desinteresse de antes. Nunca mais vi a moça que levei ao restaurante. Naquele primeiro dia no departamento de contabilidade, e em todos os outros que se seguiram, não parei um só minuto para pensar na moça, no restaurante nem nas horas perdidas de estupor alcoólico, ao fim das quais de algum modo fui parar no meu quarto. Quando não estava de fato trabalhando, eu consultava os livros sobre contabilidade, ou então puxava conversa com meus novos colegas, extraindo deles, não sem alguma sutileza, as informações de que precisava para realizar esta ou aquela tarefa. E o mais curioso é que, ao mesmo tempo que ia aprendendo aos poucos meu novo ofício, cumprindo minhas obrigações a contento, eu continuava sem saber o que estava fazendo. Na verdade, eu não sabia muito bem nem mesmo o que era a Companhia; sabia apenas que era uma empresa com atuação em mais de uma área, cada uma delas com suas especificidades, e que eu trabalhava, por assim dizer, no sistema nervoso central da Companhia, no qual era possível atuar de forma razoavelmente competente ignorando por completo o que ocorria — para manter a analogia orgânica — nos braços e nas pernas.

    Com um salário melhor, pude trocar a pensão por um pequeno apartamento conjugado não muito longe da Companhia. Agora meus dias começavam com uma caminhada tranquila, interrompida mais ou menos no meio do caminho por uma parada tática numa padaria onde eu tomava meu café da manhã; depois andava mais um pouco e logo estava no trabalho. Talvez eu tivesse ficado o resto da vida cumprindo essa rotina se não fosse um episódio que ocorreu quando eu já estava trabalhando no quinto andar há coisa de dois ou três meses. O episódio começou, de certo modo, na noite da véspera, com um sonho que tive. Me vi num prédio enorme onde eu nunca conseguia chegar ao meu andar, o quinto, nem pelo elevador nem pela escada. O sonho parecia se prolongar indefinidamente, numa sucessão de tentativas frustradas de encontrar o quinto piso, até que, pouco antes de acordar, encontrei-me num corredor que — eu sabia de alguma maneira inexplicável, que é como sabemos as coisas nos sonhos — ficava apenas um andar abaixo do quinto, minha meta inalcançável; e para chegar à escada que finalmente me levaria até o quinto andar (mas isso, é claro, eu já sabia, não ia acontecer) era preciso atravessar um pátio largo onde crianças brincavam e homens crescidos jogavam um jogo estranho, falando numa língua desconhecida que, eu sabia, era um dialeto da Mongólia Interior, muito embora eu não fizesse ideia de onde ficava, ou sequer o que era, a Mongólia Interior. O pátio — isto também era um dado incontornável — *era*, de certo modo, a Mongólia Interior. Em algum momento da travessia desse pátio acordei com o coração batendo forte. Eram duas ou três horas da madrugada. Assustado sem saber por quê, levantei-me e andei até a janela. Não havia ninguém na rua, nem mesmo um único carro, sequer um carro estacionado; pensei em acender todas as luzes, andar até a cozinha, preparar café, mas terminei voltando diretamente para a cama, tentando discernir quais as palavras em mongol, ou mongol interior, que os homens do sonho estavam repetindo um instante antes de eu acordar — uma tarefa impossível, naturalmente. Demorei para voltar a pegar no sono nessa noite.

No dia seguinte acordei com uma lembrança muito vaga do sonho, que se dissipou nos primeiros momentos da minha rotina matinal; quando, no meio da minha caminhada até a Companhia, parei na padaria para tomar um café com pão na chapa, não estava mais pensando no pátio misterioso que era também a Mongólia Interior. Pois bem, naquela tarde eu estava falando ao telefone com o Fagundes do almoxarifado quando a dona Sara, a secretária do dr. Félix, meu superior imediato, entrou na minha sala e começou a fazer sinais para mim, uns sinais complicados que era difícil acompanhar sem perder o fio da meada da conversa com o Fagundes, mas que deixavam claro um sentido geral de urgência, urgência urgentíssima. Expliquei ao Fagundes que teria de desligar e dirigi minha atenção à dona Sara, uma coisa que eu costumava evitar, porque a secretária do chefe não era propriamente um deleite para os olhos, embora fosse ótima criatura, dotada de uma competência humilhante. A dona Sara estava ali para me dizer que eu devia imediatamente interromper o que estivesse fazendo e ir a um determinado prédio, a alguns quarteirões dali, pegar um documento que me seria entregue por um certo dr. Osvaldo, o qual estaria à minha espera. Como o documento em questão era importante, o dr. Félix achava melhor que o encarregado de pegá-lo não fosse um simples boy — enfim, todos aqueles circunlóquios eram uma maneira complicada de evitar ferir meus brios, pois afinal eu era um quadro mais qualificado, recém-promovido ao departamento de contabilidade, a quem, era de se esperar, se poderia confiar encargos mais complexos do que aquele. Na verdade, eu não ficaria ofendido de modo algum; trabalho é trabalho, quem é sensível a ponto de se ofender por ter que ir buscar um documento, na minha opinião, não devia trabalhar e sim viver de renda. Peguei minha pasta, tomei o elevador e saí à rua, para pegar o tal documento.

Caminhei por cerca de dez minutos, encontrei o prédio, identifiquei-me na portaria, entrei no elevador. Quando fui apertar o botão, me dei conta de que o painel de botões era um tanto estranho, pois havia andares designados por letras e outros que eram numerados. O endereço que tinham me dado era L509, mas não consegui encontrar nenhum botão que correspondesse a um hipotético andar L — os andares que tinham letras em vez de números não estavam em ordem alfabética — e antes que eu tivesse tempo de me dirigir ao homem da portaria, que de seu posto poderia perfeitamente me ouvir e me ver dentro do elevador, a porta fechou-se. Por um instante, subindo eu não sabia para onde, fiquei francamente desconcertado; e de repente me veio à lembrança o sonho da véspera. Quando dei por mim, o elevador estava parado no quinto piso; imaginando que a sala L509 talvez ficasse ali, saltei. Andando pelo corredor, porém, não vi nenhuma sala 509, e foi então que a lembrança do sonho daquela noite me voltou com força, me causando um mal-estar vago, localizado mais ou menos na altura do esôfago. Seria necessário encontrar alguém para perguntar como chegar ao andar L, mas não havia ninguém no corredor; eu ouvia vozes e outros ruídos vindo das salas, certamente havia gente ali, falando, trabalhando, mas parecia-me constrangedor bater numa porta qualquer e fazer uma pergunta que talvez se revelasse completamente idiota, ridiculamente óbvia; por isso segui primeiro em direção a uma extremidade do corredor, e antes que chegasse a ela dei meia-volta e comecei a andar no sentido contrário; como ninguém aparecia, por fim parei diante de uma porta qualquer e bati de leve. Nada aconteceu. Imaginando que minhas batidas tinham sido tímidas demais para serem ouvidas, resolvi bater de novo, mas nesse instante preciso — eu já havia posicionado minha mão — a porta se abriu para dentro, e um sujeito de seus sessenta anos, grisalho, mais ou menos da minha altura, encarou-me com uma expressão interrogativa não muito simpática. Sorri, pedi desculpas pela intromissão e perguntei-lhe como chegar à sala L509. Para espanto meu, o homem permaneceu mudo, e quando fiz menção de repetir a pergunta ele levantou a mão espalmada, aparentemente pedindo-me que esperasse. Foi só quando ele me deu as costas e voltou para dentro da sala que me dei conta de que, embora estivesse de terno, ele calçava apenas meias. Esperei cerca de dois minutos; o homem não voltava e a porta estava entreaberta, por isso tomei a liberdade de pôr a cabeça lá dentro e olhar.

O que vi não era um escritório normal, e sim uma sala onde não havia móveis convencionais, apenas uma boa quantidade de almofadões espalhados pelo chão coberto de carpete verde-musgo. Umas dez ou doze pessoas, homens em sua maioria, mas algumas mulheres também, todos com roupas normais de trabalho, mas só de meias; o único móvel que havia era uma espécie de estante aberta, onde estavam depositados vários pares de sapatos. Uma mulher mais velha, com uma bela cabeleira inteiramente branca e olhos de oriental, parecia ser uma espécie de líder; com um gesto ela convidou-me a participar do que quer que estivesse acontecendo ali, e quando abri a boca para fazer minha pergunta ela executou um gesto gracioso, porém peremptório, cujo sentido não podia ser mais claro: *cale a boca*. Seguindo meu instinto natural, obedeci; e como ela continuasse a indicar-me com a outra mão uma almofada desocupada, bem a seu lado, mais que depressa tirei os sapatos, coloquei-os na estante e me instalei no lugar que me fora designado.

Era difícil entender a razão de ser daquela reunião, porque ninguém dizia nada. Não parecia uma aula de ioga — não que eu fizesse ideia do que haveria de acontecer numa aula de ioga, mas era de se esperar que numa aula do que quer que fosse, até mesmo ioga, *alguma coisa* acontecesse, e naquela sala ninguém estava fazendo nada. Nem todas as pessoas estavam naquela posição oriental de todos os budas, a tal posição do lótus; havia algumas encostadas na parede com as pernas esticadas, e um homem de cócoras em cima de um almofadão. Eu olhava para a líder, na esperança de trocar com ela um olhar que me permitisse lhe dirigir uma pergunta através de gestos; mas ela se limitava a sorrir para mim de vez em quando, com uma expressão no rosto que não seria exagero qualificar como beatífica. Era a mesma expressão que eu via em quase todos os presentes, e digo "quase" porque havia um homem que estava visivelmente cochilando. Passaram-se uns cinco minutos sem que nada mudasse; pior, tive a sensação de que nada naquela sala jamais iria mudar, como se ela existisse numa realidade paralela, imune a todas as pressões do mundo externo, o mundo de que eu fazia parte; comecei a me sentir intranquilo — afinal, o dr. Félix devia estar esperando o documento. Estava eu decidido a abrir a boca quando finalmente a líder começou a falar. E neste momento minha perplexidade aumentou ainda mais, porque o idioma em que ela falava era de todo ininteligível, o que mais uma vez me fez lembrar o sonho dos homens falando em mongol. Movido por um impulso incontrolável, levantei o braço e interrompi a mulher, porque afinal o silêncio já tinha sido quebrado: Perdão, minha senhora, mas preciso encontrar a sala L509. A senhora, ou alguém aqui, saberia me dizer onde que fica?

Depois de um segundo em que todos ficaram atônitos, a líder começou a rir gostosamente, e logo em seguida, como se estivessem até então esperando uma deixa da parte dela, todos caíram na gargalhada, e quando dei por mim também eu estava rindo; percebendo que era muito pouco provável que eu fosse obter qualquer informação a respeito do paradeiro da sala L509, ousei me levantar, seguir até a estante e pegar meus sapatos; quando eu estava prestes a sair a mulher de repente dirigiu-se a mim, num português compreensível, embora com um sotaque pesado: Espera aí. Os outros pararam de rir, e eu me senti moralmente obrigado a olhar para trás, e a mulher me disse: Fica no outro bloco, desce dois andares, atravessa pátio e pega elevador outro lado. Agradeci e saí da sala.

 De volta ao corredor, era preciso agora encontrar a escada — resolvi que para descer dois andares seria mais prático ir de escada, para evitar aquele elevador cheio de letras. Foi fácil achar a escada, mas assim que abri a porta senti um bafo terrivelmente quente. Lá dentro estava escuro, além de abafado, mas dava para enxergar; desci dois andares e abri a única porta que havia no patamar. Ela não dava para nenhum corredor, e sim para o pátio que a mulher havia mencionado. O pátio — bem mais fresco do que a escada — estava deserto, e do outro lado dele havia uma porta, com uma placa onde se lia SAÍDA. Atravessei o pátio vazio — que mais uma vez me fez pensar no sonho, embora ali não houvesse crianças nem homens — e hesitei um pouco diante da placa, mas terminei por abrir a porta e entrar. Fui dar em uma escada interna, tal como a do outro bloco, ainda que bem menos quente que ela; ela dava acesso aos andares inferiores, já que o pátio que eu acabava de atravessar, como agora ficava claro, era a cobertura do bloco. Desci um lanço e cheguei ao andar mais alto do bloco, e na primeira sala que encontrei havia o número 513. Concluí que L seria o nome daquele bloco, e que aquele andar era o que eu procurava, e de fato, instantes depois, me vi diante da sala 509. Bati de leve à porta e esperei. Dessa vez quem abriu foi uma moça com todas as características visíveis de uma secretária, mas com uma expressão assustada no rosto. Fui logo perguntando se era a sala do dr. Osvaldo.

 A secretária me recebeu com um Entra, doutor, e foi me puxando da antessala para a sala interior, com uma afobação que me pareceu inexplicável, dizendo que ainda bem que eu tinha chegado depressa, a coisa tinha acontecido há mais ou menos dez minutos. Me vi então diante de uma mesa não muito diferente daquela em que eu trabalhava no meu escritório. O dr. Osvaldo estava devidamente instalado em sua cadeira, porém os olhos estavam fechados, e ele parecia um pouco curvado para a frente e para o lado. Levei ainda um instante para entender o que estava acontecendo, enquanto a secretária dizia que tinha sido chamada pelo dr. Osvaldo; ela veio e encontrou ele assim, tentou falar com ele mas nada, aí ligou pra portaria pedindo socorro, ainda bem que o senhor veio logo, o que é que ele tem, doutor?

Virei-me para a secretária e disse: É um mal-entendido. Eu não sou médico.

A moça ficou indignada, olhando-me como se eu fosse uma espécie de impostor. Então o que era que eu estava fazendo ali?

Me dei conta de que teria de dar uma explicação longa e complicada que aquela mulher seguramente não estava preparada para ouvir. Mesmo assim, me dispus a tentar, mas tão logo abri a boca alguém bateu à porta, e a secretária foi correndo atender. Segundos depois entraram na sala um homem com cara de médico, munido de uma maleta típica, e um outro com uma espécie de uniforme, de porteiro ou segurança do prédio. A secretária, frenética, repetia ao médico mais ou menos o que tinha me dito pouco antes, enquanto o médico examinava o homem e o porteiro ou segurança dizia a um walkie-talkie: Na 509. Parece que passou mal. O médico virou-se para o homem do walkie-talkie e disse: Mande vir uma ambulância. Este homem precisa ser hospitalizado imediatamente. A secretária perguntava ao médico sem parar: O que é que ele tem, doutor? Enquanto isso, eu percorria a mesa com o olhar, mas nela não parecia haver nenhuma pasta nem envelope. Resolvi perguntar à secretária: Por obséquio, a senhora podia me dar uma informação?

O médico respondeu a ela que só ia saber o que o dr. Osvaldo tinha quando ele estivesse no pronto-socorro, e olhou para mim com ar interrogativo. Ignorando o médico, voltei a falar com a secretária, que tinha ignorado meu pedido: Preciso de uma informação da senhora, por favor. Então o médico se dirigiu a mim pela primeira vez: O senhor é quem? Mas curiosamente quem respondeu foi a secretária, dizendo: Eu não sei, ele foi entrando, eu achei que fosse o médico, mas aí ele disse que não era! Deixei sem resposta o comentário da secretária e respondi ao médico que eu estava ali a mando do dr. Félix, que eu precisava buscar uns documentos que o dr. Osvaldo tinha ficado de entregar pra ele. O médico respondeu que o dr. Osvaldo não estava em condições de entregar nada, num tom cheio de dignidade que me pareceu desnecessariamente enfático. Então o porteiro ou segurança virou-se para mim e perguntou o que eu queria, como se não tivesse ouvido a minha explicação. Foi minha vez de fingir que não o tinha ouvido, e virei-me para a secretária para lhe perguntar se eu podia usar o telefone. Indignada, olhando para mim mas falando como se para outra pessoa, ela exclamava, trágica: O telefone! O dr. Osvaldo passando mal e ele quer usar o telefone! O homem insistiu: O que é que o senhor quer? Pelo tom da voz, devia ser segurança e não porteiro.

Tentando ser razoável, expliquei: Estou aqui a trabalho, vim pegar um documento, estão esperando por ele na firma onde eu trabalho, é uma coisa importante. Posso usar o telefone pra falar com o dr. Félix? A secretária reagiu com indignação, que ali não tinha dr. Félix nenhum, e virou-se para o segurança dizendo: Seu Rogério, por favor, tire este senhor daqui! O médico me explicou: É uma emergência médica, como se achasse que eu ainda não havia percebido o fato. Compreendo perfeitamente o que está acontecendo, respondi, tentando assumir uma dignidade no mínimo equivalente à do médico, mas isso não altera o fato de que vim aqui com ordens de buscar uns documentos que o dr. Osvaldo ficou de entregar ao dr. Félix, meu superior na firma em que eu trabalho. Só peço que me entreguem esses documentos pra que eu possa ir embora. Silenciei a secretária e o médico, que pareciam prestes a dizer alguma coisa, com um gesto discreto, mas não desprovido de autoridade, e concluí minha fala: Ou, se por algum motivo a entrega dos documentos não for possível, peço que ao menos me deixem telefonar pro dr. Félix pra explicar a ele por que ainda não cumpri a missão da qual fui encarregado.

Nesse momento, a secretária começou a soluçar ruidosamente. O médico pôs-se a examinar o paciente, e segundos depois recolhia o estetoscópio sacudindo a cabeça devagar. O telefone estava na outra extremidade da mesa, e como entre mim e ele havia uma barreira formada por três pessoas, nenhuma delas, ao que parecia, inclinada a me favorecer no que quer que fosse, resolvi bater em retirada. Já havia percorrido uns bons cinquenta metros de corredor com passos largos, não correndo, mas impelido pelo medo irracional de que o segurança, ou a secretária, ou os dois, viessem em meu encalço, quando me dei conta de que a saída estava demorando demais para chegar, o que muito provavelmente queria dizer que eu tinha tomado a direção errada. Na mesma hora parei, dei meia-volta e comecei a andar ainda mais depressa do que antes, dessa vez impelido não pelo medo irracional de que houvesse duas pessoas vindo atrás de mim, já que, no caso, agora seria eu quem estaria indo em direção a elas, e sim pelo temor mais absurdo ainda de que, se eu não me apressasse, a porta pela qual eu havia entrado ali, e que agora haveria de servir como porta de saída, seria trancada, ou desapareceria, ou — a pior de todas as alternativas — jamais teria existido. Fosse como fosse, não demorou para que eu me desse conta de que estava perdido, pois a porta que eu buscava podia ser qualquer uma das muitas que passavam por mim durante aquela carreira desenfreada, e se não entrei em desespero foi porque ouvi um som musical — duas notas com um intervalo de terça, creio eu — assinalando a chegada de um elevador no momento exato em que ele passava por mim, ou melhor, em que eu passava por ele. A porta se abriu, ninguém saiu de dentro, e sem hesitação nenhuma entrei na cabine. Mais uma vez me deparei com uma mistura confusa de números e letras no painel, e resolvi apertar o botão assinalado pela letra A — abaixo do qual só havia dois botões designados como S1 e S2 — que me pareceu um perfeito candidato para ser o botão do andar térreo.

De fato, saí numa espécie de saguão que dava para a rua, mas não para a rua que eu conhecia, a rua do prédio. Eu havia entrado por um bloco e saído por outro. Talvez o edifício fosse um desses monstrengos arquitetônicos que vão crescendo espasmodicamente como uma espécie de ameba cubista, por puxadinhos aleatórios, acréscimos arbitrários feitos sem nenhum critério, e acabam se esparramando por todo um quarteirão, como um país poderoso que vai anexando os territórios estrangeiros que o cercam. Fosse como fosse, eu estava agora não apenas muito atrasado — as sombras alongadas das árvores e das pessoas na rua indicavam que a tarde caía e o fim do expediente se aproximava — como também não havia cumprido minha tarefa, nem tampouco dado qualquer satisfação à Companhia; e o fato de que o não cumprimento da tarefa se devia a uma causa absolutamente incontornável, à mais incontornável de todas as causas, não tranquilizava minha consciência em absoluto; além disso, eu estava perdido, perdido no centro da minha própria cidade, a cidade que eu já considerava minha há algum tempo. Imaginei então que se saísse do prédio e virasse à direita, depois dobrasse na primeira esquina, e depois na esquina seguinte, sempre à direita, sem jamais atravessar a rua, eu haveria fatalmente de chegar ao ponto inicial, à entrada do prédio que havia utilizado antes; mas o quarteirão não era um bloco sólido, pois havia várias entradas para automóveis e pedestres no prédio imenso do qual eu havia saído, e era de tal forma irregular que eu jamais tinha a impressão de estar em vias de contorná-lo. Além disso, algumas das entradas para carros eram tão largas que pareciam verdadeiras ruas; numa delas havia mesmo um sinal de trânsito; e quando cheguei à segunda dessas entradas com sinal percebi, olhando para a direita, que o prédio, ao menos à luz rala do crepúsculo, e visto daquele ângulo, estava de todo irreconhecível, não guardando mais nenhuma semelhança com a estrutura de que eu havia saído há pouco, muito menos com aquela onde, uma hora antes, se é que tinha sido apenas uma hora, eu havia entrado. Cheguei a pensar em parar um táxi, mas lembrei que havia caminhado por pouco mais de dez minutos da firma onde trabalhava até ali; não fazia sentido pegar um táxi por tão pouco. Porém cada vez ficava mais claro que eu conhecia bem mal aquela cidade, onde, na verdade, eu havia me instalado menos de um ano antes; quanto mais eu caminhava, mais confuso me sentia; e à medida que escurecia as ruas se tornavam ainda menos familiares.

 Pensei em telefonar para a Companhia, pedir para falar com a dona Sara, se ela ainda estivesse no serviço, e lhe explicar o que estava acontecendo, mas os telefones públicos, que eram poucos, estavam todos mudos; alguns deles tinham mesmo sido arrancados, deixando em seu lugar um feixe de fios rasgados. E mesmo que eu encontrasse um telefone funcionando — foi a ideia nada tranquilizadora que me ocorreu então — eu não saberia o que dizer à dona Sara. A triste realidade era que eu havia falhado naquela missão, uma missão que, como o dr. Félix havia deixado claro, estava muito aquém do que se exigia de uma pessoa com a minha qualificação, ocupando o cargo que eu ocupava.

Continuei andando em frente sem fazer ideia do rumo que estava tomando, e à medida que eu caminhava minha aflição ia se transformando num sentimento diferente, uma espécie de resignação, a sensação de que há na vida situações em que tudo foge a nosso controle, situações em que o máximo que se pode exigir de uma pessoa é que ela conserve um mínimo de dignidade — um conceito um tanto vago para mim, que eu associava a uma postura ereta e passos firmes. Já era quase noite fechada quando, exausto, vi do outro lado da rua, sei lá que rua, um hotel bem modesto, que tinha na fachada apenas o termo genérico "HOTEL". Pela porta de vidro, onde estavam grudados dois ou três plásticos com os logotipos desmaiados de empresas de cartão de crédito, dava para ver um pequeno saguão com duas poltronas. Entrei. No balcão, um recepcionista velhusco tentava com dificuldade entender o que lhe dizia um sujeito corpulento, de olhos puxados, excessivamente agasalhado, acompanhado por duas malas grandes; o homem não entendia as frases curtas em inglês que o recepcionista repetia, e continuava falando em seu idioma estranho, um idioma que era desconhecido tanto para o recepcionista quanto para mim, mas que eu sem dúvida já tinha ouvido uma vez, ou talvez duas, nas últimas vinte e quatro horas. Movido por uma espécie de inspiração súbita, ofereci-me para atuar como intermediário entre os dois; e foi nesse momento — agora, tantos anos depois, vivendo neste país distante que se tornou para mim tão familiar, isso me parece absolutamente claro — que meu destino foi decidido de modo irrevogável.

Relato

No seu tempo, Nestor Condes era um nome que, se não chegava a ser famoso, ao menos era conhecido e respeitado pelo público — isto é, por essa pequena coterie ou maçonaria que lê os suplementos literários e frequenta as estantes das livrarias. Seus leitores fiéis sabiam que Condes era a forma aportuguesada de Könz ou Konz ou algo assim, que Nestor Condes era descendente de imigrantes pomeranos instalados no interior do Espírito Santo, os quais, ao se naturalizarem brasileiros, haviam caído nas mãos de um tabelião nacionalista em questões de ortografia. Mas nada disso se refletia na escrita de Condes, nenhum sinal da Pomerânia nem do Espírito Santo nem de qualquer outro lugar; era como se ele houvesse nascido quando seu primeiro livro, com o título nada promissor de Cinco contos, foi publicado no Rio de Janeiro, onde, ainda jovem, ele trabalhava como repórter policial de um jornal há muito já extinto, surpreendendo os críticos e os leitores com contos que não eram "regionalistas", nem "sociais", nem "realistas", nem exatamente "psicológicos", e que tampouco continham *qualquer reflexo do trabalho jornalístico do autor. Isso causava desconforto numa época em que a primeira ocupação de um resenhista era pespegar um rótulo, de preferência monovocabular, no trabalho de um autor estreante. Nenhum rótulo parecia adequado a Condes; talvez por isso, a crítica recebeu a obra de estreia com certa desconfiança. Mesmo assim, saíram algumas resenhas nos principais jornais do Rio e de São Paulo, e a obra encontrou um número suficiente de compradores para que, alguns anos depois, uma outra editora, um pouco maior que a anterior, se dignasse a lançar — numa tiragem pequena, é bem verdade — o segundo livro de Condes, um romance curto, ou novela longa, com um título ainda menos convidativo que o da obra de estreia:* Relato. *O livro recebeu algumas resenhas elogiosas assinadas por alguns dos principais críticos do país, embora outros confessassem sua total perplexidade. Condes ainda chegou a publicar mais três livros, cada um mais fino e mais difícil de classificar do que o anterior, livros que tiveram pouca repercussão; em relação ao último, em particular, que tinha o curioso título de* Onde, *entre os raros críticos que dele se ocuparam não houve consenso sequer quanto à questão de ser ele um romance ou uma coletânea de contos isolados. Nesse ínterim, Condes havia sucumbido a algum mal sério e, acompanhado de mulher e filho (para espanto de seus poucos leitores, que até então não sabiam da existência dessas personagens), havia se recolhido à cidade natal da esposa, também no Espírito Santo, onde, segundo se comentava, a família dela possuía algumas terras. Daí em diante, Condes nada mais publicou; seus cinco livros se esgotaram, e nenhum deles, nem mesmo o controvertido* Relato, *foi reeditado por muitos anos. Quando faleceu, anos depois, estava quase totalmente esquecido.*

Assim, é muito oportuno o recente relançamento de Relato, *talvez a criação mais bem realizada de um escritor que publicou apenas um punhado de livros curtos, todos da maior qualidade.*

Só *podemos louvar essa iniciativa da Fora do Eixo, uma pequena editora de Vitória dedicada à tarefa de repor em circulação obras de escritores capixabas merecedores de maior reconhecimento. Oxalá o livrinho encontre um novo público neste final de século, e estimule a própria Fora do Eixo — ou, quem sabe, uma editora de maior porte e com melhor distribuição, talvez até mesmo "dentro do eixo" — a reeditar os outros títulos deste fascinante autor que é Nestor Condes.*

Ainda na faculdade de letras no Recife, antes que a ideia de fazer cinema lhe tivesse passado pela cabeça, Jesuíno Barroso descobriu *Relato* e experimentou um daqueles êxtases indizíveis a que são sujeitos apenas os maníacos religiosos e os adolescentes com pendores artísticos. Daí em diante só sossegou quando conseguiu desencavar, nas livrarias e sebos de sua cidade, todo o resto da obra do escritor. Em não muito tempo tornou-se uma autoridade em matéria de Nestor Condes; catou resenhas e artigos sobre o escritor em bibliotecas; atazanou mais de um professor para que lhe indicassem os poucos estudos em torno dessa figura já quase esquecida. Sua paixão literária foi tão intensa que quando, alguns anos depois, já convertido para o cinema e tendo realizado dois ou três curtas bem recebidos pelo meio cinematográfico local, Jesuíno decidiu que seu primeiro projeto mais ambicioso seria uma versão filmada de *Relato*, todos que o conheciam acharam a escolha perfeitamente natural.

Tentando informar-se a respeito dos direitos da obra através da editora que reeditara o livro — a única das editoras de Condes que ainda não tinha fechado as portas há um bom tempo — Jesuíno ficou sabendo que, após a morte do escritor, a viúva e o filho haviam se mudado de volta para o Rio de Janeiro. A editora tinha o endereço deles mas não o telefone, e não parecia muito empenhada em facilitar as coisas para o jovem cineasta — não por má vontade, mas por simples desinteresse. Jesuíno resolveu recorrer a Evaldo, um amigo seu do tempo de faculdade. Não era exatamente um ex-colega, pois sempre esteve dois anos à sua frente no curso, porém os dois se conheceram no cineclube da universidade e entre eles formou-se uma ligação muito forte, Evaldo tornando-se para Jesuíno, filho único, uma espécie de irmão mais velho, com tudo que isso implica em termos de intimidade e atrito. Evaldo havia se mudado para o Rio, onde criou uma agência de publicidade e em pouco tempo prosperou. Agora enveredava na produção de filmes, obtendo financiamento junto à prefeitura, ao governo do Estado, à Petrobras e sabe deus ao que mais, aprendendo a manejar com destreza invejável as novas leis que haviam incentivado a retomada da produção cinematográfica, com o término de mais um longo período de crise política e econômica no país. Em suas frequentes idas ao Recife, Evaldo sempre procurava Jesuíno e insistia com ele para que viesse ao Rio; podia hospedar-se na sua casa, talvez até trabalhar com ele e ganhar dinheiro, algo que, naquela altura de sua vida, Jesuíno encarava com toda sinceridade como uma meta perseguida por pessoas que não conseguiam pensar numa alternativa mais interessante. De posse do endereço da família de Condes e de um primeiro tratamento cinematográfico de *Relato*, Jesuíno finalmente aceitou o convite.

Embora não tivesse chegado a concluir sua formação em letras, transferindo-se para a faculdade de comunicação ainda no segundo ano da graduação, Jesuíno continuava sendo um apaixonado pela literatura; para ele, o cinema nada mais era do que uma versão atualizada, e de algum modo ampliada, do romance. A expressão "de algum modo" significa que, se alguém lhe perguntasse em que sentido, afinal, um filme era algo mais do que um romance, ele provavelmente haveria de hesitar, gaguejar, fazer uma série de comentários vagamente teóricos e teoricamente vagos, desviar os olhos tímidos e ariscos para algum objeto conveniente e mudar de assunto assim que o permitissem as boas maneiras. No fundo, nunca conseguira convencer-se da superioridade do cinema; no fundo, queria escrever romances; mas uma série de fatores contingentes, até aleatórios — como o fato de que sua primeira tentativa de escrever um roteiro fora saudada com entusiasmo por um de seus amigos, estudante de cinema, resultando na produção de um curta-metragem recebido com não menos entusiasmo pelo público da II Mostra de Cinema Universitário Nordestino — acabara tendo o efeito de levá-lo a mudar de planos. Os pais, que se não haviam exatamente deplorado sua intenção de cursar letras também não a tinham incentivado, encararam a ideia do curso de comunicação como dos males o menor, já que ao menos abria a possibilidade de um emprego em publicidade ou televisão, o que era sempre melhor que uma carreira de professor de português; seu pai, dono de uma empresa de importação e exportação, já não tinha mesmo nenhuma esperança de que o filho viesse um dia a trabalhar na firma da família. A ideia de transformar em filme um livro de Condes foi para Jesuíno um traço de união entre a velha paixão literária e a nova dedicação ao cinema; além disso, ele imaginava que desse modo talvez conseguisse sanar a insegurança que, por mais que se esforçasse, ainda o impedia de entregar-se ao ofício de cineasta com a mesma empolgação com que antes pretendera abraçar a literatura. Já no Rio, dentro do táxi que corria por uma larga avenida em direção ao apartamento de Evaldo, Jesuíno sentia-se firmemente determinado a ser menos cauteloso, mais ousado, mais cineasta, enfim — isto é, corresponder melhor à imagem que fazia de um cineasta, que devia ser, tinha que ser, uma espécie de homem de ação, coisa bem diversa de um escritor.

* * *

"Li o livro, Jê. É bom, mesmo."
"*Relato?*"
"Agora, adaptar não vai ser nada fácil."
"É bom demais, não é?"
"Estou tentando agora achar os outros livros dele."
"Não precisa, eu trouxe todos lá do Recife."
"Está difícil. Tudo esgotado."
"Eu te empresto."
"Te falei que eu fui no endereço que você me passou?"
"Você tem que ler os outros."
"Eu fui lá."
"Lá onde?"
"Naquele endereço que você me passou."
"Você esteve com o filho do homem?"
"É uma casa. Uma casa bem velha, dessas com entrada pelo lado. E sabe o quê que tinha no quintal, ao lado da casa?"
"Mas você esteve com o filho de Condes?"
"Uma moto."
"Esteve com ele?"
"Com quem, o filho? Não, acabei nem tocando a campainha. Fiquei só olhando pra ela."
"Ela quem?"
"A moto, porra. Eu não falei que tinha uma moto parada ao lado da casa?"
"E que é que tem isso?"
"Não era uma moto qualquer, não. Uma Harley arretada, uma puta duma Panhead. Sabe *Easy rider*?"
"Evaldo, me diga uma coisa: por que é que o filho de Nestor Condes não pode ter uma moto?"

"Não é uma moto qualquer. Vai me dizer que você esperava encontrar uma moto assim na casa de Nestor Condes?"

"Não é de Nestor Condes, é de Nestor Condes Júnior. Nem sei se Nestor Condes morou nessa casa. Ele morreu foi no Espírito Santo. Só porque o pai era escritor, por que é que o filho não pode gostar de moto? E olhe quem fala — você é ligado em literatura, em cinema, o diabo, e também é motoqueiro."

"Minha moto é só um meio de transporte, uma Yamaha modestíssima, Jê. Só você vendo a Harley do cara. Uma Panhead legítima."

"E eu lá sei o que é Panhead."

Menos de uma semana depois da sua chegada ao Rio, num sábado, Jesuíno foi transportado por Evaldo à casa dos Condes — não na garupa da moto, apesar da insistência do amigo, e sim de carro. Levava consigo uma pasta contendo diversos comprovantes de seu status de cineasta, além do esboço do roteiro baseado em *Relato*. Depois de subir várias ladeiras íngremes, os dois viram-se diante da casa, uma construção de piso único, duas janelas na fachada da frente, mais duas janelas e uma porta na lateral. Não havia nenhuma moto junto à casa. Ao lado do número da casa, Jesuíno viu uma placa de metal muito apagada; com algum esforço divisou nela uma inscrição que parecia ser "CONGRESSO EUCARÍSTICO". Todas as janelas estavam fechadas, o que pareceu mau sinal a Jesuíno. Ele insistiu com Evaldo para deixá-lo sozinho — a viúva de Condes talvez relutasse em aceitar um visitante desconhecido, quanto mais dois ao mesmo tempo. Marcaram encontro num bar ali perto, e enquanto Evaldo se afastava Jesuíno tocou a campainha. Como ninguém atendesse, ele tocou pela segunda vez e esperou. Depois de algum tempo uma janela se abriu, e uma velha pôs a cara de fora.

Os cabelos, brancos e um tanto amarelados, como o das mulheres que há muito já desistiram de parecer mais jovens, estavam presos num coque alto; uma echarpe ocultava o pescoço, sem dúvida tão magro e encarquilhado quanto o rosto, em que só os olhos pareciam vivos, enormes, ampliados pelas lentes grossas dos óculos.

"Boa tarde. Dona Lavínia Condes?"
"Você é quem?"
"Jesuíno Barroso, cineasta, venho lá do Recife."
"Cine o quê?"
"Diretor de cinema."
"Ah."

Jesuíno ficou à espera de que a mulher dissesse alguma coisa; mas aparentemente aquela resposta a deixara satisfeita: um diretor de cinema do Recife, sim. Quando achou que já havia aguardado um tempo mais do que suficiente, Jesuíno resolveu dar continuidade à conversa.

"Eu sou um grande admirador de Nestor Condes. Estou, vim aqui ao Rio pra falar com a senhora a respeito da possibilidade de, enfim, eu gostaria de fazer um filme baseado num livro de Nestor Condes."
"Ah."
"*Relato.*"

A velha olhou para a rua, para a direita e para a esquerda, demoradamente, como se tivesse perdido o interesse pela conversa; depois de esperar por algum tempo, o próprio Jesuíno olhou para trás, mas viu apenas a ladeira vazia, um cachorro passando numa transversal dois quarteirões abaixo, e ao longe o que devia ser a baía de Guanabara. Virou-se outra vez para a mulher, que continuava muda, fixando algum ponto atrás dele. Voltou à carga:

"Podemos conversar um pouco?"

A velha voltou o olhar para Jesuíno por alguns instantes, um olhar que poderia indicar cálculo, mas que provavelmente, ele pensou, não indicava coisa alguma. Em seguida, saiu da janela e reapareceu instantes depois abrindo a porta, fazendo sinal para que Jesuíno entrasse.

A sala estava atulhada de móveis de todos os tipos, grandes e pesados demais para o ambiente; a mobília sem dúvida viera de um outro espaço bem maior que aquele, e também de um outro tempo, um outro mundo. Na parede de frente para a janela ficava o retrato de Condes reproduzido no frontispício de dois de seus livros, o original da foto mais difundida do escritor.

"Quer um copo d'água, meu filho?"

Perdido na contemplação do retrato, Jesuíno demorou um pouco mais do que devia para responder.

"Aceito, sim. Obrigado."

A mulher saiu da sala logo em seguida, sem convidá-lo a sentar-se; Jesuíno permaneceu em pé, olhando a sua volta e contendo uma vontade não muito forte de espirrar. Uma fina camada de poeira recobria a mesa de centro; os sofás e poltronas também deviam estar empoeirados. Havia um relógio cuco ao lado do retrato, parado, talvez há anos. Na outra extremidade da sala, uma televisão relativamente nova e um aparelho de videocassete com algumas fitas em cima eram os únicos objetos ali que não remetiam ao passado. Olhando para o chão, Jesuíno viu que estava pisando num tapete muito velho, tão velho que já não seria possível dizer qual fora a sua cor original.

"Não quer vir aqui, meu filho? Está bem mais fresco."

Ela o chamava da porta da cozinha. Contornando uma mesinha de pé de metal e tampo de vidro que servia de pedestal para uma volumosa águia de bronze, Jesuíno entrou na cozinha; a mulher sentou-se a uma mesa de fórmica e fez um gesto indicando-lhe um lugar à sua frente. A mesa era um pouco bamba;

não havia toalha, e num trecho bastante extenso em que o revestimento de fórmica havia desaparecido a superfície estava cheia de sulcos e manchas, mais ou menos como o rosto de dona Lavínia. Na mesa só havia um copo d'água, um copo que havia sido um vidro de geleia ou requeijão na encarnação anterior. Jesuíno sentou-se, bebeu a água, agradeceu de novo, pôs a pasta sobre a mesa e pigarreou.

"Hm, dona Lavínia, eu faço cinema, sabe, já fiz uns curtas no Recife..."

"Você já trabalhou em algum filme? Eu vejo muito filme, mas só na televisão. E novela, também."

"Não, dona Lavínia, não sou ator, sou diretor, diretor de cinema... Quer dizer, estou começando ainda, os filmes que eu fiz até agora são curtas, quer dizer, filmes de curta-metragem, nunca passaram na televisão, a senhora certamente não viu nenhum deles..."

"Ah."

"... mas justamente agora vou partir pro meu primeiro longa-metragem, meu primeiro filme de verdade, sabe, e minha intenção é rodar uma adaptação de *Relato*, o livro de Nestor Condes..."

"Você conhece os livros do meu marido? Quer mais água?"

"Conheço, sim — não, obrigado — conheço toda a obra dele, sou um grande admirador de Condes, na minha opinião ele é um escritor que..."

"Está muito quente, você deve estar com sede."

A mulher levantou-se, abriu a geladeira, pegou a garrafa d'água, colocou-a na mesa, voltou a sentar-se e encheu o copo de Jesuíno, tudo isso com uma desenvoltura e rapidez que o rapaz não esperava dela.

Jesuíno bebeu a água.

"Obrigado, dona Lavínia. Mas eu estava dizendo que seu marido..."
"Por que é que ninguém mais edita os livros dele? Está tudo esgotado, não é? É como se ele morresse de novo, você entende? Como se ele morresse de novo."
Ela levou as mãos ao cabelo, num gesto que, Jesuíno percebeu, era resquício de uma coqueteria antiquíssima. O gesto, mais do que as palavras, o comoveu um pouco.
"É verdade, dona Lavínia. É mesmo um absurdo."
"Sabe o Sérgio Buarque de Holanda — o pai desse menino, o cantor — sabe o que o Sérgio Buarque de Holanda escreveu sobre o primeiro livro dele?"
"Li a resenha, sim, dona Lavínia. Já li praticamente tudo que se escreveu sobre seu marido."
Pela primeira vez, Lavínia sorriu; Jesuíno viu que ela já tinha sido uma mulher bonita, muito tempo atrás, muito tempo antes de ele nascer.
"Você não teve que ler muita coisa, não, não é? Porque a fortuna crítica dele não é tão grande assim."
"É verdade, dona Lavínia. É uma injustiça."
Jesuíno não pôde deixar de se espantar um pouco de ouvir a expressão "fortuna crítica" dos lábios daquela anciã que bem poderia ser uma de suas tias-avós de Ipojuca.
"Como é mesmo que você disse que se chama?"
"Jesuíno. Jesuíno Barroso."
"Você é de onde?"
"Recife."
"Ah."
O sorriso de dona Lavínia morreu, e seus olhos perderam o foco; a coquete voltara a ser uma velha um pouco confusa. Jesuíno compreendeu que teria de conviver com essas oscilações. Assim mesmo, tentou voltar ao assunto:

"Quando meu filme, quer dizer, se meu filme vier a ser realizado mesmo, não é, vai ser uma maneira da gente fazer justiça a Nestor Condes, à obra de um grande escritor que não devia estar esquecido, estar quase esquecido."

Pigarreou de novo, pegou a pasta. Percebeu que estava tenso.

"Eu já comecei um, quer dizer, não chega a ser bem um roteiro, sabe, é só um esboço, uma primeira tentativa de adaptar *Relato* pro..."

Emendou a frase inacabada no gesto de estender à mulher um texto encadernado em espiral. Ela olhou para o roteiro, mas não chegou a pegá-lo. Jesuíno largou-o sobre a mesa.

"Eu precisaria da sua aprovação, é claro... Gostaria muito que a senhora lesse."

"O Tozinho vai ter que aprovar."

O filho.

"Claro, dona Lavínia. A senhora e seu filho podem ler com calma, e assim que tiverem uma posição... Olhe, na primeira página eu anotei meu nome e meu telefone aqui no Rio."

Não havia mais nada a dizer, nada a fazer. Dona Lavínia olhava ora para Jesuíno, ora para o texto, fazia menção de abri-lo, mas não ia além de contemplar a folha de rosto, visível por trás da capa plástica transparente, onde só se liam o título, *Relato*, e os dizeres "Adaptação do romance de Nestor Condes — primeiro tratamento", além do seu nome e telefone escritos à caneta. Ocorreu a Jesuíno que seu próprio nome devia constar em letra de fôrma naquela folha de rosto. Pensou em dizer alguma coisa, mas nenhum comentário lhe parecia apropriado. A velha fixou os olhos nos seus por algum tempo, e em seguida afirmou, num tom peremptório, como se estivesse dando uma informação importante que só agora pudesse ser divulgada:

"Vou ter que falar com o Tozinho."

"Claro, dona Lavínia."

Realmente, não havia mais sentido em permanecer ali.

"Bom, fico aguardando então..."

Jesuíno levantou-se, recusou a oferta de um terceiro copo d'água e foi caminhando em direção à saída, acompanhado de perto pela mulher. Na porta, ao despedir-se, ainda acrescentou, achando-se ridículo antes mesmo de abrir a boca:

"Pra mim seria uma grande honra filmar a obra-prima de Nestor Condes."

"Ó, levantei umas informações sobre o cara com um amigo meu jornalista."

"Você diz Condes Júnior?"

"Sessenta e um anos de idade. Formado em engenharia mecânica, mas nunca passou muito tempo em nenhum emprego. Mora com a mãe até hoje."

"Isso a gente já sabe."

"Playboy no tempo da juventude transviada. Nunca cresceu. Já acabou com duas motos, dois acidentes feios. No segundo não morreu por um triz, mas nem por isso parou de andar de moto."

"Você também não parou. Nem daquela vez que."

"Foi processado por um vizinho, coisa de uns dois anos atrás — não sei direito por quê, parece que a coisa não deu em nada, foi resolvida por fora."

"Que mais?"

"É só. Pelo visto, não é flor que se cheire não."

"Hm."

"Não é bem o que você imaginava não, não é?"

"Era exatamente o que eu imaginava."

Dois dias depois, o telefone tocou na casa de Evaldo por volta das onze da manhã. Evaldo atendeu, disse um momento, por favor, e estendeu o fone ao outro, formando com os lábios as palavras: É ele.

"Sim?"

"Você é o Jesualdo?"

"Jesuíno."

"Aqui é o Nestor. Eu li o teu roteiro. Precisamos conversar. Quando é que você pode vir aqui?"

O tom era abrupto, seco. Jesuíno se deu conta de que o homem não havia esboçado nada que se aproximasse de uma fórmula de polidez. "Ah... eu... Quando é que é melhor pro senhor?"

"Amanhã à tarde pode ser?"

"Duas horas?"

"Duas, não. Quatro. Quatro e meia."

"Está bem. Quatro e meia."

"Quatro e meia, combinado." E desligou sem se despedir.

O teor e o tom dessa rápida conversa telefônica, imediatamente analisados pelos dois jovens, pareciam ter ao menos duas interpretações possíveis. Nestor Júnior podia não estar satisfeito com o roteiro; o tom de voz seco indicaria sua reprovação. Mas também era possível que ele fosse simplesmente um tipo mal-educado; nesse caso, podia ou não ter gostado do roteiro, ou ter ficado indiferente, ou até mesmo não tê-lo lido até o fim. A segunda hipótese, defendida por Evaldo, era de certo modo mais otimista que a primeira, a qual Jesuíno estava mais inclinado a tomar por verdadeira. Tinha desde a infância uma inclinação natural pelas hipóteses pessimistas, uma atitude que — como ele próprio suspeitava às vezes — derivava de uma espécie de pensamento mágico: cônscio de que a vida raramente se dispõe a realizar as previsões humanas, ele previa o pior na vaga esperança de que, por puro espírito de contradição, a realidade lhe reservasse uma alternativa, que por definição deveria ser melhor que o esperado. No caso em questão, a pior de todas as alternativas seria uma combinação das duas hipóteses: Nestor Júnior não havia gostado do roteiro, mesmo sem tê-lo lido até o fim, e ainda por cima era um grosso. Jesuíno resolveu preparar-se psicologicamente para ela.

Naquela tarde, foi a um almoço em que estariam várias pessoas ligadas ao mundo do cinema, uma ou duas das quais ele havia conhecido num festival de curtas no Recife. Assim que entrou na sala, um sujeito de meia-idade, baixo e gorducho, veio lhe apertar a mão com um sorriso que lhe pareceu excessivo.

"Jesuíno! Enorme prazer te conhecer pessoalmente."

"Você é..."

"O Vladimir, aquele que você conversou outro dia quando ligou lá pra produtora, que te chamou pra vir nesse almoço."

"Ah, sim, prazer."

"Você sabe que aqui no Rio você tem muitos admiradores, muitos admiradores." Não era uma pergunta, e sim uma afirmativa.

Vladimir o teria reconhecido com base em alguma foto de jornal, do tempo em que ele ganhou o prêmio no festival, pensou Jesuíno. O homenzinho levou-o até uma espécie de pátio coberto ao lado do salão principal, onde, numa mesa comprida, estavam reunidos os convidados, e apresentou-o efusivamente a todos. Os comensais, em sua maioria homens, vestiam-se como jovens, embora alguns deles só pudessem ser considerados de meia-idade com muita boa vontade. As mulheres eram poucas mas interessantes, algumas até bem bonitas, mais novas que os homens e mais velhas que Jesuíno. Algumas cabeças viraram-se para o recém-chegado e o saudaram com uma simpatia efusiva um tanto perfunctória, que ele viria a reconhecer, em pouco tempo, como uma das marcas identitárias da hospitalidade carioca, e depois o ignoraram pelo resto do almoço. Jesuíno encontrou uma cadeira desocupada e sentou-se. Vladimir, que parecia não estar sentado em lugar nenhum, ficava o tempo todo esvoaçando de um lado para o outro, como uma mariposa diante de uma oferta demasiadamente pródiga de lâmpadas acesas, dirigindo-se a todo mundo, nem sempre recebendo resposta.

O almoço se estendeu por boa parte da tarde; discutiam-se filmes, financiamentos, festivais; choviam críticas a todas as agências financiadoras que tornavam possível não apenas a nova onda de cinema nacional como também aquele exato almoço; todos pareciam querer falar o tempo todo sem ouvir os interlocutores, o que era vantajoso para Jesuíno, que nunca se sentia com vontade de dizer nada quando se via cercado por muita gente, principalmente gente de cinema. Muito de vez em quando alguém lhe dirigia uma pergunta, que ele respondia de modo tão lacônico que a conversa morria na mesma hora; acabou passando a maior parte do tempo escutando o monólogo interminável do cineasta sentado à sua esquerda, que pontificava sobre assuntos variados e falava mal de diversas pessoas, nenhuma delas conhecidas por Jesuíno, num tom de voz desnecessariamente alto, para um pequeno grupo que se limitava a rir polidamente das suas tiradas de espírito, que aliás nem eram muito espirituosas. Quando por fim se levantou para ir embora, Jesuíno deu-se conta de que tinha comido pouco e bebido demais.

Naquela noite, não conseguiu se interessar pelo livro que estava lendo. Desviou o olhar para o teto e mentalmente repassou mais uma vez o projeto de roteiro, que conhecia de cor, cena a cena, encontrando mil problemas, detalhes que poderiam ter sido mais bem realizados; repetia a si mesmo que era apenas um primeiro tratamento, ainda precisando de muito trabalho de reescrita, mas não conseguia afastar a impressão incômoda de que tudo que no livro era sutileza e ambiguidade no roteiro era apenas descosimento e confusão. Estava insatisfeito com aquele esboço. Como tradução em termos visuais da sólida estrutura verbal do romance, era bem insatisfatório. Até certo ponto, o problema era inerente ao livro, em que a narrativa era escassa, os personagens eram pouco mais que espectros e a ação era mais sugerida do que descrita; a grande arte de Condes estava nas palavras, na sua prosa inimitável. Num filme, porém, tudo tinha que se exprimir através de imagens, e as imagens, por mais eloquentes que fossem, raramente tinham a força e a coesão de uma frase bem torneada; uma palavra valia por mil imagens. No final das contas, Jesuíno era forçado a admitir, filme algum jamais poderia estar à altura de um grande livro, principalmente um livro saído da pena de um escritor tão sutil quanto Condes. Ele relembrava algumas passagens do romance que havia quase chegado a decorar; imaginava-as transformadas em cenas cinematográficas, com atores e cenários, e vinha aperreá-lo a ideia de que aquilo seria uma espécie de profanação. Por exemplo, havia um longo trecho todo no subjuntivo, em que uma determinada ação não era propriamente relatada — o texto limitava-se a esboçar uma possibilidade que era examinada longamente, com todas as suas possíveis implicações e todos os desdobramentos prováveis e improváveis. De que modo um filme podia narrar uma sequência no subjuntivo? Todas as soluções concebíveis lhe pareciam grosseiras. Desfocar a imagem, velar o filme, tornar transparentes as figuras das personagens, filmar a sequência em preto e branco — nada disso serviria para traduzir uma simples desinência verbal. Depois pensou numa daquelas frases estranhas, magníficas, que começavam do modo mais convencional, levando o leitor incauto (e todo leitor de Condes era, e permanecia até o final, incauto) a completá-la mentalmente do modo mais óbvio, com o predicado que parecia ser exigido pelo sujeito, ou o objeto que melhor se encaixaria no verbo, quando então, sem mais nem menos, a sintaxe dava uma espécie de salto mortal ("A sintaxe de Condes é estranha, não como a de um estrangeiro a escrever num idioma que conheça mal, e sim como a de alguém que faz com sua língua o que ela própria não se imaginava capaz de fazer" — Otto Maria Carpeaux), para aterrissar duas ou três linhas adiante, como um gato que cai sempre sobre as quatro patas, com elegância e precisão inigualáveis. Relembrou os períodos que começavam com um diálogo entre o viajante e a dona da pensão e que, sem que o leitor percebesse como e onde se dera a transição, terminavam no meio de uma das várias narrativas breves e inconclusivas que constituíam os subenredos do livro. Como traduzir *isso* para a linguagem do cinema? Pretensão absurda, tomar um livro daqueles como ponto de partida para seu primeiro longa. Por outro lado, se era só para produzir mais um filme de ação, mais uma fita realista de denúncia social, mais uma comédia desmiolada com atores de televisão, então que sentido havia em fazer cinema? Antes tentar um projeto ousado que terminasse em catástrofe do que produzir um filmeco mediocremente digestivo, ou convencionalmente violento — foi esse o pensamento que repetiu para si próprio antes de apagar a luminária sobre a mesa de cabeceira.

No dia seguinte, às quatro e vinte e cinco da tarde, Jesuíno tocou a campainha da casa na ladeira. Enquanto esperava, viu que havia uma motocicleta grande estacionada no quintal. Instantes depois, dona Lavínia veio abrir a porta; naquele momento parecia alguns anos mais moça, ou menos velha, do que da vez anterior. "Vou avisar o Tozinho." E foi direto para a cozinha.

Por um momento Jesuíno ficou sem saber se não seria melhor segui-la, já que em sua visita anterior tivera a impressão de que a cozinha fazia as vezes de sala naquela casa. Na dúvida, decidiu ficar onde estava, em pé, encarando, como da outra vez, o retrato do escritor. Jesuíno conhecia bem aquela imagem, mas agora, pela primeira vez, julgou perceber alguma coisa equívoca, ironia ou malícia, no olhar de Nestor Condes. Mas não demorou para que ouvisse o ruído de uma cadeira sendo arrastada na cozinha; instantes depois Nestor Condes Júnior entrava na sala e vinha em sua direção. De imediato Jesuíno percebeu a semelhança espantosa entre aquele homem e o retrato na parede. Bem mais velho do que era seu pai quando a foto fora tirada, corpulento, com um porte um tanto arrogante, Condes Júnior tinha os olhos muito azuis, a pele rosada e o cabelo alourado do pai, porém — foi esta a ideia que se formou instantaneamente na consciência de Jesuíno — parecia menos um retrato do que uma caricatura de Nestor Condes. Alguns segundos depois, entendeu o porquê dessa impressão: o rosto do filho do escritor era de tal modo assimétrico que a face esquerda parecia existir num plano diferente da direita; era como um daqueles retratos cubistas de Picasso. O homem tinha uma calva acentuada e uma barriga considerável, ressaltada por uma camiseta branca não muito branca e um jeans desbotado; os pés estavam calçados — um toque que pareceu absurdo a Jesuíno — em pantufas acolchoadas, detalhe que na mesma hora o fez pensar na sua avó, já falecida, a única pessoa que ele vira em toda sua vida usar coisa semelhante. Ao estender a mão para Jesuíno, Condes Júnior exibia uma expressão que, não sendo particularmente amistosa, não chegava a ser hostil. Era a expressão de um homem preparado para discutir questões de negócios, que já prevê a necessidade de contornar certos obstáculos e não está disposto a fazer concessões.

"Muito prazer", disse Jesuíno, apertando-lhe a mão. "Pra mim é uma emoção estar aqui, na casa de Nestor Condes." Antes mesmo de terminar a frase, já estava arrependido de tê-la iniciado. Afinal, como ele próprio tinha observado para Evaldo dias antes, até onde ele sabia o escritor jamais havia morado ali.

Condes Júnior arqueou a sobrancelha, acentuando a assimetria do rosto, e sorriu um sorriso desagradável, quase um esgar; mas talvez fosse por causa do defeito, que — Jesuíno se deu conta, lembrando as informações que lhe dera Evaldo — havia de ser a sequela de um desastre de moto. Uma espécie de pontilhado atravessava-lhe as feições, do canto interior do olho direito até o lábio superior, como se convidando o observador a destacar um dos lados do rosto do outro; a pele à esquerda dessa cicatriz não era exatamente do mesmo tom da que ficava à direita dela. O homem parecia mastigar alguma coisa; ficou alguns segundos em silêncio e então, olhando de banda para o visitante: "Eu li o seu roteiro".

Jesuíno pigarreou. "Pois é, eu queria dizer logo de saída que tenho consciência que meu roteiro, que na verdade não é bem um roteiro ainda, é mais uma versão inicial, ele não faz justiça a... ainda não está plenamente à altura do livro de seu pai." Sentiu-se estimulado a prosseguir ao constatar que o outro permanecia calado, escutando com atenção. "É um livro cheio de vozes contrastantes, focos narrativos diferentes, tem um trabalho de linguagem muito... complexo. Quer dizer, essas coisas, passar esse tipo de coisa pra imagem, o senhor sabe, é muito difícil. Muito difícil." Fez uma pausa. Estaria falando demais? Seria precipitação sua dar todas as explicações, ressaltar defeitos, antes que o homem dissesse alguma coisa, antes mesmo que ele o convidasse a sentar? Melhor ir direto ao ponto: "Mas o que é que o senhor achou?".

Como se tivesse lido seus pensamentos, Júnior instalou-se numa poltrona, apoiando os pés sobre a mesa de centro, e convidou-o com um gesto a sentar-se no sofá empoeirado.

"Se você mesmo acha que o roteiro não está à altura do romance do meu pai..."

Jesuíno esperou pelo fim da frase, que permaneceu inacabada — e esse inacabamento, ele percebeu, era mais agressivo do que qualquer conclusão imaginável. Ocorreu-lhe que a reação apropriada a essa desfeita seria ofender-se; mas refletiu também que, de um ponto de vista pragmático, não era uma boa estratégia tomar ofensa logo nos primeiros instantes de um relacionamento que seria prolongado e — ao que parecia — nada harmonioso.

"Na verdade, isso que o senhor leu, isso é só um esboço, que ainda vai ser..."

"Mas você não disse que acha impossível recriar o trabalho de linguagem dele em filme?"

"Não, seu Nestor. Eu disse que era difícil — muito difícil, mas não impossível."

Houve mais uma pausa incômoda. A expressão no rosto de Condes Júnior, que olhava para Jesuíno meio de esguelha, parecia provocativa; o rapaz resolveu continuar fitando o outro sem dizer mais nada; afinal, a bola, por assim dizer, estava agora no campo dele. Depois de quase meio minuto de silêncio, Condes Júnior desviou o olhar, para pegar sobre a mesa de centro um maço de cigarros e um isqueiro. Isso proporcionou uma tênue sensação de vitória em seu interlocutor, em parte neutralizada pelo fato de que o homem não lhe ofereceu um cigarro, o que lhe pareceu mais uma indelicadeza — muito embora Jesuíno não fumasse.

Condes Júnior ficou a fumar em silêncio por mais de um minuto, parecendo esquecer-se da presença do rapaz à sua frente. Uma fração de segundo antes de Jesuíno fazer algum comentário, qualquer comentário, para preencher aquele vácuo desconfortável, o homem voltou a falar.

"Se esse roteiro virasse filme, quantas pessoas você acha que iam querer assistir?"

Jesuíno não conseguiu disfarçar o fato de que a pergunta o tomara de surpresa. "Quantas pessoas? Ora, é claro, não seria o tipo de filme, um desses filmes que todo mundo vai querer ver, não é? O senhor sabe, seria pra um público mais... um público de cinéfilos — como se diz, cinema de arte, não é."

O homem sorriu de novo, desta vez um sorriso mais abertamente sarcástico.

"Ou seja — um filme feito pra *não* dar lucro?"

Aquela conversa estava tomando um rumo antipático demais, depressa demais. O rapaz conteve a indignação com mais um pigarro. "Eu não fiz esse roteiro pensando em sucesso comercial."

"Não?"

"Não. Eu queria, eu *quero* — além de fazer um bom filme, é claro — eu quero também pôr a obra de Nestor Condes em circulação. De novo."

"Em circulação" — Nestor Júnior aproximou a mão esquerda da direita — "mas num círculo bem restrito?"

"Talvez. O círculo das pessoas que gostam de bom cinema, e de boa literatura."

"Sei." Condes Júnior pousou as mãos nos joelhos. "Pois eu acho que não é por aí, não."

Jesuíno julgava saber o que o outro ia dizer em seguida, mas se fez de desentendido. "Como assim?"

"De literatura eu posso não saber grande coisa, mas eu entendo um pouco de cinema." Havia agora um toque de arrogância na sua voz. Indicou com o queixo a televisão do outro lado da sala, as cinco ou seis fitas empilhadas em cima do aparelho de videocassete. "Toda noite eu assisto um filme, no mínimo, fora os que eu vejo no cinema."

"O senhor já fez cinema?"

"Não. Mas não precisa fazer cinema pra entender de cinema. Pra entender, por exemplo, que tem coisas que dá pra fazer num filme e outras que não dá. Ou pra saber o que a plateia quer."

"E o meu roteiro, o senhor diria, não..."

"O seu roteiro." Era a segunda vez que Júnior o interrompia. "Olha aqui. Me diz uma coisa: por quê que você faz tanto mistério sobre o que está rolando entre o viajante e a mulher da pensão?"

"O que está rolando?" Vou deixar esse sujeito falar até ele não ter mais nada a dizer, pensou Jesuíno. "O que é que está rolando?"

"Ora", com um suspiro irritado, "você sabe o que eu quero dizer. Está rolando uma transa entre eles, não está?"

Jesuíno sentiu uma onda de calor subir-lhe até a cabeça, mas conseguiu manter um tom mais ou menos tranquilo, ainda que se tornasse um pouco sentencioso. "A meu ver, uma das características definidoras do estilo de Nestor Condes é a indefinição..."

Condes Júnior emitiu um som que podia ser um arroto ou um muxoxo.

"... o modo como ele nunca diz as coisas diretamente, mas prefere insinuar, deixar que o leitor tire suas próprias conclusões."

Houve uma pausa. Jesuíno se deu conta de que a expressão do outro havia sofrido uma mudança brusca. "Isso é perfeito, em relação ao livro. Mas no filme. No filme você tem que *mostrar*. Como é que você vai mostrar um negócio indefinido?" A voz também perdera a aspereza agressiva; o tom agora era professoral, o que tinha o efeito, talvez intencional, de se tornar mais ofensivo ainda.

"É justamente o que eu faço, o que eu tento fazer, no meu roteiro..."

"E você mesmo diz que não está dando certo."

"Mas esse, isso é só um primeiro tratamento, um esboço." Estamos rodando em círculos, pensou Jesuíno; de repente sentiu-se muito cansado.

"Um esboço, sim, e na direção errada. Romance é romance, filme é filme, são outros quinhentos." Agora estava gesticulando com ênfase: "Você diz que o roteiro não faz justiça ao livro. E não faz, mesmo, não. Como é que você vai contar aquelas histórias que ficam pelo meio? Vai ter uma voz lendo páginas e mais páginas do texto enquanto o viajante está sentado numa cadeira olhando pra câmara com cara de alma penada, que nem naquelas chatices do Cinema Novo? Ninguém mais tem saco pra esse tipo de filme!". Condes Júnior estava levantando a voz. "Não, senhor. Não vai funcionar."

Jesuíno disse a si mesmo: não posso perder as estribeiras. Eu *dependo* desse homem. Respirou fundo. Depois de alguns instantes, num tom de perfeito controle emocional, explicou: "Minha ideia era, é fazer um filme que tenha qualidades análogas às da prosa de Nestor Condes". Quanto mais ele engrossa, mais pedante eu fico, pensou.

O rosto torto de Condes Júnior parecia estar virado um pouco para a esquerda de seu interlocutor, mas ao que parecia era só assim que ele conseguia focalizar os dois olhos no mesmo ponto. Ele sorriu, um sorriso que não poderia ser mais postiço; como ironia, aquilo era de uma canastrice completa: "Com um público bem pequeno, que nem os livros dele?".

"Se eu quisesse fazer um filme pra ganhar dinheiro eu não ia pegar uma obra de seu pai." De repente, no meio da frase, um pensamento ocorreu a Jesuíno: estou perdendo meu tempo. Levantou-se movido por esse impulso, mas ainda falando no seu tom suave habitual. "Se o senhor não aprova, seu Nestor, eu desisto do projeto. Desculpe o tempo que lhe tomei."

Foi a vez de Condes Júnior se surpreender. Assumiu uma expressão de incredulidade, como se a reação de Jesuíno fosse de todo descabida, como se ele houvesse interrompido uma conversa perfeitamente cordial. "Peraí, peraí, rapaz. Senta aí, por favor." O homem também se levantara, com o objetivo de fazê-lo voltar ao sofá; Jesuíno esquivou-se dele, abaixando-se, e aproveitou o gesto para pegar a mochila; durante alguns instantes os dois ficaram como que dançando um pas de deux grotesco, sem sair do lugar. "Peraí, calma, vamos conversar..."

"Aceita um cafezinho, meu filho?" Dona Lavínia entrou em cena, cortando a única rota de fuga aberta para Jesuíno. Vinha trazendo uma bandeja com duas xícaras de café, um açucareiro e um prato de biscoitos.

"Obrigado, mas na verdade eu já estava de saída..."

"O café da velha é muito bom, prova aí."

Condes Júnior pegou uma das xícaras e a estendeu a Jesuíno num gesto brusco, um pai impondo uma colher de óleo de rícino a um menino renitente; não havia outra coisa a fazer que não pegá-la e voltar a sentar-se — era isso ou então derrubar a xícara oferecida e sair correndo pela porta afora, uma alternativa que não lhe parecia viável, por mais atraente que fosse naquele momento.

"Obrigado, dona Lavínia." Voltou a sentar-se.

Enquanto sua mãe pousava a bandeja na mesa de centro, Condes Júnior falava em voz mais baixa, com uma nota de sofreguidão muito diferente do tom arrogante de antes. "Olha só, vamos conversar. Vamos conversar, está bem? Tu quer fazer o teu filme, não vai querer desperdiçar todo o trabalho que esse roteiro já te deu, não é? Há quanto tempo que você está trabalhando nele?"

"Uns meses." Levou a xícara aos lábios, provou o café de leve e recolocou-a na bandeja. "Seu Nestor, sinceramente..."

"Se quiserem mais alguma coisa, é só me chamar", disse dona Lavínia, antes de voltar para a cozinha.

"Pois é, são meses de trabalho. Você não vai querer jogar fora esse trabalho todo. Esse tempo todo. E eu — eu não quero perder uma chance de ganhar alguma grana."

"Mas é justamente esse o problema. O meu filme…"

"Espera um pouco, deixa eu terminar." Mais uma interrupção, só que o tom agora era de quase súplica; ele continuava falando em voz baixa. "Você não faz ideia do estado que está essa casa. Quando chove, é goteira pra tudo que é lado. Os encanamentos, tudo fodido. A fiação, pior ainda. O banheiro…" Seu rosto virou-se, num gesto dramático, para um ponto a alguns centímetros da cabeça de Jesuíno, mas os dois olhos estavam fixos nos do rapaz. "Sabe de uma coisa? Eu vou abrir o jogo com você. Posso me abrir com você?"

A última coisa que Jesuíno queria naquele momento era ser submetido às confidências de Condes Júnior. Porém, já decidido a desistir do projeto, resignou-se a aturar aquela falação destrambelhada pelo tempo necessário para que o café esfriasse um pouco e ele pudesse tomá-lo antes de fazer mais uma tentativa de ir embora. "Pode."

"Eu estou quebrado. Sem um puto." Enquanto o homem falava, um sorriso ilógico ia se esboçando nos seus lábios. Piscou o olho devagar, numa tentativa de angariar cumplicidade que Jesuíno achou tão descabida quanto repulsiva: "E a velha não vai viver pra sempre, você entende? Entende?".

"Não. Explique melhor." Era uma oportunidade de tripudiar um pouco sobre o outro antes de se levantar e ir embora, um impulso ruim do qual depois, ao relatar a cena para Evaldo, talvez viesse a arrepender-se.

Condes Júnior, ainda sorrindo, falava cada vez mais baixo. Agora estava quase cochichando: "O dia que ela morrer, vão embora as duas pensões que ela recebe". Fez um gesto expressivo: "E eu tomo uma trolha. Fico com uma mão na frente e a outra atrás. Roendo bunda de aranha, como dizia o meu pai. Entendeu agora? Ou será que eu preciso explicar melhor?". Então riu; fez uma careta que parecia destinada a algum outro público que não Jesuíno, e levantou o tom da voz. "Você está entendendo a dimensão do meu problema? Hein?" E deu mais uma gargalhada.

"Estou entendendo, sim." Não, Jesuíno não ia se arrepender de nada. Claramente, o homem estava adorando aquela oportunidade de chafurdar na frente de um total desconhecido. Era como um mendigo que exibe uma espetacular ferida na perna com uma espécie de orgulho.

"Pois é isso, rapaz. Esse filme é a minha chance. Eu estou muito precisado de uma chance. Você tem que me ajudar." Seu tom de voz voltara a ser arrogante, em total dissonância com o teor de suas palavras. Sentou-se na beira da mesa de centro, quase em cima da bandeja, quase encostando o rosto no de Jesuíno, que recuou um pouco; o hálito de Condes Júnior recendia a uma bebida que seguramente não era café. Em voz mais baixa: "A gente podia chegar a um acordo. Você faz o teu filme, mas com umas mudancinhas no roteiro. A transa do viajante com a dona da pensão fica... mais importante, entende? Mais explícita. Quer dizer, é a história principal do filme. Filme tem que ter história, e esse filme é a história deles dois". Quase ameaçador: "Porra, eles não são os personagens principais do livro?".

"São?" A estratégia de Jesuíno era falar o mínimo e dar o máximo de corda a seu interlocutor, na vaga esperança de levá-lo a tropeçar nela.

"E não são? Se não são eles dois, então quem que é — o defunto que os moleques encontram no matagal?"

Não havia mais o menor sinal de súplica na voz de Condes Júnior. Jesuíno começou a torcer para que a velha voltasse à sala

— sua presença parecia ter alguma influência inibidora sobre o filho. Tentou manter a mesma postura de antes em sua resposta: "Eu diria que até isso Condes deixa meio ambíguo".

"Pois vamos acabar com essa ambiguidade. Não tem que ter ambiguidade nenhuma, pelo menos na relação entre eles dois. Tem que ficar bem claro que os dois estão tendo um caso. Tem que ficar explícito. E toma cena de sexo, entende? Não é isso que o público quer ver?"

"É isso que o público quer ver?"

Júnior soltou uma gargalhada, e assumiu um tom brincalhão. "Ora porra, vai me dizer que tu é diretor de cinema e não sabe!" Aquelas súbitas mudanças de humor eram, pelo visto, uma marca de sua personalidade. "Você está de sacanagem comigo, só pode estar. Seguinte: você arruma um casal de atores jovens, bonitos, e põe eles na cama…"

"É, seu Nestor", no tom paciente de quem tenta explicar a uma criança pequena por que motivo ela não pode guardar no bolso o hamster de estimação, "só que no livro de seu pai não tem nenhuma cena de cama."

"Aí é que está! É aí que entra a minha ideia!" Condes Júnior levantou-se de repente, subitamente entusiasmado, andando e gesticulando. "Com a minha ideia tudo faz sentido! Sabe aquelas histórias que ficam pelo meio? Pois é, o viajante conta elas todas na cama, com a dona da pensão, quer dizer, conta *pra ela*. Os garotos que acham o defunto, por exemplo — essa história vai saindo aos pedaços, fora de ordem, a gente nunca sabe direito o que acontece, como tudo no livro — pois bem, quem conta essa história é o viajante, pra mulher da pensão, *na cama*, entre uma e outra sacanagem…"

"Seu Nestor…" Jesuíno pensou em se levantar, mas com Condes Júnior andando pela sala não teria muita chance de chegar até a porta sem ser detido, talvez agarrado, por ele.

"Peraí, *ouve* o que eu estou dizendo, porra! O filme começa na cama, os dois trepando. Em cores, que tal? O resto vai aparecendo depois, em preto e branco — o viajante chegando na pensão, a história dos garotos, a costureira e o cego, o carteiro e a mula — tudo isso em flashback, contado, ou *evocado*, se você preferir..."

"Evocado."

"... pelo viajante, na cama. O filme começa e termina na cama, e todo o resto, as outras histórias que ficam pelo meio, tudo é contado fora de ordem, sem pé nem cabeça, que nem no livro, como você quiser — mas *na cama*. E entre um pedaço de história e o outro..."

"Uma cena de sexo."

"Isso mesmo! Sexo bem apimentado, o máximo que der pra fazer sem virar filme pornô desses que passam lá naqueles pulgueiros da Cinelândia. A turma que ainda vibra com o Godard vai sair do cinema babando, tentando botar em ordem aquelas cenas que nem um quebra-cabeça, num barzinho da Zona Sul. E o resto do público, que está pouco se fodendo com a história, vai ver por causa da trepação. Ver e gostar. Não tem como não dar certo!"

"Entendi."

"O filme vai arrebentar. Você vai ficar famoso, a crítica vai dizer que é filme de autor, o cacete a quatro — e eu, eu saio da merda. Vou te dizer uma coisa", baixando a voz, como se para fazer mais uma confidência, "garanto que o velho ia gostar de saber que o livro dele estava me ajudando num momento de dificuldade. O velho me adorava. A gente quebrava um pau de vez em quando, mas isso é normal, não é? A gente quase que saía na porrada, mas no fundo ele me adorava. *Tinha* que adorar. O único filho dele, não é! Ele ia gostar de me ajudar, sim. Porque eu estou precisando de uma graninha pra realizar uns projetos que eu tenho. A casa é o de menos. A casa que se foda", acrescentou, com uma incoerência que chegava a ser fascinante, tamanha a naturalidade com que era exibida. "Se for o caso eu vendo, a gente se muda pra um apartamento pequeno, um dois-quartos em Niterói, no Méier, no Engenho Novo, na puta-que-o-pariu — a velha topa, tem que topar — e eu, por mim, desde que eu tenha a minha moto..." Seus olhos brilhavam, cada um para seu lado.

Jesuíno, tendo bebido o resto do café, aproveitou a oportunidade para bater em retirada. "Seu Nestor." Empertigou-se e puxou para si a mochila que havia largado no chão. Mesmo inclinado a desistir do filme, resolveu manter as aparências: "Eu vou retrabalhar o roteiro. Me dê um tempo. Assim que tiver alguma coisa pronta eu mando pro senhor. Não quero mais lhe incomodar". Levantou-se.

Júnior levantou-se também; de repente parecia muito satisfeito com Jesuíno e consigo mesmo, sem dar o menor sinal de irritação. "Eu vou chamar a velha." Aos berros: "*Mãe! O Jesualdo está indo embora!*".

Condes Júnior estava de tal modo efusivo que Jesuíno temia que a qualquer momento seu estado de espírito desse mais uma volta de cento e oitenta graus; mas talvez por efeito da aproximação da mãe, que já chegava da cozinha, ele comportou-se de maneira perfeitamente polida até o fim, apertando a mão do visitante e levando-o até a porta. Dona Lavínia insistia: "Mais um cafezinho? Não quer uma água? Não?", enquanto seu filho, com uma jovialidade de corretor de seguros, arrematava: "Então eu fico no aguardo. A gente se fala. Até a próxima!". Mãe e filho falavam ao mesmo tempo; e Jesuíno, com um sorriso aparvalhado nos lábios, andando meio que de costas, grunhindo sílabas ininteligíveis de agradecimento e despedida, por fim saiu.

Enquanto descia a ladeira em direção ao bar onde mais uma vez Evaldo o esperava, Jesuíno tentava achar uma solução para aquele impasse. Via duas opções à sua frente, nenhuma delas muito animadora. A primeira, a que lhe parecia preferível, ou menos ruim, era simplesmente abandonar o projeto. Era com esse impulso que havia saído da casa; se alguém naquele momento lhe perguntasse o que faria, seria essa a resposta que haveria de dar. Por outro lado, tinha prometido a Condes Júnior que lhe enviaria em breve uma versão revista do roteiro, ou projeto de roteiro, uma versão que transformaria o delicado bailado verbal de *Relato* numa bobagem, um filme de pornografia soft-core. Por algum motivo, não conseguia descartar de todo esta segunda opção; estava irritado, e ao mesmo tempo tinha a impressão de que não sabia a causa exata daquela irritação. Motivos não faltavam — a grosseria de Condes Júnior, a possibilidade de ter que abandonar aquele projeto em que já investira tantas expectativas — mas por trás de tudo isso persistia a sensação de que havia uma outra causa, mais profunda.

Então, de repente, estacou na calçada. O que mais o incomodava, percebeu naquele instante, era o fato de que a crítica que Condes Júnior fizera a seu roteiro era praticamente a mesma que ele próprio, no íntimo, lhe fazia. Ele não havia conseguido traduzir em imagens a magia verbal de Condes — não era isso que aquele motoqueiro patético tinha dito? Condes Júnior, por mais tosco e ridículo que fosse, não era um idiota; entendia alguma coisa de cinema, ou pelo menos de adaptações cinematográficas, ou de possíveis adaptações dos livros de seu pai, ou, no mínimo, daquele livro em particular. Jesuíno odiava ter que reconhecer tal coisa; quanto mais pensava, porém, mais se convencia de que era isso mesmo. Seu projeto de roteiro não se sustentava afastado do texto de Nestor Condes, não faria sentido para quem nunca tivesse lido *Relato*. Seria necessário criar algo, com imagens, que servisse de arcabouço àquela história que não chegava a ser exatamente uma história. O viajante e a dona da pensão fazendo sexo podia não ter nada a ver com o livro, mas era, afinal de contas, um fio unificador — os fragmentos se sucedendo, o carteiro, o cego, o velho na ponte, os meninos e o cadáver, enquanto o casal... um pouco como *Hiroshima, meu amor?* Afinal, qual era mesmo a relação entre o viajante e a dona da pensão? Ocorreu-lhe que essa pergunta jamais se colocava para o leitor do livro, mergulhado que estava no fluxo implacável do texto, nas descrições minuciosas de peças que nunca se encaixavam de modo óbvio, nas metáforas que num primeiro momento pareciam gratuitas e instantes depois se revelavam pequenas epifanias. Mas e o espectador do filme? *Alguma* coisa teria que ser mostrada na tela; de um modo ou de outro, o viajante e a dona da pensão teriam que interagir. Aquela traumática conversa com Condes Júnior, pensava Jesuíno, o levara a perceber mais uma vez a diferença fundamental entre literatura e cinema: a riqueza de informação contida num filme — cor, traço, movimento, diálogos, tom de voz, música, efeitos sonoros — tinha o efeito paradoxal de tornar o discurso cinematográfico de algum modo mais limitado do que uma sequência de signos verbais, minúsculos tracinhos negros contra um fundo branco, que, com meios tão parcos, conseguiam criar uma trama inesgotável de ideias, sentimentos, impressões, associações, uma estrutura que se bastava por completo; era a mesma diferença que havia entre o voo complexo de um moderníssimo jato de trezentos lugares, que requer o funcionamento simultâneo de milhares de peças mecânicas, e o movimento aparentemente sem esforço de uma ave como a que ele via — uma gaivota? — descrevendo naquele exato momento uma curva graciosa no céu.

"E aí, como é que foi?"
"Mais ou menos como a gente esperava."

"A gente? Eu é que não estava esperando nada."
"Não foi você que descobriu que o cara é da juventude transviada? Era."
"E aí?"
"Aí que ele é um escroto."
"Mas o que ele disse afinal?"
"Sujeito insuportável."
"Mas o que foi que ele disse?"
"Que ele está mais a fim é de grana, e que o meu roteiro vai dar num filme sem público."
"E aí?"
"Aí que ele só libera os direitos se eu fizer umas mudanças no roteiro."
"Mudanças. Que mudanças?"
"A relação entre o viajante e a mulher da pensão. Tem que ser uma coisa, uma relação, assim, erótica."
"Erótica?"
"O filme inteiro os dois estão na cama, trepando. Entre uma trepada e outra, o viajante conta pra mulher da pensão aqueles episódios todos. Em flashback."
"Tipo *Império dos sentidos*?"
"É pegar ou largar. Senão ele não libera o livro."
"E aí?"
"É assim que ele quer."
"E o quê que você vai fazer?"
"Quer não, exige."
"Mas você não topou não."
"Ele foi categórico."
"Mas você vai fazer o quê?"
"O quê? Vou refazer o roteiro, não é."
"Vai virar um filme de sacanagem?"

"Tem que centrar na relação entre os dois. E a relação tem que ser erótica. Foi o que ele disse. Não exatamente com essas palavras."

"Tudo centrado na cama?"

"Bom, pelo menos resolve o problema da estrutura, não é."

"Que problema da estrutura? Que história é essa de estrutura, Jê?"

"Quer dizer, desse modo a história passa a ter, assim, uma espinha dorsal."

"Hein?"

"É, as cenas de sexo. Entre um episódio e outro, costurando tudo. Os episódios contados pelo viajante, na cama."

"Na cama."

"É uma maneira de centrar, de dar um centro lógico ao filme, não é."

"Hm."

"O que é que você acha?"

"O quê que eu acho? Acho que o tal de Condes Júnior fez a tua cabeça."

"Não é bem assim não."

"Ele te converteu, cara. Teu filme vai ser uma pornochanchada de arte."

"Nada disso."

"Por que você não chama Carlo Mossy pra fazer o viajante?"

"Vá à merda, Evaldo."

No dia seguinte, Jesuíno foi ao estúdio onde iria trabalhar, lugar que até então tinha visitado uma única vez, muito rapidamente, levado por Evaldo. Imaginou que, estando sozinho agora, teria de se identificar na entrada, mostrar um documento, pegar um crachá, mas nada disso aconteceu: na entrada só encontrou dois homens conversando animadamente, um deles com o que parecia ser um uniforme de porteiro, mas esse homem nem se dignou a olhar para ele. O primeiro rosto conhecido que Jesuíno viu no estúdio foi o de Vladimir, tão agitado quanto no almoço dos cineastas, dizendo várias coisas enfáticas e aleatórias; enquanto falava, conduzia Jesuíno a uma outra sala, porque queria apresentá-lo à Karina, a pessoa que ia fazer a montagem do filme, ela já havia lido o roteiro, era uma pessoa incrível, ele ia gostar muito da Karina. Na sala havia algumas ilhas de edição e três pessoas trabalhando, uma delas uma moça morena, pequena e magra, alguns anos mais velha que Jesuíno.

"Ela é uma montadora muito competente, muito competente, você vai ver. Karina, esse aqui é o Jesuíno, o famoso Jesuíno. Mostra pra ele a ilha nova." E acrescentou, virando-se para o jovem cineasta: "Todo mundo aqui está empolgado com o teu roteiro!".

Karina olhou para Jesuíno com um sorriso simpático e levantou-se para lhe apertar a mão. O cabelo era curto; a cara, lavada; apenas a orelha esquerda tinha brinco; o jeans e o tênis eram semelhantes ao que o próprio Jesuíno usava — mas ninguém diria que ela era pouco feminina. Indicando com o queixo Vladimir, que já estava saindo da sala, Karina comentou: "Não fica pensando que ele já leu o teu roteiro não. Ele nunca lê coisa nenhuma".

"Acho que ele ouviu o seu comentário."

"O Vladimir? Ele não ouve ninguém, nunca. E ninguém ouve ele."

"O que ele faz?"

"Nada."

"Sim, mas ele é o quê aqui?"

"Assistente de produção. Não tem mais idade pra ser boy."

Apesar do sorriso torto, que Jesuíno não demoraria para identificar como uma expressão frequente nela, do rosto afilado em que os olhos pareciam demasiadamente próximos um do outro, das olheiras profundas, Karina era uma mulher bem interessante, ainda que talvez não exatamente bonita. "Vem ver a máquina." E indicou com um gesto o computador.

Era a primeira vez que Jesuíno via de perto um equipamento de montagem digital. Quem o operava era um rapaz gordo e barbudo, que veio lhe apertar a mão assim que o identificou.

"Muito prazer. Laércio. Gosto muito do seu trabalho. Eu vi *Luz dos trópicos* no ano passado, e é bom demais, cara."

"Mostra pro Jesuíno como é que funciona, que eu tenho que resolver um negócio e volto daqui a quinze minutos. Com licença", disse Karina, saindo em seguida, mas não sem antes dirigir outro sorriso torto a Jesuíno.

"É basicamente um computador", Laércio explicou. "A gente trabalha o tempo todo com vídeo e edita na tela, salvando no disco rígido. Só converte em trinta e cinco milímetros quando a montagem está pronta."

Jesuíno pensava nas horas que havia passado rodando uma cópia de trabalho de um lado para o outro numa moviola. "Vocês vão ter que me ensinar a usar isso."

"Você aprende. E eu e a Karina vamos estar aqui pra te ajudar, pode contar com a gente. Agora ficou fácil fazer uns efeitos que antes davam o maior trabalho. Ou que nem existiam. Sabe o que é *morphing*?"

"Ouvi falar."

Laércio sentou-se diante do equipamento, mexeu no mouse com uma agilidade extrema, clicou duas ou três vezes e logo fez surgir na tela o close frontal de um animalzinho peludo, uma espécie de roedor, com halos de pelos escuros em torno dos olhinhos miúdos. "Ó só." Aos poucos a forma da cara do bicho foi se modificando — os olhos aumentando, o focinho se achatando — e depois de alguns instantes surgiu no monitor o rosto de Karina.

Meia hora depois, numa padaria em frente ao estúdio, tomando um expresso com Karina, Jesuíno finalmente conseguiu pedir sua opinião a respeito do roteiro. Ela esquivou-se de uma resposta direta; quis esclarecimentos sobre alguns detalhes; ele, como sempre, adotou uma posição defensiva, apontando para as coisas mal resolvidas cuja existência reconhecia; e antes que pudesse mencionar a conversa com Condes Júnior a moça o interrompeu:

"Você não devia falar tanto nos problemas que você vê no teu roteiro. Isso as outras pessoas vão fazer. Pensa só: você tem que convencer um monte de gente a trabalhar num projeto de longo prazo, e se já vem logo de saída botando defeito..." Fez um gesto expressivo.

"É verdade. Às vezes eu fico pensando que devia ter ficado no curso de letras. Cinema é pra quem sabe se afirmar. Quando eu me vejo no meio de gente da área de cinema, que nem outro dia num almoço, eu fico meio, assim, travado. Inseguro, sabe. O problema é que eu sempre acho que o que faço não saiu como eu queria." Surpreendeu-se com seu próprio comentário; era a primeira vez que comunicava esse pensamento a outra pessoa que não fosse Evaldo.

A reação de Karina também o surpreendeu. "E a última pessoa que você devia dizer essas coisas é a pessoa que vai fazer a montagem do teu filme." Ela riu, o que o estimulou a rir também.

"Mas eu vou reescrever tudo." Jesuíno estava um pouco mais leve depois daquele desabafo; Karina o fazia sentir-se perfeitamente à vontade, embora eles se conhecessem há tão pouco tempo. Em seguida, fez um relato sucinto do encontro com o filho do escritor, não dando muito destaque à complexa mistura de sentimentos antagônicos que Condes Júnior lhe inspirava, e esboçou as modificações que pretendia fazer.

Karina permaneceu alguns instantes em silêncio, olhando para a xícara vazia. Depois disse: "Acho que eu sei quem que deve fazer o papel da dona da pensão. Você tem algum compromisso pra amanhã à noite?".

Mais uma vez, Jesuíno ficou um pouco desconcertado com as palavras de Karina. "Amanhã à noite? Não."

"Vou te levar ao teatro. Uma montagem experimental de Qorpo Santo."

"Qorpo Santo? Qual é o texto?"

"Uma colagem de peças dele. Um grupo muito interessante, uma garotada talentosa. Bem experimental. A atriz principal tem uma presença sensual muito forte no palco, você vai ver. Ela é perfeita pro papel. Quer dizer, nessa nova versão do roteiro que você falou."

"Que eu ainda nem comecei a escrever."

Karina levantou-se da mesa. "Errou de novo. Você tinha que me dizer era que já estava praticamente pronta."

Jesuíno também se levantou, e quando foi pegar a carteira viu Karina chegando ao caixa, já com uma cédula na mão.

No dia seguinte, por volta das oito da noite, Karina foi pegá--lo em seu carro, um fusca de aparência frágil mas plenamente funcional. Estava mais bem-vestida do que no estúdio, na véspera, porém o traje era tão unissex quanto antes; o único toque bem feminino, Jesuíno percebeu quando trocou com ela um beijo em cada face, era um brinco grande, redondo, de um material incomum, talvez cerâmica. Karina o levou a um teatro numa rua escusa, perto de um cemitério. O espetáculo era um tanto caótico, uma colcha de retalhos de trechos de Qorpo Santo com algumas passagens que Jesuíno não se lembrava de ter lido na obra do sofrido dramaturgo gaúcho, e os atores gritavam e pulavam um pouco mais do que era estritamente necessário. Mas Karina tinha razão: a atriz principal, uma paranaense muito bonita, chamada Ana alguma coisa, era uma figura marcante no palco, com uma sensualidade envolvente e de algum modo perturbadora. Era ligeiramente estrábica, um detalhe que Jesuíno só percebeu depois de algum tempo, e que, uma vez registrado, parecia ter o efeito de torná-la ainda mais sensual. Controlava cada músculo do corpo com uma precisão invejável, como ficou claro numa cena que Jesuíno achou vagamente familiar (seria de *Mateus e Mateusa*?) e na qual Ana terminava quase nua (um detalhe que sem dúvida não estava em Qorpo Santo).

Terminado o espetáculo, os dois foram para um restaurante que ficava perto do teatro, onde, entre cervejas e pastéis, enveredaram por assuntos mais pessoais do que aqueles que até então haviam ousado explorar; e talvez por ser a primeira vez que se via numa situação semelhante com uma mulher mais velha que ele, Jesuíno não estranhou quando se deu conta de que estava sendo seduzido, conquistado e levado para casa por ela. A sensação de passividade era inusitada, mas não desagradável; e na cama, lugar para onde foi conduzido sem a menor cerimônia e sem nenhum rodeio, antes mesmo que tivesse tempo de fazer algum reconhecimento de terreno, como examinar os livros e CDs nas estantes ou comentar os pôsteres de Fassbinder e Murnau nas paredes, constatou que em matéria de experiência prática e ousadia Karina estava tão à frente dele que não havia por que não se deixar levar para onde ela bem entendesse.

Agora que passava mais tempo na casa de Karina do que na de Evaldo, Jesuíno percebeu que, pelo menos numa coisa, Vladimir tinha razão. Karina não se limitava a atuar como montadora, mas era também uma ótima leitora de roteiros, e com base nos seus comentários e sugestões em pouco tempo Jesuíno aprontou um texto que podia ser submetido a Condes Júnior. Para reduzir a probabilidade de um novo contato pessoal, fez questão de ir entregá-lo de manhã cedo, calculando acertadamente que o motoqueiro estaria dormindo; deixou o roteiro com dona Lavínia, recusando todas as ofertas de água, café, biscoitos e doce de leite azedo feito em casa. No caminho de volta, refletiu que, dadas as circunstâncias em que fora obrigado a trabalhar, até que não se saíra de todo mal. O texto revisto, já merecedor do nome de roteiro, seguia a sugestão, ou imposição, da pessoa que detinha o controle sobre o espólio literário de Nestor Condes: as histórias se desenrolavam em torno da cama, onde o viajante as relatava, de modo fragmentário, à dona da pensão; tirando, porém, o acréscimo das cenas de sexo — reconhecidamente algo que não tinha nenhuma base no original — todo o resto seguia o romance de maneira bem fiel. A ordem, ou desordem, dos episódios era mantida, e boa parte do texto do livro, em que não eram muitas as passagens em discurso direto, havia sido transformada em falas de personagens. Não era, de modo algum, um abastardamento da prosa de Condes; tudo dependeria do modo como fossem filmadas aquelas cenas esboçadas. Com base naquele roteiro seria perfeitamente possível fazer um filme pornô pretensioso, mas também podia sair dali alguma coisa de que Jesuíno não se envergonharia.

O telefonema de Condes Júnior veio apenas três dias depois. Para alívio de Jesuíno, o homem parecia satisfeito com o que tinha lido; não estava empolgado, mas também não levantou nenhuma objeção séria. Fez um ou dois comentários não de todo irrelevantes, e antes de encerrar a conversa, que foi rápida, deu seu selo final de aprovação com um comentário seco: "É, acho que a coisa é por aí. Pode mandar brasa". Ao desligar o telefone, Jesuíno se deu conta de que era a primeira vez que ouvia alguém usar aquela expressão fora dos filmes antigos de Roberto Carlos a que tinha assistido em vídeo.

Tendo aprovado Ana Valéria, a atriz da peça de Qorpo Santo, Jesuíno escolheu para o papel do viajante logo o primeiro nome que foi indicado por ela, um ator com quem tinha contracenado em um espetáculo anterior — um sujeito chamado Orlando, que embora tivesse mais de quarenta anos estava em plena forma física; tinha iniciado a carreira artística num grupo de teatro experimental dos anos setenta, que ele chegou a dirigir por um tempo. Jesuíno, já pensando nos efeitos de fotografia, imaginou que poderia fazer bom proveito do contraste entre a pele escura de Orlando e a tez muito branca de Ana. Para a escolha dos coadjuvantes, resolveu recorrer a uma profissional com vasta experiência em casting que lhe foi indicada, chamada Maria Anunciadora, conhecida por todos como Nunça, uma mulher mais velha, que se vestia como um peão de obra, xingava e dava ordens como um sargento, fumava em todos os ambientes em que era proibido fumar e esbanjava competência. Embora Jesuíno fizesse questão de acompanhar cada teste, era a Nunça quem mais ou menos conduzia a escolha dos coadjuvantes. Foi uma tarefa relativamente simples, porque as participações desses atores eram de pouca monta, com número reduzido de falas. Apenas a seleção dos dois meninos deu mais trabalho, porque cada candidato vinha acompanhado por uma pessoa responsável, invariavelmente a mãe, e todas as mães falavam demais, eram insistentes demais e faziam avaliações descabidas dos dotes dramáticos, muitas vezes modestíssimos, de seus rebentos. Nessa etapa do trabalho Jesuíno percebeu o quanto era vital a atuação da Nunça, cuja presença intimidadora, por vezes agressiva, era a única força capaz de exercer algum controle sobre as mães, ou mesmo — como chegou a ocorrer uma vez — expulsá-las do estúdio, juntamente com os respectivos filhos, se necessário. Apesar de percalços dessa natureza, não demorou muito para que o elenco de apoio estivesse completo. Karina, envolvida na montagem de um média-metragem de outro diretor, não participou dessas sessões, e não teria participado mesmo se não estivesse tão ocupada, explicou, porque sendo ela montadora só poderia justificar sua presença na condição de namorada do diretor, coisa que a Nunça jamais admitiria.

Começaram as filmagens, para Jesuíno sempre um período de grande intensidade, em que ele entrava numa espécie de transe; era uma sucessão de dias febris, dias em que tantas coisas aconteciam que à noite lhe parecia inconcebível tamanho acúmulo de atos, frases, ideias, reveses, discussões, soluções, em menos de doze horas. Ele havia decidido começar com as externas, que envolviam apenas os coadjuvantes, para livrar-se deles o mais depressa possível, e depois concentrar-se nos protagonistas, com seus diálogos e suas cenas de sexo, no set. Era uma decisão que parecia financeiramente sensata, pois as externas envolviam gastos com transporte, pedidos de licenças, exigências burocráticas. Uma sequência numa favela, que na versão final do filme duraria menos de cinco minutos, exigiu uma negociação longa, cara e tensa com dois sujeitos mal-encarados, traficantes ou coisa parecida, que pareciam exercer poder absoluto no morro. E dirigir os coadjuvantes era bem mais difícil do que parecera de início. Era a primeira vez que Jesuíno usava coadjuvantes que não eram nem gente de teatro nem colegas da faculdade de cinema e sim atores pagos, e atores com pouca experiência profissional — mais uma medida de economia. Com raras exceções, eles tentavam de todos os modos fazer mais do que lhes era pedido, na vã esperança de que, se revelassem a completa extensão de seus talentos, seus papéis seriam proporcionalmente ampliados. Essas tentativas, é claro, tinham como único efeito prático obrigar Jesuíno a refilmar a cena, depois de mais uma descrição paciente e detalhada do que o coadjuvante em questão devia fazer, com ênfase explícita no que ele *não podia* fazer.

Quando se aproximava o fim dessa primeira etapa da filmagem, Jesuíno percebeu que estava adiando o trabalho com os protagonistas também por insegurança. O fato era que não tinha a menor ideia do que fazer para transformar aquelas vagas rubricas aprovadas por Condes Júnior em movimentos executados por um casal de atores numa cama. Logo no primeiro dia das filmagens no estúdio, deu-se conta de que nunca havia dirigido uma cena de sexo; nas primeiras tomadas posicionou a câmara a uma certa distância dos protagonistas, e mais tarde, ao ver o copião, teve a impressão de que havia perdido muito detalhe; com a câmara mais perto, por outro lado, o resultado acabava parecendo pornografia, ou — pior ainda, talvez — um filme de educação sexual. Num intervalo das filmagens puxou conversa com Laércio, que lhe deu uma dica importante: estavam trabalhando com vídeo digital de alta definição; assim, o melhor a fazer era iluminar fortemente os atores para captar imagens bem nítidas, enquadrar seus corpos nos mais variados ângulos e fazer tomadas bem longas. Depois, com os recursos de montagem digital, ele poderia dosar a luz, aumentar o contraste, fazer closes, zooms, travellings, como bem entendesse. "É só você dizer pra Karina o que você quer, que ela faz na montagem. A Karina é muito boa nisso." Jesuíno pôs em prática a orientação de Laércio: mantendo a câmara mais ou menos fixa, tinha mais tempo de se concentrar nas instruções para os atores. E, talvez por ter o nome de Karina sido mencionado, ocorreu-lhe a ideia de reencenar com o casal, sob as luzes fortes do set, uma pirueta sexual específica que, por assim dizer, havia coroado a noite da véspera. Não foi difícil fazer com que aqueles dois atores atléticos e desinibidos reproduzissem a cena que ele havia vivido algumas horas antes — ou, mais exatamente, dispusessem seus corpos numa simulação bem realista daquele ato específico. Jesuíno aproveitou o ensejo para recriar mais outras posições que lhe pareciam ter bom potencial fílmico, e ao menos uma delas resultou numa espécie de balé estático que de algum modo parecia estar à altura de Condes, muito embora não correspondesse a nenhuma passagem do livro. No calor do momento, aquilo lhe pareceu uma homenagem ao mesmo tempo ao autor — quem sabe Condes não teria sido capaz de imaginar algo assim se, no seu tempo, tais ousadias fossem permitidas a um escritor brasileiro? — e a seu caso com Karina, que já estava durando mais do que ele imaginara no início, e que podia muito bem vir a se transformar em alguma coisa mais séria.

"Você por aqui? Porra, eu estava começando a achar que você já tinha voltado pro Recife."
"Também não exagere..."
"Deixe ver se eu adivinho. Você veio aqui pegar o resto das tuas coisas pra levar lá pra Karina?"
"Não, só mais umas roupas."
"E o casório é quando?"
"Pare com isso, Evaldo."
"Faço questão de ser o padrinho. E como é que é a sua vida conjugal com a moça?"
"Ela é uma mulher incrível."
"Ela está te ensinando tudo sobre montagem?"

"E outras coisas também. Cadê o meu segundo exemplar de *Relato*?"
"Hm. Que outras coisas?"
"A Karina quer ler, mas o que eu levei pra casa dela está todo rabiscado."
"Fora da esfera do cinema?"
"Cadê o segundo exemplar?"
"Eu sei lá onde que você pôs as suas coisas, Jê. Quer dizer que você está vivendo uma refilmagem de *Ensina-me a viver* — lições de vida?"
Jesuíno riu de leve, não resistiu e baixou a guarda. "De cama, rapaz."
"Cama? Tipo, assim, Kama Sutra?"
"Isso mesmo."
"Não, aí não está não, aí só tem livro meu. Quer dizer que a magricela é um furacão na cama?"
"Só tem livro seu, é? Pois esse aqui, por exemplo, é meu, não é seu não."
"Quer dizer que rola sexo a noite toda?"
"Também não exagere. A gente conversa muito."
"Entre uma e outra trepada, não é? Sobre cinema?"
"Olha aqui o meu segundo *Relato*, Evaldo."
"Sobre o seu filme?"
"Sobre as filmagens, sim."
"Quer dizer que Oscar Wilde tinha razão?"
"Oscar Wilde por quê?"
"Aquela história que a vida é que imita a arte."
"Não entendi não."
"Você passa o dia filmando a história de um casal que trepa o tempo todo, e que nas pausas pra recuperar o fôlego o homem conta pra mulher o que aconteceu na viagem dele."

"Esse Drummond é meu também. Está cheio de livro meu nessa estante que você diz que só tem coisa sua."

"E depois passa a noite trepando com uma mulher que no intervalo você fala pra ela o que aconteceu durante o dia de filmagem."

"Não sei por quê que eu fui contar isso pra você."

"Sim, senhor."

"Eu não aprendo, mesmo."

"O amor é lindo."

"Em vez de me sacanear, me arrume uma outra sacola pros livros, que essa que eu trouxe só vai caber as roupas."

"Tu és responsável pelo que cativas."

"Vá à merda, Evaldo."

Dois dias depois, enquanto jantava com Karina, o telefone tocou. Era Condes Júnior, querendo saber como iam as filmagens. Até então o homem só ligava para a casa de Evaldo; era a primeira vez que telefonava para o apartamento de Karina — certamente havia insistido com Evaldo para que ele lhe desse o número dela. Pelo visto estava ansioso, ainda que tentasse manter um tom seco e brusco.

"E então, tudo correndo bem?"

"Muito bem, seu Nestor. Já estamos…"

"Os atores são bons?"

"São ótimos. Garanto que o senhor vai gostar deles."

"Alguém conhecido?"

"Não propriamente — quer dizer, fora do meio teatral, não — no meio teatral eles são até conhecidos, são atores de, atores de teatro, sabe." Esteve a ponto de dizer "teatro experimental", mas se conteve a tempo.

"Certo."

"Pois é."

"E vocês assistem tudo que foi filmado no final do dia, que nem a gente vê no cinema…"

Aquilo era ou não era uma pergunta? Jesuíno decidiu agir como se fosse.

"Isso mesmo, a gente vê o copião, vê o quê que ficou bom, o quê que vai ter que filmar de novo."

"Sei."

Pausa longa. Aonde aquele sujeito estaria querendo chegar? Será que…

"E quando é que vocês vão me chamar pra ver como que a coisa está indo?"

Era isso mesmo.

"Olhe, na verdade as filmagens, mesmo, seu Nestor, elas já praticamente terminaram, sabe; agora estamos mais assim na fase da montagem. Agora está na mão dos montadores, o senhor sabe."

"Sei, sei." Mais uma pausa.

"Pois é."

"E a minha ideia, está dando certo?"

"A sua ideia? A coisa erótica, não é?"

"Isso mesmo, isso mesmo." Condes Júnior não conseguia conter a ansiedade na voz.

"Está sim. Está ficando muito bom."

"Bom."

"A moça que faz a dona da pensão é muito bonita, muito sensual, o senhor vai aprovar, tenho certeza."

"Certo."

"Vai ter uma hora que a gente vai chamar o senhor, sim, é claro, seu Nestor."

"Está bem."

O que Jesuíno disse a Condes Júnior não era de todo verdade, mas também não chegava a ser uma mentira. A filmagem propriamente dita estava terminada, mas ainda faltava gravar as muitas falas dos protagonistas que viriam em off, enquanto as imagens contassem parte das histórias secundárias. Jesuíno admirava-se com a facilidade com que seus dois atores, acostumados a atuar no teatro, decoravam longas falas e as repetiam sem titubear, muito embora estivessem apenas gravando no estúdio e pudessem ler o roteiro se quisessem. De modo geral, os textos que Ana e Orlando gravavam eram Nestor Condes puro, com um ou outro corte aqui e ali, uma ou outra modificação de uma expressão que, nas últimas décadas, caíra em desuso e não mais funcionaria como fala de um personagem. Nessa atualização do texto os próprios atores ajudavam, improvisando pequenos trechos. Era espantoso como um texto tão assumidamente literário funcionava quando dito por pessoas de carne e osso. Havia momentos no estúdio em que Jesuíno dizia a si mesmo que o escritor só poderia ter escrito aquelas falas com a intenção de que elas fossem enunciadas por atores.

Uma semana depois, num final de tarde, Jesuíno estava vendo no monitor o que havia filmado naquele dia quando Karina entrou na sala, anunciando que tinha terminado de montar o tal média-metragem e estava livre para começar a trabalhar com ele. Jesuíno, animado, puxou para seu lado uma segunda cadeira para que ela assistisse com ele às cenas recém-gravadas. Por acaso, a tela exibia naquele exato momento a recriação de uma das proezas eróticas mais memoráveis executadas numa das primeiras noites que os dois haviam passado juntos; Jesuíno soria interiormente, antegozando a reação de Karina; esperava que ela reconhecesse e apreciasse a alusão. Mas a reação de Karina foi, como talvez ele devesse ter imaginado (Jesuíno concluiu mais tarde, rememorando a sequência de eventos), levantar-se na mesma hora e sair da sala, batendo a porta com força. Ele só conseguiu alcançá-la já na rua; havia permanecido imobilizado por cerca de meio minuto, de pura perplexidade diante das consequências daquele colossal erro de cálculo.

"Karina, deixe eu explicar."

"Não precisa explicar nada."

Jesuíno se plantou à sua frente num trecho da calçada em que havia um carro estacionado; o trânsito estava intenso demais para que ela escapulisse pela pista. Antes que ele pudesse articular duas sílabas Karina lhe disse, não com a ferocidade que Jesuíno antecipava, e sim num tom frio e seco que ele ainda não ouvira em sua voz:

"Nunca me senti tão desrespeitada, tão *usada*, na minha vida."

"Karina."

"Eu nunca que imaginei que pra você a nossa relação era só uma coleta de material pra usar num filme."

Preparado para uma enxurrada de impropérios, Jesuíno ficou sem saber como responder àquela indignação sucinta e glacial, e quando deu por si Karina já estava entrando num táxi.

Naquela noite, tentou de todas as maneiras desculpar-se; garantiu que fazia questão de que ela assumisse a montagem, e que no processo lhe daria carta branca para excluir todas as cenas que a incomodassem. Karina respondeu que não queria ter nada a ver com aquele filme. Jesuíno disse-lhe então que ele próprio faria a montagem, e que submeteria a versão final a ela, dando-lhe total autoridade para suprimir qualquer cena. Depois de vertidas algumas lágrimas e consumidas várias latas de cerveja, Jesuíno teve a impressão de que sua proposta final fora aceita; mesmo assim, Karina se recolheu ao quarto e fechou a porta de modo tão abrupto que ele achou mais prudente ir dormir no sofá da sala, que era razoavelmente confortável para alguém que não tinha mais de um metro e setenta de altura.

"Eu acho que você devia pular fora. Sério."
"Não sei não."
"Essa do sofá é o fim da picada. Aqui em casa pelo menos você dorme em cama. Pegue as coisas que você levou pra lá e traga de volta."
"Ela ficou muito chateada."
"Ela está te fazendo de babaca, Jê."
"E o pior é que de certo modo eu entendo ela."
"Porque se você continuar com ela, de agora em diante ela vai te fazer de gato-sapato."
"Quer dizer, isso de usar a relação como material. Foi isso que eu fiz, sim."
"É o que todo artista faz, cara. Bergman e os casamentos dele. Woody Allen, a mesma coisa."
"Dois exemplos péssimos. Uma porrada de mulheres pediram divórcio deles. Crueldade mental, incesto, o diabo."
"Não é só eles dois não. Todo mundo faz isso."
"Todo mundo faz. O que não quer dizer que."
"Se você volta pra cá, garanto que ela começa a te procurar. Aposto quanto você quiser."
"Ela se sentiu exposta."
"Agora, você aceitando essa história de sofá, aí ela fica se achando a rainha da cocada preta."
"Eu fico pensando como que *eu* ia reagir se estivesse no lugar dela."
"Você não sabe lidar com mulher, rapaz. Não tem experiência."

"Olha quem fala. Você nunca conseguiu emplacar seis meses com ninguém."
"Por isso mesmo que eu tenho uma vasta experiência. Escute o que eu estou te dizendo: você engrossa com ela agora, ela daqui a pouco está comendo na sua mão. Mansinha. Agora, você fica dando mole, ela deita e rola."
"Não sei não."

Quando Jesuíno lhe pediu que o assessorasse durante a montagem, a qual seria assumida por ele próprio, Laércio não fez nenhuma pergunta a respeito da defecção de Karina; limitou-se a iniciar, pacientemente, o jovem cineasta pernambucano nos mistérios da montagem digital. Jesuíno constatou que era mesmo tal como o outro tinha lhe dito: qualquer cena podia ser modificada a seu bel-prazer. Um pequeno detalhe podia ocupar toda a tela; uma cena filmada sob a luz forte e quente do estúdio podia se transformar num idílio ao luar; o dorso de uma mulher podia ser transfigurado num areal extenso que a câmara percorria num lento travelling. Quando a tela do monitor foi preenchida pela imagem das nádegas da atriz, Jesuíno lembrou-se de uma pedra arredondada que aparecia numa das sequências filmadas com os meninos num lugar cheio de cavernas a que o haviam levado, no meio de uma floresta; perguntou então a Laércio, mais por curiosidade do que por qualquer outro motivo, se era possível fazer um *morphing* entre as nádegas e a pedra. Laércio atendeu seu pedido, e o resultado lhe pareceu tão impactante que ele começou a procurar outros paralelos entre as externas e as cenas de cama. Deu-se conta de que acabava de encontrar uma versão visual daquelas extraordinárias frases de Condes que costuravam as cenas da pousada com os episódios narrados em flashback pelo viajante à dona da pensão. Era um recurso artificioso, que teria de ser usado com parcimônia para não se tornar um cacoete; empregado, porém, na proporção exata, daria um toque de autenticidade ao filme; seria uma marca autoral de Condes traduzida para a linguagem do cinema com a máxima fidelidade possível. Jesuíno começou a trabalhar com closes cada vez mais fechados, valorizando as texturas, os efeitos de claro e escuro, as formas abstratas — em parte para que Karina não se ofendesse com nenhuma estripulia sexual reconhecível, em parte para ressaltar os paralelos que pudessem ser estabelecidos entre detalhes dos corpos dos dois protagonistas e as formas inorgânicas do cenário nas cenas de externa, mesmo sem o paralelo explícito do *morphing*.

O período de montagem foi para Jesuíno uma imersão no trabalho ainda mais profunda do que o de filmagem. Sua concentração era intensificada não apenas pela difícil aprendizagem dos recursos do equipamento digital como também pela necessidade de evitar pensar no rumo que sua relação com Karina havia tomado. Adiava o mais que podia a hora de voltar para casa — que muitas vezes, ainda que menos que antes, era a casa de Karina. Quando ia lá, jantavam juntos, conversavam de forma polida, às vezes até mais ou menos descontraída; em certos momentos Jesuíno tinha a nítida impressão de que era só por teimosia que ela persistia naquela frieza; mas na única vez em que tentou uma reaproximação inequivocamente sexual, Karina o repeliu, embora sem violência; havia mesmo um sorriso triste e torto em seu rosto quando ela afastou o braço dele com um gesto delicado, mas firme. Jesuíno achou mais prudente não insistir, ainda que perguntasse a si próprio se uma reação mais enérgica de sua parte não seria justamente o que ela estava esperando. Porém não queria arriscar; tinha a impressão de que o momento apropriado haveria de surgir quando o filme ficasse pronto.

Nas últimas semanas de trabalho, rarearam suas idas à casa de Karina. Depois de quase dez dias de sumiço, uma noite apareceu lá com duas garrafas de vinho — não sem ter tido o cuidado de telefonar antes perguntando se podia ir. Logo ao entrar, anunciou que a montagem estava terminada, e que na sexta daquela semana ele ia exibir uma primeira versão do filme para as pessoas envolvidas no projeto: alguns representantes de agências financiadoras, os dois atores principais, o pessoal técnico que havia participado da filmagem e da montagem, e Karina, é claro, embora a rigor sua participação tivesse sido nula — uma observação que, embora não enunciada por Jesuíno, sem dúvida foi mentalizada pelos dois. Não chegou a convidá-la a ir, exatamente, porém deu a entender que sua presença seria esperada por todos, ele próprio incluído. Mais tarde, recolhendo-se ao sofá habitual, passou em revista as palavras e os olhares trocados durante o jantar, e concluiu, cauteloso, que a probabilidade de que Karina comparecesse à projeção era maior que a de sua ausência. O que podia não ser muita coisa, mas era melhor do que nada.

Assim, quando, na tarde de sexta-feira, à hora acertada para a primeira exibição de *Relato*, pouco antes de apagar-se a luz da pequena sala de projeção do estúdio, olhou para trás e viu Karina se acomodando na antepenúltima fileira, Jesuíno experimentou uma discreta sensação de alívio, que não ousou externar com nada mais concreto do que um olhar carinhoso, o qual, se não chegou a ser correspondido de modo inequívoco, também não foi repelido. Depois de hesitar por alguns instantes, Jesuíno resolveu abrir mão da cautela e fazer o que seu instinto aventureiro recomendava, indo sentar-se ao lado de Karina. Ela olhou-o de modo neutro, e limitou-se a lhe perguntar se o famoso Condes Júnior também havia sido convidado. "Foi, mas quem sabe ele não vem", Jesuíno respondeu, olhando a sua volta e não encontrando o herdeiro de Condes. As luzes se apagaram, começou a projeção, e Jesuíno sentiu o frio no estômago que sempre marcava esses momentos. Nos primeiros minutos, só conseguia pensar no modo como Karina haveria de reagir às cenas eróticas; para tranquilizar-se, dizia a si mesmo que os closes eram tão extremos, os movimentos de câmara (reais ou simulados na montagem) tão rebuscados que ela não teria muitos motivos para se queixar. Depois dos primeiros minutos, porém, essa preocupação se dissipou, e ele não pensava em outra coisa que não o filme em si, os enquadramentos, a qualidade do som, os cortes. A porta da sala de projeção abriu-se uma ou duas vezes e Jesuíno nem se deu ao trabalho de ver quem havia entrado ou saído; estava totalmente concentrado no ritmo da montagem, no encadeamento das sequências, no trabalho dos atores. Num bloco ia anotando um ou outro take que poderia ser excluído, uma cena que ganharia força se sua duração fosse reduzida um pouco. Após um *morphing* virtuosístico — ele terminara usando o efeito apenas três vezes ao longo de todo o filme — alguns dos espectadores aplaudiram, e nem lhe ocorreu olhar para o lado para ver como Karina reagia. Terminada a projeção, o primeiro pensamento que lhe veio à mente foi que os oitenta minutos de projeção haviam passado muito depressa; depois ouviu as palmas e os comentários animados da equipe de trabalho; só então olhou para o lado, e bastou um relance para entender os sentimentos de Karina. Ia abrir a boca para dirigir-se a ela quando ouviu uma voz inconfundível vindo duas fileiras atrás da sua, a última da sala:

"Mas não foi isso que a gente combinou!"

"Karina."

"Não era isso que estava no roteiro!" Os dois olhos desencontrados fumegavam de indignação.

"Ficou demais, Jê!"

"Maravilha, maravilha! Sublime!" Vladimir agarrou pelo ombro Jesuíno, que já havia se levantado, e tentou puxá-lo para o outro lado.

"Karina."

Mas a montadora também tinha se levantado, e estava conversando com um técnico de fotografia a alguns metros dali.

"No roteiro diz: V penetra M por trás, M beija não sei quê de V. Só que não dá pra gente entender nada!"

"Aquele da cena dos meninos ficou porreta!"

"Parabéns, rapaz. Filmaço."

"Tudo vira pedra, areal, o diabo! Cadê a sacanagem, hein? Cadê?"

"Jesuíno, eu queria te apresentar ao Renato Moranti, do festival de Floripa. Uma pessoa muito importante pra você conhecer, muito importante."

"Seu Nestor, espere um pouco. Muito prazer, R-Ricar..."

"Renato, Renato Moranti." Vladimir manobrou Jesuíno, com uma perícia admirável, de modo a fazê-lo ficar de frente para o homem do festival, enquanto ele próprio se virava para o outro lado. "Dr. Condes..."

"Um prazer te conhecer, Jesuíno..."

"'Dr. Condes', o cacete! Eu não estou falando com você, estou falando com *ele*!"

Enquanto tentava dar atenção à fala de um, tendo como fundo sonoro as explosões de outro e as intervenções diplomáticas de um terceiro, Jesuíno via, na periferia de seu campo visual, Karina seguindo, lenta mas inexoravelmente, detida aqui e ali por este ou aquele que lhe dirigia uma saudação ou um comentário, em direção à porta, até, por fim, sair da sala de projeção.

"Alô."

"Sou eu."

"Ah."
"A gente precisa conversar."
"Conversar sobre o quê."
"Ora, Karina, você sabe. Você..."
"Jesuíno, por favor."
"Por favor digo eu. Eu não consigo entender. Você está fazendo uma tempestade num copo d'água."
"O quê que você não entendeu?"
"Eu atenuei muito as cenas todas. Você não tem motivo."
"Era um teste."
"Teste? Que teste?"
"Era um teste, e você não passou. Entendeu agora?"
"Como assim, era um teste, Karina? Você..."
"Eu estava muito envolvida com você. Eu precisava saber qual era o seu grau de envolvimento. Qual era o seu principal compromisso."
"Mas..."
"Se era comigo ou com o filme."
"Você ou o filme? Mas por que é que as duas coisas têm que se excluir?"
"Está vendo?"
"Estou vendo o quê?"
"Eu não sou uma *coisa*, Jesuíno."
"Uma coisa?"
"Jesuíno, essa conversa não vai dar em nada. É o que eu falei: foi um teste, e você não passou. Porque o seu compromisso com o filme acabou sendo maior do que comigo."
"O que você queria, que eu desistisse do filme?"
"Às vezes a gente tem que escolher entre a vida e a arte. E você escolheu a arte."
"Porra, Karina."

"Agora o jeito é assumir as consequências. Boa noite, Jesuíno."

"Você está fazendo uma bobagem."

"Estou, sim, eu sei. Eu só faço bobagem desde que cheguei aqui. Me passe esses CDs aí, que ainda cabe mais coisa nesta."

"Pare com isso. O filme ficou bom pra caralho, você ouviu o que Geraldo falou, vai entrar em circuito assim que..."

"Como que vai entrar em circuito se o homem não cede os direitos?"

"Cede, sim. Ele vai ceder. Vai acabar cedendo. Isso é só jogo de cena. Ele só quer aumentar a parte dele, mais nada. Ele está precisando de dinheiro, você sabe disso."

"Eu só sei que embarco amanhã."

"Você está assim por causa de Karina, é? Olha, cara, o que não falta nesse mundo é mulher. E mulher muito melhor que ela. E menos complicada."

"Esses livros aqui podem ficar com você."

"Ela é uma tremenda papa-anjo, todo mundo sabe qual é a dela. Não fique pensando que foi só com você não. Deixe de ser besta, Jê."

"E mais estes."

"A gente no meio das negociações e você vai embora?"

"Se eu precisar de algum deles, depois você me manda pelo correio."

"Não tem nada a ver você ir embora logo agora, Jê. Falando sério."

"Evaldo, eu estou indo pro Recife, não estou indo pra Nova Guiné não. Lá tem telefone, tem correio, igual a aqui."

"Mas você está indo por quê?"

Jesuíno fechou a mala e olhou para o amigo por um instante. "Vamos lá: o filme ficou tão erótico que Karina terminou comigo, dizendo que eu botei nossa vida sexual na tela. Que enquanto a gente estava trepando eu estava só colhendo material pro filme."

"'Colhendo material', que expressão, parece coisa de exame de."

"O filme ficou tão pouco erótico que Condes Júnior acha que não tem nenhum potencial comercial."

"Mas esse cara..."

"Espere, espere que tem mais. Desde o dia da projeção, quatro pessoas me disseram o que elas acharam do filme. Quatro. A primeira falou que o problema do filme é que eu fiquei preso demais ao livro, é *voice-over* do começo ao fim, parece coisa de cinema francês."

"Foi Rogério, não foi? Aposto."

"A segunda pessoa disse que eu tomei liberdades excessivas com o livro."

"Ora, Jê, desde quando Virgínia Hoffman entende de cinema, ela é crítica *literária*! O quê que você queria? Aliás, por quê que você chamou ela?"

"Porque a tese de doutorado dela foi sobre Nestor Condes. A terceira..."

"Mas foda-se o que os outros acham! Isso não tem importância nenhuma. O que é que *você* acha?"

"Como não tem importância? A gente *precisa* deles, Evaldo. De Condes Júnior, por exemplo."

"Afinal, o que é que você achou do seu filme?"

"Se o homem diz não, é não, e pronto, era uma vez um filme."

"Mas me diga, o quê que você achou do filme?"

"Acho que saiu até melhor do que eu esperava."

"Pois então!"

"E deu tudo errado."

"Como que deu tudo errado, se ficou melhor do que você esperava?"

Jesuíno pensou um pouco antes de dar sua resposta. "É justamente isso que eu estou tentando entender."

Uma surpresa das mais interessantes na recém-encerrada mostra Revendo a Retomada foi o filme do diretor pernambucano Jesuíno Barroso, Relato — que não chegou a ser lançado na época —, baseado numa obra de Nestor Condes, um escritor de meados do século passado, agora um tanto esquecido. Realizado num momento em que a maioria dos cineastas apostava no realismo, tematizando a luta contra a ditadura ou a vida tumultuada nas favelas e prisões das grandes cidades, Relato é um filme poético, cujo forte não é a narrativa e sim as imagens; é um verdadeiro poema sinfônico de formas, cores e texturas. Claramente, o diretor não estava muito interessado no livro de Condes como literatura, tomando-o apenas como ponto de partida para um sofisticado exercício de cinema puro. O fiapo de história diz respeito a um viajante (Orlando dos Santos) que chega a uma pequena estalagem numa cidade do interior, onde trabalha uma única pessoa, que parece ao mesmo tempo ser a dona do estabelecimento e atuar como arrumadeira (Ana Valéria Wojaczeka). O viajante parece estar fugindo de algo, e desde a primeira cena diz ter uma revelação importante a fazer; em pouco tempo ele leva a dona da estalagem para a cama (se não é o contrário o que ocorre), e, em meio a cenas de amor mais notáveis pela beleza plástica do que pelo erotismo, relata a ela uma série de eventos que lhe sucederam durante a viagem, sempre dando a entender que todos eles farão sentido quando for feita a tal revelação; esses episódios estranhos *e intensos, que transcorrem num clima de sonho (ou pesadelo), são apresentados sempre em imagens mudas, tendo como única trilha sonora a fala do viajante. As cenas de amor vão ficando progressivamente mais... abstratas (por falta de adjetivo melhor) à medida que os eventos relatados se tornam cada vez mais bizarros e implausíveis. Como é possível que o filme volte a ser exibido, não vou contar o desfecho, adiantando apenas que é inteiramente inesperado e um pouco forçado, muito embora (afirmam os que já leram o livro) siga rigorosamente o enredo do romance de Nestor Condes, no contexto do qual não causaria tal impressão.*

O diretor, Jesuíno Barroso, demonstra um domínio impressionante das técnicas de montagem eletrônica, na época ainda incipientes no Brasil, mas peca por enfatizar os efeitos visuais e demais recursos tecnológicos em detrimento da narrativa. O desempenho dos dois protagonistas é um tanto teatral — ambos os atores são figuras conhecidas do público do teatro experimental carioca, e nunca antes haviam atuado no cinema. Quanto à acusação de que Barroso transformou o livro de Nestor Condes num "filme pornô", que teria levado a família do escritor a impedir a exibição da película (segundo os comentários que circularam entre as pessoas do meio cinematográfico antes e depois da sessão), trata-se de uma injustiça. De fato, os conhecedores da obra de Condes afirmam que o componente erótico inexiste no texto original, mas nada há no filme que possa ser considerado pornográfico: é impossível imaginar algum espectador excitando-se diante de imagens tão pouco realistas. Relato é um filme onírico, perturbador e original, que, com todos os eventuais problemas de realização, merece ser visto — ainda mais por ser a primeira e única criação do autor, que posteriormente abandonou o cinema e passou a trabalhar na área de comércio exterior. Contatado por este jornal a respeito do lançamento tardio de seu filme, Barroso não quis fazer nenhum comentário.

ESTA OBRA FOI COMPOSTA POR ACOMTE EM ELECTRA E IMPRESSA PELA
GRÁFICA PAYM EM OFSETE SOBRE PAPEL PÓLEN SOFT DA SUZANO S.A.
PARA A EDITORA SCHWARCZ EM MARÇO DE 2021

A marca FSC® é a garantia de que a madeira utilizada na fabricação do papel deste livro provém de florestas que foram gerenciadas de maneira ambientalmente correta, socialmente justa e economicamente viável, além de outras fontes de origem controlada.